阿Q別傳

第一部
計然遺策

易凝 著

序　言

這是一個不該忘懷的年代，這是一段十分珍貴的歷史。

1992 年在鄧小平同志南方談話之後，外資企業、民營企業如雨後春筍一般大量湧現，很多體制內的人士也嘗試“下海”，一時間泥沙俱下，各式人物都有。有體制內的企業家，如步鑫生、馬勝利之類；有農民企業家，如“傻子瓜子”的年廣久；還有遊走於國有和民營之間的……大家都希望在計劃經濟向市場經濟轉軌的過程中一顯身手。這是小說的背景，主人公阿O正是這股潮流中的一員。

在計然之策的啟迪下，阿O挽救了瀕於破產的企業，做成上市公司，還希望憑藉自己所擁有的經略之才，經國濟世，改變社會。隨著小說情節的展開，一系列商場謀略顯現出的計然經濟學說的魅力。有些學術性較強的內容不曾見於經傳，是作者發掘研究的獨到見解，不一定對，但值得探討。

計然在中國歷史上地位並不顯著。他真名叫辛鈃，據說他師從鬼谷子，學了一身本事，也許是不屑於“自顯諸侯”，浪跡江湖，號稱“漁父”，並未像孔丘那樣周遊列國，到處吹噓自己的學說。史載他收范蠡為徒，授以經濟復興的七項策略。范蠡僅用了其中五策就使越國從一敗涂地中崛起，打敗吳國。後來范蠡去經商，“十九年中三致千金”，被後世譽為商圣。目前看到的《計然七策》可能是後人所作，那也是中國最早的經濟學論著。

中國傳統知識份子，總是冀望得到明主賞識而有大用。然而，論魄力，賭性不足；論計謀，奸詐不夠。即便才智如小說的主人公，也不例外。在商品經濟大潮中，受良心道德的制約，受社會體制的局限，左沖右突，在夾縫中求生存，其結局似乎早已註定。作者認為，孔乙己是讀過幾年私塾的阿Q，而他是一個摘了辮子的阿Q，故稱為阿O。

本書精彩之處，在於它真實還原了那個階段的特殊社會現象，陰謀與陽謀的碰撞，靈魂與肉體的較量，欲望與道德的搏鬥，令人感同身受，仿佛回到了那個曾經的年代。

我與作者易癡相識於 1993 年，並共事多年。當時諸多與資本運營有關的項目都是他負責指揮的，由此積累了豐富的案例與經驗。中國商戰題材的小說數量眾多，但大多出自作家或者記者的手筆，由資本運作高手執筆的並不多。此書可有另外一種讀法，將其視為商業運作案例來讀，配合資本市場的教材，可領略到很多有益的知識。

與易癡深交近三十年，應邀作序力不從心，勉為之，是序。

陳亞民

2021 年 6 月 18 日于交大安泰

陳亞民先生是本書作者早年從事資本運作的工作單位領導，現為上海交通大學安泰經濟與管理學院教授，兼任中國會計與資本運營研究所所長、上海市成本研究會會長。

目　　录

俠士之歌久消歇兮，英雄之血難再熱

獻給一位秘密戰線上犧牲的女郎

計 然 遺 策

所述皆在另一時空，癡人說夢，請勿牽強附會

一、落魄

俯視是浩瀚滄溟，仰看唯有燦爛星漢。若不是斗轉星移，不自覺是在寂靜中極速穿行，沒感到時間流逝，也想不起去往哪裡。忽然心悸，回頭望去，遠遠一點耀眼白光追來。

"咄，留下《計然策》！"

隨著一聲嬌叱，倏忽一白衣少女越過頭頂，在前方鷂子翻身，挺劍懸停在面前。劍芒吞吐，寒光逼人。

"哦，小雯子，恕某不辭而別。師門之物，順手取回而已。"

"乃師之遺，藏於石室，豈可擅取？偷書還狡辯！"

"嘿，這不叫偷。孔子後人云……"

"聒噪！看劍——"

眼前劍光一閃，如奔雷襲來。情急之下，只有拿手裡的一卷竹簡來格擋。一聲脆響，卷冊散去，身遭雷擊一般墜落，耳邊罡風呼嘯。啊——

阿O夢中驚醒時，猶自覺得手裡還捏著幾根殘簡。睜眼一看，軀體已跌在床下，手裡哪有什麼竹簡。這是第幾次做類似的夢了？

趕緊起身，坐到桌前，拿紙筆追記……內容已支離破碎。阿O不死心，在紙上先畫了一個圓圈，沿線填上十二卦象：乾、姤、遁、否、觀、剝、坤、復、臨、泰、大壯、夬。圈外標上十二地支，二十四節氣。然後，又按河圖在圈內畫了五個圈，分別填入五行：金、木、水、火、土，土居中央。

斗轉星移，豐欠水旱，這不就是一個農耕社會經濟預測的數學模型麼？

"歲在金，穰；水，毀；木，康；火，旱……"

由此推算：六年一豐收，六年一小災，十二年會有一次大饑荒。預測豐欠，可早做準備。適時收糴，不使穀賤傷農；適時放糶，不使饑民流亡……苦苦琢磨三極六爻之變，不知不覺間天已大亮。

床頭鬧鐘響起，猛然記起今天要去甬江航運公司報到，趕緊洗涮穿衣。襯衫領子有點黑，想換一件，看看泡在盆裡沒洗的一坨，只好穿上；鏡前一皺眉，又打了根紫紅領帶；穿上襪子，才發現有個破洞，脫下轉個面，破綻朝底，好在是流行的無跟襪，套上皮鞋就行。戴上眼鏡，對鏡做個鬼臉，提上公事包匆匆出門。街上已熙熙攘攘。

在街沿一腳踏空，阿O差點摔個跟頭，恍惚進入了不同的空間。頭暈，最近夢境與現實時有錯覺，猶如莊周夢蝶。

晨霧中的甬城，數不清的粉白馬頭牆層層羅列，鱗鱗灰瓦烏壓壓一片，罕見有五層以上的高樓。大街小巷處處有叫賣聲，此起彼落。江邊檣桅林立，漁船才起艙，就有小販群聚，吵吵嚷嚷，好不熱鬧。江風吹拂，散發著淡淡的鹹腥，一派阿O熟悉的風貌。

三江口，教堂鐘樓尖頂聳立，響徹雲霄的"噹、噹、噹……"八響鐘聲一落，阿O已到了老外灘的航運大樓門口。

甬江航運公司佔了大樓的兩層裙樓，也曾“闊”過。現在底層除了出入門廳，其餘都出租給人家開店鋪做生意，窘況畢現。在門口躊躇一下，想想該給人家留點辦公室整理準備的時間吧，他又轉身走到街邊粥攤去吃早餐。

“阿婆，怎麼沒見匡姐來幫您？”阿O坐下與攤主打招呼，早年在碼頭當苦力時就親近。

“阿O，你好久不來了喔！”老嫗綻開笑顏，遞上一碗粥和燒餅夾油條。“你的匡姐呵，現在當了護士長，忙不過來啦！”

“好啊，您也該收攤享享福啦！”

韓信不忘漂母一飯之恩，阿O也記著往日情分。社會動蕩的年代，老嫗和匡姐相依為命，蝸居在教堂半地下室儲物間裡，靠為人縫補漿洗謀生，碼頭做裝卸的單身漢是常客。那時，阿O身上穿著都是她倆打理，連布鞋底都是匡姐一針一線納的，經常還去蹭飯。

老嫗擺這粥攤，是阿O跟街區打招呼，才得到許可的。

阿O美滋滋吃完，見她忙著招呼客人，掏出兩張毛票壓在碗底悄悄走了。當他拿著介紹信進入二樓公司經理辦公室時，寬敞的室內已有十幾個人在，或站或坐，幾個老槍吞雲吐霧，還有呼嚕呼嚕吸水菸的，搞得烏煙瘴氣。大班椅上躺著一個穿對襟衫的大漢，兩腳交錯擱在寬大的經理桌上。有位靚麗的女職員強作笑顏在給眾人倒茶，見阿O便迎上來問：“是市裡來的同志吧？昨天接到通知了。我看您不像也是來……”

她嚥下了一個敏感詞，接過阿O的介紹信，“我是公司辦公室主任夏敏。公司領導都還沒來，他們也在等。請——呃，”語噎。

阿O順著她的目光，看到門口怯生生站著個小蘿蔔頭，一雙奇大眼睛泛著淚光。夏敏撇下阿O，急急忙忙跑過去："喲！軍軍你怎麼來了，你爸爸好點了嗎？"

"哇"的一聲小孩哭了，撕心裂肺的。

"怎麼了，怎麼了？軍軍乖，別哭呵，跟阿姨說啊！"夏敏趕緊哄著孩子問。大家也關心地圍上來。小孩哽咽著："……醫生凶……趕爸爸……停藥，要錢！"

夏敏一聽，攞緊孩子，也哭了。阿O蹲下來低聲問她怎麼回事，她抽泣著說，前些天碼頭工地出事故，孩子爹被鋼筋穿腹，送第三醫院搶救，公司開了張支票繳押金，但帳上沒錢。病床前只有這沒娘的孩子陪著，這不……阿O聽了，沈吟一會兒，毅然決然站起來，擠過周圍人，走到經理桌前抄起電話撥號。

"市三院麼？我是上個月陪市委領導來調研的阿O，請亓院長接電話。"線那頭一陣雞飛狗跳的噪雜聲，阿O臉上閃過借了虎威的狐狸似的陰沉一笑。

"我是阿O，……您還記得，謝謝。聽說你們要對一個因公負傷的工人停藥，還要趕出醫院？……唔，是甬江航運公司的工人——我的父老兄弟！"耐心聽了亓院長的解釋，他以平靜而嚴肅的口吻說："亓院長，我正告您，市三院是人民醫院，救死扶傷是醫生的天職。對，無論如何要救治！燕副書記調研時佈置的任務，請你們寫個改革方案檢討，呃，就是'差額預算管理下如何堅持人民醫院為人民本色'，你們這算是交卷了麼？"

電話裡一陣緘默，阿O估計亓胖子在流汗了。

"開空頭支票是可惡，甬江航運公司一定會付清醫藥費……對，我負責！我現在就被派到這個公司工作了，信不？”

阿O戲謔道：“嘿，別請我喝酒，喝高了我會拿酒瓶砸爛您的禿頭——替天行道！還記得希波克拉底誓言麼？您是老醫生，應該記得自己說過，‘如果我違背誓言，天地神鬼一起將我雷擊致死！’”

説罷，他掛了電話。在眾人驚訝的目光注視中，轉身走到軍軍面前，單膝跪下來，扶了扶鼻樑上的眼鏡，凝視孩子的臉，“別哭，哭沒有用！”

阿O掏出自己的手絹，看看有點髒，不好意思又塞回去，伸手奪過旁邊夏敏自己抹淚的手絹，給孩子擦擦眼淚。又從自己公事包裡取錢，抽出僅有的幾張“大團結”注1，和手絹一起遞給她，“夏主任，拜託妳安排人陪孩子去醫院，這點錢請個護工。”

夏敏深深地看一眼阿O，默默接過錢，攜著軍軍的手走了。

“市裡來的同志！”馬上有幾個人腆臉湊上來，“能不能也幫我解決一下問題呵？”

“給工錢，我們農民工要吃飯！”

“拖欠我廠鋼材款快一年了，我都跑了五趟……”

“這些是你們在敝店請客的吃喝簽單！”大胖子舉著一疊油膩的紙片，擠到阿O跟前，哭喪著臉作揖，“我小本經營，可憐我老婆孩子一大堆……”

“你幾個老婆？”有人給了一個後腦勺，粗暴打斷他的囉嗦。

“好像只准生一個哦！”大家起哄。

阿O快被討債的人堆埋了，乾脆無賴似的一屁股坐在地板上。窩囊！誰叫自己剛才強出頭？心裏嘀咕著，不理會討債人噴到頭上的口水，給自己點了一根菸。

眼前的形勢，在腦海裡形成一幅“水山蹇”卦象。初六陰爻不當位，若變為陽爻，便是水火既濟。

三分輕煙穿過胸，一條妙計上心頭。阿O拍拍屁股站起來，舉手大喊：“好啦好啦！吵吵嚷嚷，我該聽誰的？”

阿O正色道：“欠債還錢，天經地義。但帳要一筆一筆算清！要找我算帳也可以，你們誰先？”讓眾人一怔。

推開包圍，他走到經理桌前，定定地注視那個占了大班椅的漢子：“心平氣和算算帳?”

那漢子睜眼對上阿O目光，狐疑一會，開顏笑了。然後，站起來恭敬讓座，自己轉過經理桌到對面，在有眼色的手下搬來的椅子上坐定，揮揮手：“轟出去！”

幾個蠻悍的漢子逼過來，那些討債的相互看來看去，再不甘也不敢吭聲，退出經理室，各懷盤算，無奈散去。那漢子人粗心不粗，關上門，先自我介紹，娓娓道來。

他是東湖鎮一個集體建築公司的承包頭，人稱佘老大。兩年前，甬江航運公司接下一個位於東湖的大工程，包括疏浚航道，建碼頭和倉庫，總預算約 745 萬元。他占地利人和，從羅經理手裡分包了除疏浚、打樁及鋼構外的全部土建任務。土建工程預算的管理費、材料採購費等“肥肉”，全部由航運公司下的航道工程隊剝去，只剩施工勞務的“骨頭”。近兩年來，白天黑夜不分，他領著農民工一起在工地摸爬滾打，眼看要竣工決算了，驚聞羅經理被捕。拖欠和未結算施工費 27 萬左右，還有 20 萬包工押金是信用社借的……

“啊——”一聲尖叫從門外走廊的一端傳來，隨後是一陣混亂噪雜。門被撞開，一個男子跌進經理室，是被佘老大手下從女廁所揪出，拖過走廊，推進來的。

“郝書記！”佘老大忽的從座上躥起，一把揪住跌坐地板上的男人前襟，咬牙切齒，嘟嚕幾句，掄起大拳頭要打。阿O慌忙趨前，一手隔擋，一手悄然探向佘的腰。佘警覺後退一步，瞪起牛眼，重新打量面前笑嘻嘻的阿O。

劍拔弩張之際，門口出現一個穿銀行制服的白領麗人，見狀她嬌叱：“瘋啦？！”竟敢上前推搡佘老大，讓這凶神惡煞靠邊站。

她扶起郝，沒去理會他一副狼狽相，卻把目光轉向發愣的阿O。她也愣了一下，顫顫地伸手摘去阿O的眼鏡，凝視著，明眸泛起淚光。突然，她撲上去抱住呆呆的阿O，“嗚”的哭出聲來。阿O驚恐推開，再審視：“——小婭？”

“唔，”她破涕為笑，旋又揮粉拳捶打著阿O胸膛哭起來。

佘老大撓撓後腦勺，無奈苦笑，沖阿O舉手比了個手勢。

“OK？”阿O惛逼。

“三天！”佘惡聲惡氣道。又似乎怕小婭，轉身就走。阿O追著背影應答：“就三天，我去找您吧！”

鬧哄哄場面轉眼成了冷場。

郝書記很快恢復神氣，抬手理了理被扯亂的頭髮，抻了抻一身中山裝，打電話召集各科室主任、科長來商議，也不避阿O和小婭在場。小婭是大通銀行的行長助理，申城進修回來剛上任，也可以說是來討債的。她一早就在財務室對賬，內急如廁，無意中撞破郝書記躲債。現在，貸款已逾期，公司這個月工資還沒發，查了各個銀行帳戶，餘額竟是-7 元！而給銀行的上季度財務報表卻是另一番光景。她怒睜鳳眼責問：怎麼搞的？

財務科長文相國垂著頭，不斷抹著額頭的汗，斜眼偷瞄公司現在當家做主的書記大人。

郝無言以對。公司羅經理挪用工程款被捕，是他發現了向上級舉報的，可是他無法收拾局面，上級主管部門遲遲派不出人來接任。阿O來公司報到，名義上是下派鍛鍊的，市委害部門出來的以往都在處級層面，沒有上級組織部門領導陪同並宣佈任命，大家心知肚明他是犯了錯誤被貶的。

眾人以不善的目光打量他，象群雞圍觀一隻落魄的鳳凰。

郝很懊惱，讓大家把注意力集中到當前面臨的困境。七嘴八舌說了一天星斗，結果還是由他親自再去交通運輸局找領導匯報匯報。欠工商銀行、建設銀行及大通銀行的債務，局領導還可以協調一下，其他討債的沒得商量。

三天後怎麼面對佘老大的怒火？大家又把目光投向出頭應諾的阿O。阿O只得摸摸鼻子，接下郝代表黨組織給予的"考驗"。

午間，小胡同旮旯的飯館裡，小娅和阿O吃完麵條，老闆來收拾碗筷，阿O掏一把零碎錢付完帳，又將桌面幾個鋼鏰數了數掃入公事包，離開市委機關前剛領到的這個月工資只剩這點了。小娅看在眼裡，從坤包裡取出一個信封遞給阿O，"拿著！"

阿O接過來，打開一看，裝著從 1 角到 100 元面額的 9 張嶄新紙幣，整套新版人民幣，忙推回去："這是妳的收藏品！"

小娅又推過來，"那也是錢！銀行不缺這東西。"

阿O抬眼看了看她明亮純澈的眼睛，悻悻收下。還貧嘴："這下好了，讓我不捨得花錢啦！"

小娅噗哧一笑，噘嘴說："那也不許餓著我哥！"

阿O感到暖心。想想，又歎口氣："公司三百多號人領不到工資，怕是不少人家在等米下鍋吧！"

"大通銀行不是慈善機構！"小婭冷然回應。

催收這筆帳，是她邁上銀行高管崗位的第一項考驗，遇上的恰是自己心儀的人，很糾結。阿O卻糊塗一時，竟拐歪抹角還想借錢發工資，這才想起她也是來討債的，啞然苦笑。小飯館的留聲機正放著一首港臺流行歌曲：

如夢如煙的往事

散發著芬芳

那門前清澈的小河流

依然唱老歌……

凝視良久，阿O心裏悵然喟嘆："唉，找不到當年那個戴著蝴蝶花的小妹嘍！"

注 1：面額 10 元的人民幣。

二、初戀

高中未畢業，阿O就棄學外出打零工。在碼頭，烈日和暴雨下扛活的夥計中，有個鬢眉皆白的老頭，傳聞是個大右派。經常抬重物走跳板時，別人避之不及，阿O故意找他搭檔，起槓時有意無意把繩攀朝自己一邊挪。後來，阿O講義氣被眾人推舉為頭兒，扛重活時更排擠老頭，指派他去給大家弄茶水，搬雜碎，或收拾場地。那時天真爛漫的小婭，她經常來給爺爺送午餐，假期裡還幫忙幹點零碎活，成了一幫蠻漢的開心果。有次，一個夥計當著小婭講葷段子，阿O立馬拉他出去說理，結果打了一架，兩敗俱傷，都鼻青臉腫的，慘不忍睹。從此，大家知道小丫頭由阿O罩著，聰明伶俐的小婭也總追著阿O叫“大哥哥”。

阿O被公司領導看中，遇有招工指標，培養他下船當學徒。小婭常常在碼頭等候，看到阿O就叫著“大哥哥”跳到船上去玩。有時候船運蘋果，向來清高的阿O也會從艙底遺留的檢幾個，偷偷洗淨包好藏起來。師父知道是給小丫頭留的，也就裝作沒看見。

眼前的白領麗人巧笑倩兮，恍忽耳邊又響起小丫頭脆生生的“大哥哥”叫喚，心境一漾。阿O話頭一轉：“爺爺還好嗎？”

“爺爺退休回鄉下去了。”小婭斂起笑容，憂心忡忡道：“三天，怎麼跟佘老大交代？你真敢自己送上門去？”

“言必信。”阿O一笑，“正想去東湖碼頭工地看看。”

“後天吧！我安排一下，陪你去，順便也去看爺爺。眼下，你拿什麼去應對？”

“船到橋頭自會直……”

“不是碰來便是別！”小婭接上船老大口禪，不無嘲弄意味。這一“碰”或一“別”，可能他會頭破血流。

“到了看勢態再說。具體分析，具體設計。”

“爺爺誇你得計然神傳，還以為你有啥妙計！”小婭噘嘴。

阿O無語。世人遇事總冀望有超凡妙計，孫悟空能辦到的是人幹的事麼？世人都想從上古計然策覓奇謀，卻忽略其根本要義：

“視物之情與勢而計所為，不求於心，不責於人。計其始末，智基於此矣。”

計然的教導，阿O脫口而出。看小婭失望樣子，他又解釋道：“計從何來？分析形勢，根據其勢態去找解決辦法。”

“形勢……勢態？”小婭茫然。

“簡單說，”阿O端起桌上茶壺給小婭面前的杯子續水，“壺舉高處，茶水就有了下注的動能。由此類推，可以分析各種事物的態勢，以其相互作用的關係因勢利導。”

小婭還是不解其意。他又舉例說：“今天我一到公司，眾多債主咄咄逼來，我見勢不可擋，後退一步，願一筆筆算欠帳，這合情合理。哈哈，眾多債主不再協力逼向我，相互之間起了爭先的矛盾。此所謂形移勢易。”

“真鬼！”小婭嗔道。轉念一想：這……是一種系統方法？難不成你還能像物理學那樣，計算合力、分力或阻力等向量？然而，她怎麼也想不到，阿O竟是以八卦來審時度勢！

“我們去看望苦阿婆吧！”阿O提議。小婭看看手錶，欣然挽起阿O走向三江口的教堂。

教堂外的草坪曾經一片荒蕪，是老嫗和匡姐涼曬衣裳的地方，也是小婭私密樂園。小丫頭常央著大哥哥玩“騎馬”，一不樂意就賴在老嫗懷裡撒嬌。匡姐則從不給她笑臉，若有也是“笑容猙獰”，還時常逮住她，督察她的功課。

整天勞累的老右派看在眼裡，也樂得委責於人。

匡姐不但嚴厲，還要求高，給小婭數理化方面輔導，甚至遠超當時學校所教的。正是那時打下的基礎，讓小婭後來在銀行專科學校中出類拔萃。那年代，阿O上中學也是讀雜書混日子的，高考時文史功底還不錯，數理化知識則全靠匡姐考前提耳灌輸。匡姐教他的，直至在黨校進修經濟學，用導數解數學模型題還用得著。

教堂裡空蕩蕩的，陽光透過窗戶彩色玻璃，在周邊投下斑駁陸離的光影。神壇前，有位緇衣人匍匐跪地，正向釘在十字架上的蒙難者喃喃禱告。聽到動靜，他回頭看見來人，起身打招呼：

“哦，是阿O同志呀！怎麼有空來這裡？市委有什麼指示……”

“沒事沒事，”阿O忙擺手，“順便來看看苦阿婆。”

“她呀，想必又去醫院給小君送好吃的，再過會兒該回來打掃教堂，你們坐下喝杯茶吧！”

“謝謝岑牧師！”小婭搶著說，“我還要回去上班。哥，我們改天再來。”說罷，拉著阿O匆匆離開。

她還是預備黨員，怕與神職人員交往過深。看看時間也真該回銀行了，還要向行長匯報航運公司的財務問題。

分手後，阿O信步走向左近的公司下屬航道工程隊所在。這是一幢三層小洋樓，原是教堂的偏殿，文化大革命時期武鬥中被燒毀，近期在殘垣上恢建。恍惚間，他看到成群圍攻者揮舞著青柴棍從四周湧來，烈焰和濃煙之上，她騎著屋頂十字架高揚紅衛兵大旗，聲嘶力竭地吶喊：誓死捍衛……

在少年阿O心底烙下的影像，並未被流逝的時間沖淡。

神州大地上一場風暴掃蕩過後，甬城一個不起眼的小教堂裡，岑牧師率先恢復了講道。大廳裡很多人是觀望的，散在周邊，講壇前匯聚的才是散佈甬城的寥落信眾。他眼含悲憫掃視壇下的劫後殘存者，就像審視一群風暴中被驅散，飽受欺淩的羔羊。打開聖經，以慈仁的語調誦讀：

……迷失的，我必尋找；被趕散的，我必領回；受傷的，我必包紮；患病的，我必康養；肥壯的，我卻要除滅。

我必按著公正牧養它們。

壇下信眾一片唏噓。其中一位白衣護士已是淚流滿臉，臉頰上疤痕在抽搐，顫抖的身軀漸漸支撐不住，跪倒地上匍匐，還不停頓首，哽咽道：

"我是有罪的，罪不可恕……"

瘦小老嫗在她身旁，伸出枯瘦的手撫她背脊，勸慰道："上帝早已寬恕妳了，對皈依者祂是慈仁的。莫哭，待會兒岑牧師正式為妳施洗……"

老嫗不知姓名，人稱苦阿婆，曾是教會的勤雜工，在那場武鬥後大火的餘燼裡救出了那位紅衛兵首領——人稱"狂飆"，真名匡小君，是烈士遺孤，"老三屆"高中生，市第五中學共青團學習委員。當年卻是她率領一群學生掃蕩教堂並佔據為司令部。

已是大學生的阿O，應邀來觀禮，見證了匡姐的受洗。暑假回甬城看看，大有"知交半零落"感慨。苦阿婆還在原來的蝸居，對他還是淡漠裡透著親切，留他吃飯也是家常菜。匡姐可以說是他的"初戀情人"，由於刻苦研習業務經常不回家，也可能是刻意迴避。

床頭，她打了大半截的絨線衫，阿O一看便知是給自己的，鼻頭一酸：我的匡姐呵！

曾經，阿O常幫苦阿婆攬活來，匡姐見他剛入冬就披上兼做蓋被的軍大衣，內裏卻是單薄的衣衫，就拆洗了一堆破舊的紗手套和麻袋，徹夜不眠給他勾織棉麻衫褲，這份情很是暖心。記得那時候，這片區域"紅暴派"注1得勢，她匿藏在苦阿婆的蝸居不敢露頭，只能幫苦阿婆幹點縫補漿洗活，苦不堪言。洗涮活兒冬天稀少，日子更難熬。阿O有良心，大年三十夜頂風冒雪而來，扛著一袋大米，拎著一條狗腿，鑽進這蝸居。苦阿婆拿菜市場撿來的菜葉伴和著，煮了一鍋稀飯，阿O和她們樂呵呵吃了一頓年夜飯。

飯後，阿O要回船上去值班，苦阿婆把他攔下："當學徒的每月糧票 28 斤，工資只有 14 元 5 毛錢，對吧？留下這袋米，你在船上吃什麼？"

"船老大天生地養，江湖上餓不著。呃——"阿O打個飽嗝，吐出電影《流浪者》的臺詞："餓急了，老子去偷、去搶、去殺人、去放火……"

"啪！"一幾響亮的耳光打得阿O眼冒金星，猝不及防跌倒。他回過神來，只見眼前一張猙獰的臉，流著兩行淚，那雙明眸盯著他的眼睛，似憐、似嗔。阿O心虛，垂下頭嘟噥："匡姐，我……我胡扯，是氣話，我沒做壞事！"

苦阿婆抱起那袋米，塞到阿O懷裡，正色說道："你是讀書人，要走正道哦！"

"阿婆，我不能看著妳們挨餓呵！"阿O急了，滿腹委屈，紅著眼睛嘶吼："老天，我好恨吶！嗚……"放聲大哭。匡姐含淚把他的腦袋攞在胸懷，柔聲道：

"阿O莫哭，你是男子漢啦！"

幼年失恃的阿O，至今還留戀那份女性懷抱的溫馨，平生第一次感受。也許，所謂奧狄浦斯情結，往往是不經意間種下的。

溫柔懷抱裡，阿O漸漸平息，抹乾淚，棄下米袋奪門而出，頂著漫天大雪回船。一路上，寒風呼嘯裡引吭高歌，似一匹狼嚎：

馬克思主義的道理，千頭萬緒，歸根結蒂，就是一句話，造反有理，造反有理……

誠然，阿O勤勞樸實，向來不偷不搶，連那條狗腿也是師兄弟分給他的。船上工作每天還有幾毛錢的伙食津貼，加上水裡撈的魚、蟹和螺蛳，日子熬得過去。何況，正月裡還有加班費。只是他胸中，始終有梁山好漢的心在蠢動。

此後，匡姐很關心這不時來探望的"小痞子"所思所想，聽他談論時勢政治。她和老右派一樣，勸阿O遠離那些"鬧革命的"，即便她曾並肩戰鬥的那派又得勢掌了權。她說："我們的'文革'早已過去。現在混戰，大大小小野心家爭權奪利，你方唱罷我登場……"

"群眾造反，如大潮洶湧，社會沉渣泛起，難免混亂。況且，那些'保皇派'背後有人挑撥，讓群眾鬥群眾，妳看不出來？"

阿O不是蒙童，他讀過一本當時禁書——雨果的《悲慘世界》，其中議員臨死對 1789 年大革命回顧的描述，印象深刻："我們離它太近，滿目瘡痍……"

"以後，遠遠回顧才看到它的偉岸。是麼？"

顯然匡姐也讀過，卻不以為然。她深沉地說："兩千多年來，哪朝哪代沒有造反的，曾一次次轟轟烈烈席捲神州大地，百姓又何曾擺脫官僚統治？父輩跟共產黨推翻'三座大山'[注2]，也曾想人民當家做主，按列寧的主張，'使所有人都暫時變成官僚，從而使所有人都不能變成官僚'，層層設黨、政、工、團、婦、統、宣、教、文、衛、體等等組織機構，還沒使所有人變成官僚，這些人已經僵化為官僚，壓在普羅大眾頭上的官僚更多了。我輩又造反了，現在你看……"

阿O眼前一片茫然。身為社會底層的無產者，讀《共產黨宣言》著魔，由衷嚮往共產主義社會，不知路在何方。

"難道我們只能甘心受剝削和壓迫？別跟我說是命不好——我

父親就已不信了！難道我們不該起來反抗和鬥爭？！”

“鬩、鬩、鬩，鬩得血流成河，只是換一批官僚統治而已。夢該醒啦！人間就是苦難，到處是罪惡演繹。拯救世人靈魂脫離苦海的，唯有‘愛’！”

說到這“愛”，她眼裡透著虔誠。

“狂飆”被苦阿婆背回來時已奄奄一息，身軀大面積燒傷，苦阿婆悄悄請來醫院的教友救治，整夜祈禱，把她從鬼門關喚回。

任遭何事，不要驚怕，天父必看顧你；必將你藏祂恩翅下，天父必看顧你。天父必看顧你，時時看顧，處處看顧，祂必要看顧你，天父必看顧你。

吟誦的聲音似有魔力，昏迷中逐漸甦醒狀態下，滲入她的靈魂。痛楚消退，精神安祥。在苦阿婆一遍遍祈禱，一匙匙餵養下，她漸漸康復起來。

傷口結痂了，奇癢難忍。她忍不住去蹭，還伸手去撓，血肉模糊，開始化膿。苦阿婆勸阻不成，狠心綁了她的手腳。缺醫少藥情況下，拿她怎麼辦？

苦阿婆竟仿效母狗，用舌頭去舔她身上的糜爛傷口，舔去膿血，舔去她渾身奇癢。享受著無可抗拒的慈愛，她心頭卻在滴血。

當初她們一夥紅衛兵闖入教堂，批鬥岑牧師，掛黑牌，“坐飛機”，還發狠要用皮帶抽這不肯瀆神的頑固分子。苦阿婆卻跑出來俯身趴在他背上，想用瘦弱身軀遮擋鞭撻，說“他不經打，我經得起，替他讓你們消消氣”，還撩起衣衫露出光背，說是“衣裳打破了可惜”。

驚愕過後，小將們狂怒：這不是犯賤嗎？好，先將妳這執迷不悟的奴才教訓一下！“狂飆”高舉武裝帶，卻下不了手——

瘦骨嶙峋的背脊上，瘢跡縱橫交錯，著實可怖！

“哇！這是鞭痕……誰打的？”

“小時候被賣到大戶人家做童養媳，不乖巧，被主人打的。”說著，她哀哀哭起來。“實在熬不下去，我逃出來，走投無路，是教堂收留了我。嗚嗚，替牧師挨打我心甘情願，妳打吧，打吧！”

“狂飆”的心似被一揪，突眶而出的淚水迷糊了視線。她扔下武裝帶，扶起苦阿婆，高呼：“不忘階級苦，牢記血淚仇！”

“不忘階級苦，牢記血淚仇！！！”紅衛兵群情激憤。

那場大火，焚燒了幾乎一代人的全部熱忱。狂熱如潮退一般，冷靜下來後是一片迷惘。甬江湍流不息，生活仍將繼續，失去信仰的芸芸眾生在一個個利益糾纏的旋渦裡折騰。縫補漿洗終究不是長久生計，在醫院恢復工作的教友尋機介紹匡小君當了護士，由於她工作勤勉，文化基礎好，出身也好，又被送入衛校進修。

除了護理，她中西醫知識兼學，還學以致用。碼頭苦力、船老大的一些小病小痛找她，往往她手到病除。連老右派的老腰疼，她也能用推拿和針灸克制。小婭稱她“天使姐姐”，沒少給她招來不肯上醫院的患者，她也不厭其煩。她母親是“赤腳醫生”，堅持在窮山坳為鄉親解除病痛，不幸染疫，以身殉職。她自小立志學醫，公社保送她進城上最好的中學，在她踏入醫科大學的門檻前，命運開了個玩笑，但還是讓她繼承了母親的遺志。

功德日積月累，“白衣天使”受到周邊人的尊敬。

她逐漸挺直了腰板，胸部成熟使身材靚麗奪目，但臉上的燒傷疤痕無法去除，好在職業使然，整天戴著大口罩。回到和苦阿婆共住的蝸居，閒暇時她也會對著鏡子發愣，心如止水也偶起微瀾。

一天，阿O送來河裡捕撈的鯽魚，正巧撞見。自承是男子漢的他，不知怎麼寬慰她，從背後攞住她的雙肩，俯在她耳邊說："匡姐，等我大學畢業，有出息了，我娶妳！"

想不到她狂性大發，掙脫攞抱抄起鏡子亂打，打得阿O抱頭鼠竄，從此躲著她走，再不敢造次。當時苦阿婆不在，事後不知怎麼的知道了，還真想撮合她和阿O，阿O已考上大學走了。

這"初戀"的糗事，阿O後來向未婚妻"坦白"，惹來大笑："枉你長得孔武有力，大傻瓜！要是當時你攞緊不放，待她狂勁一過，就是你最最溫柔的妻子啦！"

注1：文革時的群眾組織，全名"紅色暴動委員會"。

註2：指壓在人民頭上的帝國主義、封建主義和官僚資本主義的勢力。

三、生機

"噹、噹"兩響教堂鐘聲，把阿O思緒拉回現實。在外雲遊一大圈，而今又跌落凡塵，回首往事如煙。

信步進入廳堂，看到一個穿花襯衫的人靠著沙發打盹，兩腳擱在茶几上，阿O皺起眉頭一把扯掉他蒙在臉上的報紙，"胡隊長在嗎？"

花襯衫睜開眼，一雙三角眼，自下而上打量了阿O一下，漸漸兇光收斂，轉為不屑。"儂[註1]找阿叻[註2]老大啥事體啊？"

"哦，我剛到公司，來瞭解一下情況。"阿O笑咪咪的。

"儂——會測繪否？

"會開打樁機否？

“會修柴油機否?

“會……”見一連串問題阿O都搖頭，他不耐煩揮揮手：“吾儂有啥用場？謝忒了！”

正說著，樓上急匆匆沖下來一個剃光頭的精壯小個子，呵斥：“媽的你小子又有啥用場？又懶又拆爛汙！”還跳腳要揍他。

阿O趕緊攔住：“行啦！小搗亂，還不改這臭脾氣？”

“哥，你別管！他就仗著姐夫郝書記，敢埋汰我兄弟，看我揍扁他，打出他一肚子壞水來。”看看花襯衫溜了，才拉阿O上樓，“聽說你回來了，下午要不是有重要業務會談，我去公司找你！”

當年和阿O一起下船當學徒，以打狗捕蛙抓蛇惹麻煩著稱的小搗亂——肖道元，而今是統領航道疏浚方面業務的副隊長。

樓上，會議室有三個人在座，肖為阿O一、一介紹。

胡隊長，號稱胡司令，一個矮胖的中年人，穿著汗背心，卻披著將校尼上裝，謹慎地和阿O握握手，連稱“失迎、失迎”。他的手像婦人的，沒一點老繭，這阿O很敏感。在旁手足無措的戴眼鏡斯文青年，是搞測繪的技術員馬良，扭捏像個姑娘。還有一位是上午公司商議債務問題時見過的公司財務科長文相國，他立馬起身為阿O泡茶。

剛才，他們正在商議港務三區貨運碼頭疏浚業務的結算問題。現在活幹完了，結算卡在港務局基建處主管航道的工程師周世強手裡，竣工測繪圖送上去後周工說有問題不肯簽字，胡隊長托關係請他過來指教一下，實際是想私下送禮打通關節。阿O進來的動靜，他們還以為周工到了。

說到曹操，曹操就到。樓下花襯衫大聲嚷嚷：“歡迎周工蒞臨指導！"肖又屁顛屁顛下樓去。

迎來周工，大家寒暄幾句，周工就爽快地攤開圖紙，指出問題。

圖上，江左碼頭邊標滿"+"及滬淞高程數據，密密麻麻。碼頭下游方不遠處被紅筆打了一個圈，周工指著這個圈出來的"+"旁邊數據說，這個點位被挖了個深坑，嚴重威脅碼頭的基礎穩定。

聞言，在場幾位大驚失色。胡司令黑下臉怒視小搗亂，"肖隊長，是不是你手下哪個班次偷懶，不按漸進規範移動船舶，停在那裡一抓兜一抓兜一抓兜的，挖、挖……"

"等等"，一旁悉心看圖的阿O出手攔住胡的嘮叨，抬起頭："請教周工，除了這個點，其他點位測得的深度應符合施工要求吧？"

"嗯，不錯。但這點就構成威脅了呀！"

文科長急忙插話："周工，我們公司 300 多號人，發工資就指望這筆錢了，求您……"

"文相國同志！先搞清楚問題好不好？"阿O正色喝止。他繼續說："除了這個點，其餘的點，深度均勻，差異很小。這個點會這麼深應該另有原因。我有個推測，請教周工——"

阿O就圖比劃。滿載貨船吃水深，往往趁漲潮進甬江靠碼頭卸貨，而輪船靠碼頭應頂潮作業。所以，輪船駛近碼頭拋錨，拉住錨鏈，利用江潮助推船身折轉掉頭，然後頂潮靠碼頭。尤其是江面寬度不夠輪船轉環的情況下，必須如此。而這個點位應是最佳錨點，有經驗的或經常在這個碼頭靠泊的船長，都會在這個點位下錨。日復一日，可想而知。

周工再俯身仔細審圖，好一會，說："你的推論有道理。"又沉思良久，“但是，我的判斷只能憑技術規範，以測量數據說話。”

會談僵了，再三的宴請和“一點敬意”被周工謝辭，拜拜。

阿O問：“施工前有沒有實測？”

“我們沒有聲納儀器，施工只能靠測深繩。聘請專業機構來測很貴，只在出竣工圖用聲納全面測。”馬良回答。

“港務局有沒有測過？”

“甬江潮水一漲一落就積下淤泥一個銅板厚，航道疏浚是經常性業務，一般也就定期疏浚，發包施工任務時打水尺測幾個點，推算平均深度，不會花錢搞大面積實測。”

這個碼頭是前幾年建成的，也沒有以前的疏浚竣工圖。

翌日，阿O一大早就帶人去港務局。

肖副隊長親自駕駛隊裡最體面的“拖鞋巴”（日產農夫車），阿O被尊請坐副駕駛位，文科長和小馬站在後面車斗上吹風涼快。途中，小搗亂打小報告：原來航道工程隊由羅經理兼任隊長，自己是打樁隊頭領，兼協助羅在現場管理碼頭及棧橋建設等，胡司令原是主管疏浚業務的副隊長，羅經理被檢察院抓走後由郝書記主持工作，才調整到現在格局。自己接手疏浚業務管理還不到一個月，這項任務三分之一是在自己手裡完成的，所以有委屈也認了。竣工圖他看不懂，問阿O是不是上大學學的。阿O笑笑：

“我讀大學在吳城師院華文系，之前從沒有見過聲納測深圖。不過，也不難看明白呵。”

“乖乖，怎麼聽你分析比周工還高明！”

“嫖我？”阿O伸手拍一下肖的光頭，分辯：

“你不也是撐船人麼？再說，以前在碼頭做裝卸，天天看著船靠碼頭。也許人家周工科班出身，太專業，從沒留意這茬。”說著，伸手又要拍他光頭。

肖躲閃著怪叫，“可我只有兩隻眼睛，你有四隻眼睛！哈哈！”

“還敢取笑我，”阿O怒不可遏，忍不住又要伸手去拍，看車晃著走了個“S”，只得忍了。不自覺地摘下眼鏡，用手指理了理被風吹亂的頭髮。肖斜眇一眼，憋不住又露出小搗亂得意的笑。

農夫車到港務局門口自然被攔下。阿O說明來意，門衛打內線電話給基建處，周工拒見，阿O搶過電話懇求他一起去碼頭驗證，回答是：這不在他的職務範圍——話也沒錯啊！

衙門都進不了。阿O無奈，讓肖他們返回，獨自留下來。當然被“請”出傳達室，像趕走要飯的。是的，阿O是要飯的，三百多號人等著發工資，還有退休工人、遺孀遺孤要奉養。他在大門外的路邊樹蔭下躑躅，不死心啊！

有點頭昏，他索性在路邊靠著大樹坐下來，苦思冥想。

雲封高岫。山腰，突起的巨岩上，松蔭下一方斫石而成的棋盤，黑白子犬牙交錯。

“師父，為何總拿殘局磨我？”

“哼，”站在崖邊的老者頭也不回，顧自觀賞白雲舒卷。“讀萬卷書，行萬里路，旨在經國濟世。放眼天下，縱觀萬世，投身何處不是面臨殘局？”

沈吟片刻，他還是轉過身來，“絕望啦？”

“何為世人以蓍草測天機，大衍之數五十遁其一？天道總會留有一線生機……”

是呵，完備的開局，只有搞理論的紙上推演才是。況且，不是艱難困苦，哪有我輩用武之地。想到這裡，他陡然清醒過來。當他看到一輛伏爾加轎車駛來，看清車牌"甬·0009"，一咬牙沖到路上，張開雙臂攔在路中。

轎車在他跟前一個急剎車，司機探頭還沒出罵聲，後側門已打開，下來一個西裝革履的官員。他身材高大，寬肩膀上昂著豹子頭，鼻樑上卻架著老學究眼鏡，兩個厚鏡片像瓶底。他吩咐司機先把車開進局裡去，自己雙手抱臂站在阿O面前，笑吟吟不語。

"搶劫！嚴肅點好不好？"阿O瞪眼，吐出肥皂劇臺詞。

"你也會剪徑的勾當？"豹子頭學究輕哼一聲，伸手搭上阿O肩膀扳轉過來，摟著一起走進局機關大門。

門衛衝阿O討好笑笑。阿O不介意，"大人不見小人過"。

局長辦公室，阿O埋在沙發裡，淡定地品著"四明十二雷"新茶，等這位副市長兼局長蕭大人把手頭要緊的事先理一下。他新上任才幾天，可以理解。

這是穀雨採的茶，瓣瓣皆是嫩綠的芽尖，湯色清澈微綠，清香馥鬱而爽口，喝了幾口便一掃疲頹，阿O又露出頑劣的神態。

等蕭和他面對面坐定，也不客套問候，阿O直截了當一五一十匯報了疏浚工程的事，也將公司發不出工資的窘況如實相告。眼前的豹子臉漸漸黑下來，也不點頭，也不表態，阿O心裏有點忐忑。古人曰：士別三日當刮目相看。今人曰：屁股指揮腦袋。還在他胡思亂想時，蕭已召來基建處長和周工，那張竣工圖也帶來了。

攤開圖紙，周工先作了匯報。他說的也是實情，並補充：其實昨天回局路上已順便去看了，今天一早上班路上又去看了，也找船上的人問了，這段航道較窄，阿O說的沒錯。

見局長把審視的目光投過來，基建處長硬著頭皮說：“這事沒有資料可比照，沒理據說人家的辯解不對，所以也沒啟動向施工方索賠程序。但要認可，也沒規範可循……”

蕭低頭思索，沈默一會，扭頭看看阿O侷促的樣子，笑笑：

“實事求是。是不是？”豹子頭臉線條變的生硬，“這個責任由我來負，我來簽字。”

“對，對，實事求是嘛，這是我黨優良傳統！”基建處長似恍然大悟，搶過批單先簽了，還“謝謝局長提醒”。

周工接過來，在處長簽字前面寫上：施工基本符合規範要求，超標深坑經現場調查，系船舶拋錨所致。施工費用未超預算。建議批准竣工決算。周世強。

“作為特例，還是該我來特批。”蕭局長也簽了字。

接下來，還要面對如何解決對碼頭基礎威脅的問題。阿O建議：碼頭側畔再設躉船，八字錨固定，再以鋼構橋與現在的碼頭相連接。周工贊同，認為：這樣，靠泊的船舶系纜的牽扯力主要由八字錨分擔，削弱了對樁基的威脅，但對航道有影響。基建處長表態：好主意，馬上組織技術力量論證。

既已解決公司的無米之炊，阿O又盤算起下一單業務。

吃著蕭局長的小餐廳款待，他抹抹嘴又提出要求，由自己公司的航道工程隊來承建自己提議的浮碼頭。居然，蕭也應承：“如果技術論證通過你的方案，就親自提議由你們公司來做，而且先付30%工程款。但是——”

遇到狼外婆了，阿O如小白兔悚然。

“一個月建成，敢不敢接？”

看阿O撓腮猴樣，豹子頭湊到他面前，低聲說："給你個點子，要不？"

"好，"阿O忐忑。

"弄兩條江海倒騰的大駁船拼接，鋪上甲板不就是浮躉？"

對啊！阿O心裏盤算：可是，賣了飯碗救眼前之急，會不會得不償失？蕭彷彿看透了阿O的心計，"你才離開市委政策研究室，就把攔江大壩的方案拋之腦後啦？"

是啊！這個宏大的建設方案，市委政策研究室從蕭師兄開始跟進，傳到他阿O手裡，已經進入專家論證階段，怎麼忘了？清晰記得：在甬江入海口，依託兩岸相對的招寶山和蛤蟆墩建攔江大壩，然後炸掉上游大閘，讓余姚江和奉化江沖刷甬江，使之成為清澈的淡水江，讓甬城成為美麗的花園城市。

現有的港務局一區、二區、三區碼頭及裝卸作業區、庫場都將遷至鎮海、北侖的深水岸線，以適應現代大航海巨輪靠泊和國際貿易需要。原規劃中，溝通兩岸的幾項江上架橋方案可降低通航要求，節約不少投資。

那麼，公司的航道疏浚業務和江海駁運業務也將徹底改組。這一想，阿O笑了："你的浮碼頭也是臨時措施，對不？"

"攔江大壩方案已經專家審議通過，市委、市政府已下決心。"蕭答非所問。看看錶，"還有一點時間。說說，怎麼就把你小子從市委政策研究室踢出來啦？"

"我私下在一個文學青年沙龍講了些領導不愛聽的話，有人告發我反黨。"

"你阿O會反黨，誰信？"豹子頭苦笑。繼而以揶揄的口吻質問：

"老老實實坦白，你說了些什麼混帳話？"

"我說，我若是胡總，叫文藝批評家向後轉。"

"什麼向後轉？你幾個意思呵？"

阿O坦白：那天，文學沙龍的一些朋友交流個人感想，侃得沒邊際。當時他大發議論，說堯舜時朝廷派官員去民間采風，來檢討施政得失，現在則是文藝批評家拿著執政黨政策去衡量文藝作品，豈非反其道而行之。

例說：XXX像太陽，照到哪裏哪裡亮；XXX像月亮，初一十五不一樣。聽了難道不應反躬自問政策穩定性？

"嘿嘿，還想讓文藝批評家轉身批評朝政？"

"我是想，讓文藝作品真實反映生活，即使話不中聽，有則改之無則加勉。防人之口，甚於防川。"

"你寬容。吃個蒼蠅惡不惡心？"這是時下著名高論。

"懶蛤蟆才吃蒼蠅！以為人民群眾都傻？"

"好好好，我們應當相信群眾，群眾眼睛雪亮……"蕭敷衍，不想與小師弟較真。也許，問題遠不是那么簡單，那個文藝沙龍參與者有幾個已被捕入獄。蕭猜想：高層有人動了惜才之念，阿O的言論不算太過，擇出來把他塞到基層雪藏起來，也沒開除黨籍不是？

阿O還叫屈："這就反黨？為淵驅魚為叢驅雀嘛！"

"阿O是雀還是魚？"蕭戲謔道："你就小魚兒！把你扔到甬江好呵，有志氣就要經得起風浪，游向大海，成長為鯤，待時而起，展翅為鵬！"說著，斜瞥一眼愣愣的阿O，"——還是不成熟！"

"你怎麼跟陸老師一個口吻？"

"跑去找老師訴苦啦？好你個小混蛋，就信不過近邊師兄？都沒來通個氣。”說著來氣，“我還等著你請我喝喜酒，紅包都備著！”

“別提了！”阿O鼻頭發酸，別轉頭看向窗外。窗外天色驟暗，烏雲翻滾，雷雨將至。

阿O還沒回，公司已是雞飛狗跳。

胡司令報告郝書記：阿O這書呆子得罪了甲方，被擋在港務局門外還傻呆著。而他，方才通過關係搞定港務三區，錢已到公司帳上。聞訊，文科長急吼吼跑到大通銀行去提款發工資，被告知帳戶已凍結，許進不許出。這時郝書記又想起阿O，想起他的小妹，急令文、夏等人快去找行長助理小婭。

她不在行裡，請假探親去了。

手機也打不通麼？神州大地還沒那玩意兒，BP機都剛問世。私人宅電很少，有也是保密。

注1：方言，意為“你”。

註2：方言，意為“我們”。

四、真偽

眼前還是殘局，不過是盤兵棋，類似後世的象棋。與師兄博弈，起勢不錯，貪吃乘隙出車殺馬，便攻守易勢，已陷於困境。

“想悔棋？”側旁抱劍侍立的小雯子似有不屑。

師兄重棗臉神色漸漸凝重，長身起立，喟然道：“兵者，勢也。取勝之道在蓄勢，而非投機取巧。當年勾踐不聽吾諫，乃有夫椒之敗。計然授吾七策，十年生聚，方扭轉頹勢，乘夫差黃池之會，興兵破吳。勢成則時至機至也。時來天地皆協力，勢去英雄不自由。”

“今以八卦度勢，《易經》卦辭總不得要領，何也？”

“經典乃前人經驗之談，可以參考，不足為憑。戰陣千變萬化，用兵不復。該以重卦六十四衍演三百八十四爻為算籌，擅態勢演化交互錯綜之道……”

陶公山下湖波浩蕩，啓明星未落，已呈現一片雲蒸霞蔚氣象。衣袂飄飄，阿O佇立水渚，似醒非醒，腦子里的棋局和現實面臨的局勢交錯疊現，難分難解。建設項目行將竣工，公司已告錢罄，要命的東湖建築隊立逼還債，這爛攤子怎麼收拾？

不知不覺中，小婭已來到身邊。她看阿O發怔的傻樣，忍俊不住：“怎麼，遭雷劈啦？”

“雷水解？！”阿O驚醒，忽然眼前一亮，笑咧嘴：“爺爺起床了吧？走，去吃早飯。吃了就算帳！”

老頭子白髮依然，卻一點不見老，也不見當年垂頭弓腰的疲頹，而今一身唐裝，精神矍鑠，細看還是皓首窮經的酸樣。昨夜與阿O秉燭夜談，抵足而眠，引為知己。退休回鄉後，他自己“不愛旨友喜客過，常盼有信懶作答”，還怪阿O“高舉振六翮，棄我如遺足”。

當年，老右派和阿O一根杠棍畫了等號，但飽讀詩書的老人起初對阿O一夥從不假以辭色。阿O不露聲色的照顧，老頭不領情，盡量與“這些小痞子”不沾邊。

有一天，阿O抬重物蹲下時，掉下一卷塞在褲兜裡的書，老頭撿起來看，是列寧的《國家與革命》，翻了翻滲了汗漬的書頁，見到許多處劃了槓槓，還有“？”號、“！”號，還有不少頁眉、頁腳的批註，對這個渾身汗臭的小夥子頓起好感。風聞，看來憨厚的小阿O是個危險份子，曾參與省城軋鋼廠鬧罷工，當時發生了大規模武鬥，他被民兵指揮部緝捕，流竄到這旮旯，混跡苦力群裡。想不到這小子還挺有思想。工間休息時，他把書還給阿O，主動攀談：

“你說，呃……讓所有人都成為官僚，從而沒有官僚，可能麼？”

阿O默然注視老頭一會：“是呵，可還能咋辦？”

老頭眯眼微笑，點點頭，無語。鮮有人知，他曾作為民主人士參政，當過副市長。向黨提意見，被打成右派。還好，1947 年“反饑餓、反內戰、反迫害”學生運動中，有位同窗好友被通緝，在他掩護下逃脫追捕，上山打游擊，成為某首長的得力助手，在新政權高層還有影響力罩著他。他被罰到梅山鹽場勞動一段時間，就被照顧安排到中學教書。後來靠山倒了，“四清運動”注1時，他又被清理出人民教師隊伍，淪為苦力。

少年的阿O，讓他依稀看到學生時代的自己。

自此，老少倆工間休息或收工後常交頭接耳，嘀嘀咕咕。老頭苦口婆心勸阿O別去摻和造反派的折騰，要認清國情，給他弄來幾本司馬遷的《史記》（可憐那個年代它還不算禁書）。阿O愛不釋手，如久旱逢甘霖。管仲治齊、范蠡興越的作為，讓阿O感覺觸動心底的隱約什麼，讀後常做夢。他來請教老頭：

“計然七策，怎麼只見五策？美人計、離間計什麼的，應是文種的把戲，後二策被范蠡私沒了吧？”

老頭也說不清。於是，又薦《越絕書》，讓阿O自己去探究。

阿O沒幾天又來請教，盯著七策不放，還說夜裡夢遊去找過范蠡。老頭介紹自己讀過的古籍中諸家解釋，都被他一、一指出謬誤。老頭驚異，這小子過目不忘，領悟力極高，似有神授。

於是，計然遺策成了老少倆共同的心病。

老右派終於熬出頭，摘帽回中學當老師去了。臨走，送給阿O

幾冊中學課本，勸他去考大學。阿O在昏黃梳燈下夜夜苦讀，以熬壞視力的代價通過高考，戴上眼鏡扮書生，上大學去了。而小婭則幸運地被保送進入銀行專科學校。

問起阿O別後經歷，唏噓不已。高考成績高出錄取線 50 多分，第一志願卻報了人家降分錄取的吳城師院，只因老頭說過"師範生可免費吃飯，還不用繳學費"。阿O正式入職不到三年，上大學不能帶薪，自我寬慰："管他什麼大學，讀書還不是靠自己用功？"上學後，他找到老頭說起過的省圖書館外西湖古籍部，常翹課泡在那裏。他有一張大學教師的介紹信，可以教研名義查閱資料，是系主任老師偏愛他，私下給開的。

選華文系則是讀《史記》入迷之故。他追尋范蠡足跡而浸淫於計然的《通玄真經》，苦苦探究其中"經國濟世"之道，後又考入省委黨校去進修政治經濟學。可見，老右派毒害匪淺，誤人子弟。

還沒吃完早飯，佘老大就找來了。熟門熟路的，就像進自己家，幫著小婭收拾桌子，泡茶遞菸，就憋著不開口。已病故的小婭媽媽是他小學老師，曾對村裡的他這樣小皮蛋如慈母般關愛。這屋前的小天井，是他童年補習功課最溫馨的地方。師恩如山，小婭爹又是東湖出的唯一京官，恩威之下，豈敢放肆。

"在商言商，"老頭發話了，"親兄弟還明算帳哩。"

昨天下午，航運公司與甲方的帳算下來，項目工程預算與甲方支付的進度款，除質保金，該付的已付。阿O叫隨同來的肖道元把公司駐地辦的資料調出來，再與小婭和駐地辦會計核對過的工程支出比照，如果算上該付佘老大的，工程超支竟達百萬！狂怒的肖副隊長逼問和小婭循循誘導下，老會計吞吞吐吐交代：羅經理指使他通過物資供應商轉走了 80 萬元，他向郝書記打過小報告的。

細心的小婭發現，所購水泥、鋼筋等材料遠超預算項下所需，這個會計也說不清。於是，阿O在肖的帶領下，對照項目概算批件及施工圖實地一、一勘查。主體工程已全部建好，此外還有一幢家屬宿舍樓未結頂，築料齊備，顯見是佘老大故意留作要挾的。

兄弟間的帳也算清了，應付東湖建築隊的施工作業費，尚欠 27.62 萬元，連該退押金 20 萬元，共 47.62 萬元。佘老大願以 45 萬元了結。

“不可，該給你的一文錢不能少，這都是血汗錢吶！”

阿O很認真。對佘伸過來要錢的手，他又嘆息：“可公司眼下工資都還發不出，唉！”

見佘老大瞪起牛眼，阿O讒笑道：“這樣，我幫您去討債！”

“討債？”佘壓低嗓門吼：“怎麼是你幫我？”

看他的窘相，正是“山火賁”卦象：怒火中燒，卻又礙於面子，發作不得。相應，自己公司的處境卻是其錯卦“澤水困”，上卦有缺。看兩個主卦，他在“火”中，我在“水”裡。破局之策是其互卦“雷水解”，其上卦“艮”演變為“雷”，他的立場相因有“水”“火”轉變。

工程甲方陷於“火雷噬嗑”。此卦，象曰：先王以明罰敕法。

阿O打開總圖，指著那幢宿舍樓的位置，告訴佘：這是整體工程建設未完成的唯一缺口，在發包文件上沒有，應是私下作為工程發包條件添加的。打官司的話，法院例行幾回合曠日持久，諒您也等不起。為今之計，您可以工錢未付為由，依法將那幢宿舍樓佔據為質。甲方認賬付款，便結頂交付使用；若不付款，限期一過就賣掉，它可值我公司所欠一倍！倘若讓甲方起訴，那就攻守易勢，舉證責任倒過來，甲方該怎麼辦？

若說是該由航道工程隊負責的，那麼證據呢？工程批文、建築合同上都沒有，連工程預算撥款都沒這一項；若說是私下違規約定，法院不予支持，案子應移送監察委；若是乾脆否認，那正中下懷，由東湖建築隊處置。

“走，一起去！”佘的眼睛發亮。

此去，乾坤倒轉。下午回來時，阿O叫肖道元準備主體工程驗收。佘老大臉色陰轉晴，笑呵呵，還倒給航道工程隊開了張 28 萬元欠條。肖莫名其妙，刨根問底，同去算賬的小婭給他個交代：

甲方負責人是航管站站長，起始還氣勢洶洶斥責他們不講信用，還說耽誤了政府建設工程，正欲興師問罪。聽佘介紹阿O是市委政策研究室下放鍛煉的，他額頭就冒虛汗。佘老大唱黑臉，小婭唱白臉，阿O貌似公正，擺開來一五一十算帳，分析利害關係。最後，他們達成共識——

主體工程已竣工，乙方抓緊做好掃尾工作，甲方按項目建設批件及書面合同，儘快組織驗收。

未結頂的宿舍樓，作為航管站委託東湖建築隊施工項目，完工後由航管站自己另行驗收。建宿舍樓的材料費、工費計 76.85 萬元，航管站以歷年累積福利費，再加其他能動用資金，先湊 26 萬元即付佘老大，還欠佘 50 餘萬元，在碼頭投入運營後，航管站自己慢慢消化填補空缺，佘配合走帳。

佘老大借信用社的 20 萬元，由航管站擔保，展期半年。

倒過來，佘則應付從航運公司領用的材料（含備存未用）計費 48 萬元，扣除預交的 20 萬元包工押金，還欠 28 萬元。

阿O對佘說，待碼頭驗收後你再向航管站要錢，要來錢再還我們工程隊。不是航管站手裡還有工程質保金麼？验收后工程撥款審計核銷，方可動用。

佘心領神會，主動擔下了質保期維修責任。

末了，阿O好心建議：航管站及下屬碼頭營運機構，可以集資建房的名義到縣上補個立項，並申請上級補助，把屁股擦了。還透露了將要出臺的房改政策。

那麼，此項目不失為員工重大福利。主卦轉“震”為“艮”，演化成互卦“水山蹇”，將重大過失淹沒。這當然阿O不會說。

站長十分感激，再三挽留請吃飯，阿O他們也就“賞個臉”。

佘有墨家分支的傳承，拿到了錢，馬上掏出貼胸藏的欠薪名單到工地分錢去，沒在場的也吩咐手下挨家挨戶送去。佘從留存自己手頭的錢中抽一部分，也給航道工程隊駐地人員墊發了工資。工地上一時熱鬧的像過節。

肖道元看看小婭又看向阿O，提醒：公司還沒錢發工資哩！

阿O讓肖別急，說自有辦法，催他先去安排主體工程掃尾工作，還說很快有錢到帳給大家發獎金。本來人心散了，大家認為項目做虧了，工資都發不出，聽說還能發獎金，以為領導在哄人。肖拍胸脯，擔保阿O絕不會騙人。

回頭一想，剛才阿O不是騙了甲方一大筆錢麼？轉眼間佘老大從逼債的變成欠債的，老母雞變鴨啦！小婭所說的，他一時理不清頭緒，怎麼阿O越看越像個狐仙！憋不住一回到小婭家就嚷嚷：

“阿O，你可不許騙了甲方再騙乙方噢！”

“騙？”阿O很詫異，“擺事實講道理嘛，數據都是你我一起核對過的呀！合同外建的宿舍樓，不付錢施工方有權不交付建築物，法律明文規定你去看看！僅收工料費不是便宜他們了嗎？”

說著來氣，又去拍打小搗亂的光頭。肖躲閃，摸摸光頭想：對啊，像擺一盤棋似的明白無誤，擺的是事實。

“算下來，公司這個項目賺了，不該給工人兌現許諾的獎金？羅經理許諾的獎金也一樣！你想賴？”阿O乘勝追擊拍打光頭。

“別老打頭，被你打笨了！”肖抱住腦袋，撅起屁股，回過哭喪的臉道：“哥，你手癢就打這兒。”

阿O一怔：嗯，彼此都老大不小了，不該再以打罵為親熱。

在旁的老頭聽了，笑而不語，讓肖看來他更像老狐狸。臨別，老頭讓小婭研磨，攤開宣紙，提筆寫道：

人徒知偽得之中有真失，殊不知真得之中有真失。徒知偽是之中有真非，殊不知真是之中有真非。

阿O默讀這段尹子的話，感慨：何世無遺才，埋沒在蓬蒿！

鄭重收下贈言，阿O向老頭躬身長揖，而後瀟灑離去。老頭倚門目送，看著漸行漸遠的一簇背影，覺得其中有人背負著自己的冀望。他就像是當年送別自己出門遠行的兒子。

星垂平野寬，月湧大江流。

阿O站在船艄，眺望四野，回味以前學徒生活。那時，看著兩岸村落的燈火，傻想哪一個窗牖亮著，是等待自己披星夜歸？那寂寥水天之間的孤獨感，有時會撓心，會讓人抓狂，而又有時會很享受曠野安謐和夜的深邃。

船艙裡傳來一陣嬉鬧，想必是小搗亂又出了什麼妖蛾子。

回程，阿O選擇搭乘自己公司的船，想順便瞭解一下現在航運業務和船工的狀況。正好這支貨運駁船隊返航。嫌前面拖輪噪音大，他們便一頭鑽進隊尾駁船的船員臥艙。艙裡兩張床鋪左右分列，中間一張小桌子，小婭被尊為中間首席，兩邊床上擠了幾個船員，是排在前幾條船的小青年。船員們還帶了些水果、糕點，想來是被小婭吸引來的，小搗亂的面子沒那麼大，阿O認識的多是老船工。

常壽伯不擅與青年合群，捧著茶壺鑽出船艙，與阿O作伴。

還記得船泊河姆渡那夜，阿O沒隨師父上岸去玩，像往常一樣留守，在桅燈下熬夜苦讀。看書正酣，忽然被蒙住了雙眼。掰開來，映入眼簾的是一雙佈滿老繭的大手，手掌皮比腳掌皮還厚實。那雙手深深印入心底，是以後歷經燈紅酒綠、繁華繽紛都抹不去的印象。回頭一看，是常壽伯。被風霜刻滿皺皺的老臉笑瞇瞇，他說：

"阿O，阿叻撐船人字好甭多識，領工資會寫自己名字夠了。儂這樣會熬壞眼睛的噢！"

想起往事，阿O忍不住又拉過常壽伯一隻熊掌般的大手，雙手摩娑。那熟悉的粗糙感觸，讓他心裡五味雜陳——

那是阿O剛下船當學徒時，清晨船隊啟航，師父叫他去拿竹篙撐開船艄，他懵懂抓了篙頭鉄尖，差點被凍住"咬"去掌心一層皮。

進入小河道，阿O在師父指導下駕駛機動船打頭牽引，不料螺旋槳被廢棄的漁網纏住，致使整個船隊進退失據。阿O只好學一回"浪裡白條"，叨著菜刀潛水去割。臘月里河水冰冷刺骨，艱忍著摸到螺旋槳，好不容易才割掉糾纏物，阿O浮出河面時，幾乎凍僵了，是兩個船老大把他拎上船的。他渾身哆嗦，師父給他灌了兩口烈酒，駕船牽引船隊繼續趕路。常壽伯從后船跳過來照料他，掀開裹在他身上的棉被，將剩下的酒全澆在他身上，用那雙熊掌般的大手，搓揉他全身上下，捏遍他周身關節，沒完沒了嘮叨著：“撐船人身子骨最重要！千萬別種下寒氣，你還沒討老婆……”

當時阿O還納悶：跟討老婆有什麼關係？

寒入骨髓會致陽痿！後來船老大們調侃中他才知道。發現同伴兄弟都有夢遺或自擼（手淫），很擔心自己不正常，偷偷翻看過匡姐的衛校生理知識課本，還真是的，女的也會因寒致病不育！

聯想到魯老大已結婚多年，小媳婦肚子還不見動靜，可能不光是聚少離多的緣故。阿O跟魯一說，魯想想恐怕是這原因。

那個風雪夜，船隊向各鄉鎮運送化肥，將魯老大的船放單甩在泥馬渡待卸。泊船時，發現一具“浮屍”，他按船家規矩撈了起來，發現她似乎未死絕，控水後一息尚存。四顧風雪迷漫，同船搭檔臨時請假也不在，向誰求助？只得趕緊剝掉她濕衣褲，擦乾軀體，塞進棉被窩，再脫下大衣蓋上。艙裡很冷，連常捧在掌心的紫砂壺，才放下一會兒就凍得揭不開。由於船上裝滿硝酸銨，生火煮飯都要上岸找地方，唯一可取暖的是他健碩身軀。眼睜睜看著這女人緩不過氣來，僵化為屍體？他索性脫光也鑽進被窩，一咬牙，緊緊擁抱她冰陰的胴體。

年過四十還是童子身，火氣旺，懷抱裡的女人漸漸甦醒，他卻在迷糊中沉沉睡去。指天為證，沒有乘人之危！

想不到，這是個出色的姑娘，還賴上了他：不娶她那就再放她去投江。這咋辦？

順水推舟，大家促成了好事。

魯求子心切，逼著阿O帶他小媳婦去找匡姐。說明原委，匡姐陪她去婦科作了檢查，查不出病，估計是宮寒所致。中醫開了些溫補藥。回過頭來，匡姐私下要給阿O也做檢查，阿O逃不出她的魔掌，乖乖被她扒下褲子捉弄一番。還好，她說："姐保你沒事！"

阿O臊得無地自容，也算放心了。對他以己及人的憂慮，匡姐沒怪他多事，還說他心腸好，在他額頭親了一下。

注 1：始於 1963 年的社會主義教育運動，內容為"清政治、清經濟、清組織、清思想"，由於指導思想左傾，黨內外不少人受打擊。

五、光棍

聊起江上流傳的魯老大浪漫故事，常壽伯說："不知魯老大前世哪座廟裡燒了高香，好多船老大到老還是光棍。"

近幾年，年輕船員爭相調去航道工程隊，剩下沒門路的也不安心。船工水上生涯，顧不了家，難找對象。往往拿全部積蓄下彩禮娶個鄉下姑娘，沒感情又婚後不著家，出軌鬧離婚的時有聽說。

星月黯淡，江上起霧了，船隊在長亭渡靠泊。

船隊拆散又併泊。各船的船老大紛紛聚攏來，聽常壽伯和阿O說撐船人命苦。說起來有更傷心的，有個船老大阿O也認識，還曾在一起喝過酒，年近五十還打光棍，在單船進小河汊運送農機具時，半夜摸進相好的寡婦家裡，被村裡人捉姦，綁在大樹下活活打死……

常哽咽著，說不下去。圍坐的人沒有勸他，只有長籲短嘆。

"天下三樣苦，撐船、打鐵、磨豆腐。"

"天下撐船第一苦呵！打鐵出汗、磨豆腐起早，總還有老婆孩子熱炕頭……"

有人說，真想辭職不幹了。現在農村放開了，江上出現不少個體運輸船，夫妻同甘共苦，風雨同舟，有的還抱上孩子，好不令人羨慕。有人說，好是好，買船的本錢呢？人家鄉裡信用社可以貸款，現在我們工人不如農民啦。

小婭插嘴，也可以公司擔保，拿船抵押向銀行借呀。

大家笑她，那不又回到公司了麼？

“你們小青年都單幹，退休工人誰來養？單幹的老了沒勞保，誰發你退休金？”老成人一句話，就把大家問啞了。

最不耐沉悶的是小搗亂，眼珠一轉，串掇大家起哄，請小婭唱支歌。小婭也不是省油的燈，說：“好，我唱支歌，歌是謎語，你小搗亂來猜。猜不出，你也唱一個，好不好？”

“好！”大家哄然叫好，肖也不得不答應。

小婭還真清了清嗓子，唱起來：

憶往昔舞姿婆娑

看今朝骨瘦皮黃

莫提起

若提起

淚珠滴答

清越而又淒婉悱惻的歌聲，讓人心旌搖盪，又莫名傷感。常壽伯也許沒聽清詞，受那調調感染，已是老淚縱橫。良久，大家醒過來，看向肖。肖搖頭：“我想哭……”

沒人肯饒過他，男子漢怎麼可以失信於美女，不是丟大家的臉麼？見眾人要拍自己光頭，他忙舉起雙手：“好好好，告訴我迷底，我就唱！”

大家看向小婭。小婭噘嘴不理，猜都不猜，沒意思。阿O也不發話，操起船上一根竹篙往水裡裏一插到底，又用力提起，水順桿子嗒嗒地滴下來……

“撐船的竹篙！”有人眼亮，大叫。肖直想打自己一巴掌。

“對呀！竹子本不就枝繁葉茂，風吹來搖曳多姿。”

“對對對，天天提著黃皮竹篙，怎麼就沒想到？”

“想歪了，就想美女了吧？”

“嗯嗯，”肖坦承。“好，聽爺們也唱支歌。來，大家跟我一起唱！”

山上兄弟千千個

到了山下只一個

甜酸苦辣都嘗過

只有老婆沒討過

幾個船員跟著唱起來，阿O也跟上，這是男人的歌。唱得興起，不同腔調此起彼落，相鄰幾條船也有人跟著吼，氣壯河山地吼。

曲終人散。肖意猶未盡，問小婭：“知道唱的是什麼嗎？

“哼，早就聽大哥哥在碼頭唱過——光棍！山上是成片竹林，砍下來做成竹杠就各自孤獨一條，用它扛過糖包、鹽包、酸菜壇、辣醬桶等等各色貨物。道盡苦力生涯的辛酸，嘚瑟什麼！”

“我光棍，我自豪！哈哈！”肖大笑，笑聲有點怪怪。

“你還‘光棍’？”阿O不解，看周邊除了小婭沒旁人，揪住肖低聲問：“小搗亂，年初你還帶著對象——那個紗廠靚妹來炫耀，說要結婚，送了紅包也沒見你請我喝喜酒，訛我？”

“她死了，你不知道？”肖黯然。

“……”阿O發懵，原以為陪領導出國考察錯過了喜宴。

原來，婚前體檢發現她有嚴重炎症，進而診斷為宮頸糜爛，有個熟悉的醫生悄悄告訴肖母，說她肯定有過不潔的性行為。肖母責問兒子，肖連連叫屈：還未親過嘴哩！回頭逼問對象，才知道：她下崗待安置時，父親是老實巴交的鍛造廠淬火工，幫不了她，她自尋門路，結交了市裡一幫幹部子弟。有次跟著閨蜜參加聚會，酒後被輪姦。事後，她受威脅不敢聲張，也羞說被怎樣糟踏——

那是幫畜牲，輪到末位的慫了，舉不起竟用酒瓶捅！

肖聽了操刀暴起要尋仇，她咬牙不肯說出誰誰誰，吵翻了。轉背她自個竟又卑顏請那幾個公子哥聚首，說是辦個告別宴。《心雨》怎麼唱的，因為明天我就要成為別人的新娘，讓我再最後……

"來來來，大家喝了這杯酒，乾了吧！"

她殷殷敬酒，笑著和淚喝下了毒酒。舉座皆倒。醫院搶救，救活了兩個耍滑頭喝得少的，其中有宣傳部長的公子。醜聞被壓下，以"食物中毒"糊弄公眾。

阿O聽了，心頭充塞苦澀。夜霧瀰漫，中天月色迷茫，看不清江上景物，他摘下眼鏡用衣襟擦了擦鏡片，戴上后眼前仍一片朦朧，復又摘下眼鏡，用衣袖抹眼睛。

肖有愧意："那兩個公子，我惦記著！"

"想什麼呢？！"阿O警覺。

"現在不會，我還怕髒了手。"小搗亂的邪笑又浮現臉上，"聽說一個神經不正常，一個面癱歪了嘴。我常去'探望'還不行麼？"

"唉，你不該刺激她！"阿O很惋惜，責怪肖。

"忍辱保社會平安，替公子哥兜底？"肖炸毛了，憤憤道："難道我們就只配撿公子哥兒玩剩的破鞋？——我寧可打光棍！"

“爹娘能饒過你？”阿O嗤之以鼻。心說：唯老子才沒人管！

“再不濟學大師兄娶個農村寡婦。”肖又蔫了，倒沒有什麼處女情結。嘿，這小搗亂居心不良，獰笑著對阿O說：“我們不兜著，被禍害的女子沒人要，死也會纏著那些公子哥不是？”

說著眼圈紅了，在阿O背上猛擊一掌：“長點志氣，兄弟！”

心裡難受，他去船艙找來酒，要跟阿O對酌，聊個通宵。

船員們都去睡了，小婭偎傍著大哥哥，還不肯去睡。倒不是嫌人家騰給她的艙位髒，她以前常在船上偎著阿O打盹，還覺得他身上汗味好聞，總膩著他。現在自己長大了，該護著大哥哥，因為他有時會做傻事。師兄弟的私下對話，她聽得入神，很震驚。

“你知道麼？她們那個國營紗廠曾紅透半邊天，還出過一個女勞模，當選為中央委員，進入國家領導層。現在紗廠被眾多鄉鎮企業擠垮了，實際上是些戴‘紅帽子’的私營企業，都是紗廠管理層吃裡扒外扶植起來的。後來，廠裡發不出工資，大批女工回家等待安置，怎麼活？各找門路謀生，有的躬身去給冤家（私營紗廠）打工，有的在東途路兩側練攤賣服裝，還有不少人趁年輕去當‘三陪’小姐，給有錢有權的陪酒陪舞陪睡，被玩夠了當作破鞋甩到社會底層，給我們工人為妻……為母！”

觸到傷心處，肖抹眼淚，佯裝被煙燻的，一把奪下阿O嘴叼的香菸，狠狠掐滅。

“阿O，我現在也是黨員，有些話卻沒法對組織講。”

“哦，共產黨員可要襟懷坦白。”

“切，你傻！”肖叫起來，又壓低聲：“看你怎麼被貶下來了？”

“也對。”阿O笑笑，“那就爛在肚裡吧！”

“憋得慌，你……”他看看小娅，“你們我還信不過？”

嘆了口氣，他說開了。“你說階級鬥爭熄滅了麼？我看，熄滅的是我們工人群眾的階級意識，都忘了自己是這個國家的主人，是領導階級！現在我們工人抬不起頭來，是社會最低賤的打工仔，為謀生和進城的農民工搶碗飯吃，這就是‘工農聯盟’？

“可人家熄滅了嗎？阿O你說。現在且不說老資本家‘夾著皮包回來了’，城裡財主後代要討回房產，鄉下地主子女還想推翻土改，想要我的老爹償命！”

肖的老爹是解放戰爭時期的南下幹部，當年帶工作隊下鄉，發動農民搞土改被地主視為眼中釘，背後挨冷槍僥倖留下半條命。

“這仇結下了，現在說不鬥啦，就能抹平？”阿O研究過當時政策，“歷史上殘酷的階級鬥爭有其歷史原因。我們該想想，若有選擇該如何博弈？”

小娅祖上也是大地主，她爺爺開明，學澎湃注1主動分了家裡的土地，自己投身民主革命。她怯生生地說：

“何不學蔣經國發國債，贖買地主的土地分給農民？”

“可他捲走了大陸全部黃金和外匯儲備！”

“當時的‘一化三改’注2，也是贖買政策。可執行起來……唉！”

阿O也想不通，沈吟良久，還是面對現實：“現在黨把工作重心轉移到經濟建設上來，這沒錯啊！有些政策是搞改革開放的需要。社會在轉型期，難免思想混亂，亂象眾生。要相信我們的黨……”

他伸手去攬小兄弟的肩膀，安撫一下。

肖掙脫，猛給自己灌酒，還發牢騷：“兄弟啊，領導層早已脫離工人階級，他們已經是新的統治階級，卻不許我們再提起什麼

‘階級’。看看他們的子女親屬，一個個雞犬升天！”

最近高幹子弟圈內流傳著一句話，某位已是高官的“紅二代”說的：“統治階級要有統治意識。”這個“統治階級”還是工人階級麼？阿O心裡很不是味，也仰脖子灌了一大碗酒，澆胸中塊壘。小婭想勸阻，但開不了口。想了想，她問：

“‘文革’打到了許多‘走資派’，現在全都平反。哥，你說到底有沒有‘走資派’？”自己老爹被打倒去“五七”幹校勞動時，她還小，看不懂滿街的大字報。她問過匡姐，匡姐只有懺悔。

“現在有多少個‘官倒’注3，背後就有多少個‘走資派’！”肖沒醉，圓睜猩紅的眼睛搶答。

“這麼說來，還真要‘過七八年再來一次’注4！”

“別一篙子打翻整船人好不？”阿O對“文革”有自己的看法，也從“狂飆”及其戰友身上吸取了血的教訓，那場混戰不堪回首。而今社會矛盾依然存在，還要這樣折騰麼？國民經濟堪憂，當前只有改革才是出路。“還是要相信黨內絕大多數同志沒腐敗變質，就像你、我、她，只要無產階級先鋒隊的旗幟不倒下，還是我們的黨。”

“繼續跟著‘鐵錘鐮刀’的紅旗走吧，兄弟！”阿O又伸手攞住小兄弟的肩膀。肖長嘆一聲，垂下頭：“唉！哥，你說還能咋辦？”

“你們倆的觀點都偏激，缺乏大局觀！”阿O也嘆了口氣，“實話說，政治大局我也沒弄明白。還是憑良心盡力做好眼前工作吧，為父老兄弟做點事。首先，我想解決光棍問題。”

“呃？”肖一怔，撓撓光頭，露出小搗亂的頑劣。“嘻嘻，你想讓小婭做紅娘，把銀行姑娘都哄騙來，嫁給我們這些光棍？”

“啪”的一下，光頭又挨揍。不過，是小婭打的。

“就算人家肯嫁給工人，你讓人家老守空房？我想，可以學學江上個體船家，搞單船承包經營。”阿O吐露心思。

“你也是‘走資派’？”肖跳了起來。

“你‘左’得可愛！”阿O翻個白眼。“記得馬克思說過，生產力決定生產方式。落後不行，過於超前也不行。往深處想，生產組織何嘗不是這樣？現在內河航運業務，看運輸物資和運輸工具，還真適合江上那些個體戶。當然，我們的優勢是拖輪帶船隊，這不能放棄，生產力要發展。”

肖和小婭想想是這個理，於是與阿O潛心商議起來。

“剛才不是討論過，大家顧慮勞保……”

“這是父輩流血換來的革命成就，要堅決守住！”

注 1：早期共產黨農民運動領袖。

注 2：共產黨執政初期推行的政策。“一化”即社會主義工業化，“三改”即逐步對農業、手工業、資本主義工商業進行社會主義改造。當時，普遍搞公私合營，原業主可以拿定息，一定程度上尊重私有財產權，緩解了階級利益衝突。

注 3：社會經濟改革初期，經濟資源調配由計劃轉向市場，轉型期價格實行雙軌制，權貴子女搞關係弄批文，倒賣物資，賺計劃內和計劃外的差價而暴富。

注 4：毛澤東給江青的信中談“文革”的必要。

六、陽謀

甬城，華燈初上。

濱江大道上車水馬龍，奔流的江水被夜色掩去混濁，浮現粼粼波光，間忽漂蕩點點紅綠色航行燈，漸近漸遠，令人心馳神往東海大洋。

狀元樓臨江，是吟賞良宵美景的好去處。

一間包廂裡，阿O、文科長、小婭，三人守著一桌酒菜，既不動箸，也無心觀景，在等一位神龍見首不見尾的貴客。文科長再三約談總是避而不見，今兒個大通銀行小婭出面邀請，他不得不來。

阿O回甬，馬上找朋友向檢察院瞭解一些情況，又到看守所去探望了羅經理。此刻，他手裡捏著一張比香菸殼略大的 16K紙，心裏發酸。紙上幾行潦草，還可以辨認意思：三江貿易公司與甬江航運公司合夥經營三夾板，雙方湊合本錮 120 萬元，三江出 40 萬元並負責找貨源及銷售，甬航出 80 萬元並配合倉儲保管。三個月為期拆帳結算，三江負責返還甬航 80 萬元，賺頭五五分，沒賺也要付 10%利息。

雙方合作勢成“風山漸”卦象，出一成的為主，出二成的反為客，這是為人作嫁的局。有賺還好說，若賠本了呢？阿O心裡有數：雙方得按出資比例承擔虧損，起碼也得五五分。

根據最高人民法院的司法解釋，這應當認定為合營合同，約定還本付息及保底回報的條款無效。文科長也諮詢過律師，看市場行情估摸著提了壞賬準備，虧損慘重。

一個夾著大皮包的小胖子撞進門來，摘下眼鏡拿手絹擦擦額頭的汗，又擦擦兩個酒瓶底似的鏡片，疊聲叫著“抱歉、抱歉！”戴上眼鏡掃視一圈，就衝著小婭拱手，道：“讓妳久等真慚愧！郎某我好不容易擺脫酒友趕來，還是遲到。還望行長——”

“行長助理！”小婭冷聲打斷。端坐主位，抬頷示意他入座。

文科長忙起身張羅酒水，為阿O介紹，和小胖子寒暄，讓氣氛熱絡起來。大家坐定後，小婭端起酒盞：

“諸位都是我行的尊榮顧客，今天我做東，聊備薄酒，請諸位聊聊天，相互溝通一下，相互理解，增進感情。請！”

大家幹了，相互照杯底，以示誠意。30 年陳的善釀，入口香飴醇綿。狀元樓招牌菜冰糖甲魚，名不虛傳，小胖子更是咂嘴稱道。見他吃喝自若，渾若不覺所為何來，阿O暗讚商場老手的心理素質。

“郎經理，”文科長先捺不住開口，“三個月過了，80 萬你該還我們了吧？”

“嘿，三夾板在你們碼頭倉庫存放，你沒見出貨還沒一成？”

小胖子沉臉反問。厚鏡片放大的金魚眼滴溜一轉，臉上又堆砌笑容，捏著酒盞起身走到文科長身邊，俯身一手攞他的肩膀，一手將酒盞和他面前的酒盞碰一下，故意壓低聲音，說：

“有好消息哦！印度尼西亞為保護森林資源，總統已下令禁止三夾板出口。行情馬上會漲起來，我們手上這點可是緊俏貨！”仰脖子幹了盞中酒，又拍拍文的背，“耐心等待，大家賺大錢。”

阿O也站起來，先給小胖子添酒，碰一盞。然後含笑說：“郎經理真是消息靈通呵！不過……我對行情不樂觀。”

他已經瞭解過行情，每張零售價已跌至 28 元，約摸貼近生產價格，而當初進貨到岸價是 40 元。現在國家宏觀調控，嚴令禁止各地搞樓堂館所建設，需求銳減。同時，國內已有不少企業引進技術設備開始生產三夾板，還升級產出了免漆寶麗板，因而形勢回暖也漲不回去，除非貨幣貶值。沈吟一下，繼續說：

“但您是行家，我一個外行應該尊重您的判斷不是？況且，今天我去探望羅經理，”看看郎的臉色心裡有譜，“羅經理說，當初您向他借錢，說是您包賺的，買賣您決定。”

“沒錯。”郎拍拍胸脯，“聽我的，一定賺大錢！”接著，他侃侃而談：“這批可是印尼進口的上等貨，當初貨一到港，還沒入庫就有人出 60 元一張，那時聽說省城已經漲到 75 元……"

"唉！"阿O長嘆一聲，說："可我們跟不起您這個莊家。這筆錢原是專項工程款，工地天天盼著轉回去，總算三個月到期了。公司可沒錢填這個窟窿啊！"

文科長急切地插話："現在工地拖欠農民工 48 萬，人家都打上門來了！我們自己工資都發不出，真的，你問她！"

說著，激動地站起來，指向小娅。小娅翻了個白眼。

"這交通工程可不能耽誤。"阿O補上一刀，"羅經理還因此在看守所受審呢。有借有還，要對得起您的好朋友哦！"

小胖子癱坐在椅子上，幽幽地說：

"我也想守信用，我也不想害他，可現在我實在拿不出那麼多現金呵！割肉也得有人要，一下子哪兒找吞得下的下家？"

"能不能找銀行週轉一下？"阿O一臉誠懇。

看看主位上面無表情的小娅，郎經理搖搖頭。"現在誰肯借錢給我啊？"

"如果我能說動銀行借錢給你呢？"阿O的聲音充滿誘惑。

"啊，行嗎？"小胖子驚喜地睜大金魚眼，扯住阿O的衣袖不放。"您一定有辦法！儘管說，要什麼條件？"

文科長和小娅也詫異地看著阿O。

"三個月，存貨抵押，利息按基準利率上浮 10%計。"

"OK。"使勁點一下頭，郎又追問："那您要什麼好處？"

"拿到貸款當場還我公司。"平心靜氣的口吻，好像銀行已答應放貸。阿O定定地看著這個皮包公司郎經理。

"行。"還生怕阿O不放心，"我先開好支票您捏著，行不？"

“那好，明天您帶公司印鑑和財務人員到大通銀行找小婭，我在那兒等。下午二點鐘見，怎麼樣？”

“OK，明天下午二點見。”

小胖子興沖沖搶著埋單，文相國囊中羞澀也就不爭了，而主位上的小婭坐著不動，她扯住阿O還要找他算帳。文是有眼色的人，見狀撓撓頭皮，不聲不響溜了。

“你是我哥，不是大通銀行行長吧？”

“是啊，”阿O一愣。

“是？”

“哦，不是。”這下他老實點頭。

“不是你還大包大攬，你當銀行是我家開的？”小婭要哭出來了。每當這時候阿O有大哥哥的覺悟，要借肩膀給她依靠，哄她：“丫頭，別，別哭啊，大哥怎麼會害妳？我又沒說行長同意了，是如果……”

“明天那個皮包公司來找我要錢，行長會怎麼看我？”

阿O任由她小粉拳捶打胸膛，笑嘻嘻的，又壞壞地俯身在她耳邊低聲說：“我會讓妳的行長同意的。”

論其有餘不足，則知貴賤。貴上極則反賤，賤下極則反貴。貴出如糞土，賤取如珠玉。財幣欲其行如流水。

阿O掩卷沉思，深感計然所言精闢。然而，不受教訓，誰能深悟？轉而又想，賤買貴賣的道理誰不懂，憑這陶公能“三致千金”？進而想，史書記載的計然之策字面來看也簡單，能讓勾踐這剛愎“鳥喙之人”信服？伍子胥虎瞰之下，一敗塗地的越國據以復興強盛？

史書記載簡要史實，非經濟專著，司馬遷亦非經濟學人，霧裏看花。所以，要追尋范蠡足跡去探究計然門深奧。

計然門下弟子不少，其中范蠡是彪炳史冊的明星。他是兵家出身，擅審時度勢，所以深得計然算計心法。上古傳承易理，計然深諳其道，史載七策首要便是以易推算豐歉……

小雯子又來追擊，劍芒吞吐，圍繞四周上下翻飛。急忙拿手中殘簡格擋，招架不迭，身上數處中招。怒不可遏，一鼓氣化身為龐然金剛，張開蒲扇大手掌，狠狠拍去。

她化為一道流光遠遁。

“啪”的一聲，巴掌落在自己臉龐。阿O驚醒，周匝隱隱有蚊子嗡嗡，苦笑一下，推開窗戶放生。

天已破曉，阿O起身涮洗，出門投入芸芸眾生，碌碌生計。

阿O還在苦阿婆粥攤吃早點時，文科長已向郝書記匯報了昨晚行徑。阿O的勾當郝不以為然，簡直匪夷所思。難為的是自己也別無他法。阿O探望羅經理讓他警覺，這方面他有出色的嗅覺。局領導的意思是，阿O的工作由公司安排，面臨困境也不妨利用他的人脈，讓他去打理經營事務。

責任誰來擔呢？權責如何拿捏？讓郝書記頗傷腦筋。昨夜他也一宿未眠。於是，決定召開黨總支會議，發揚民主，集體討論決策。

總支委員五個人，其中出身公司修船廠老師傅的工會汪主席懂生產，文科長算是公司經營管理的內行人，夏主任是公司行政和人事及婦聯方面主管，新選舉上來的團總支書記肖道元也忝列末位，郝書記最沒奈何的就是這個小搗亂。改革開放的新生事物嘛！

肖是羅經理提拔的人，讓郝心裡忌憚。

夏也是接替羅經理的新進，總是瞻郝馬首。沒想到她首先提議由阿O接羅經理攤子，主持公司生產經營。

很快，這項提議全票通過。兩招絕處逢生，讓人覺得匪夷所思，事後想想又理所當然，佩服不已。郝書記也是掂量再三，投下同意票。他也不單獨找阿O談話了，接著馬上請阿O來討論錢的問題。沒錢，這個大集體性質的企業快要散夥了，還扯什麼皮。

阿O也不客氣，上來就談打破困境措施及企業改革出路。

大家經討論，雖然理解程度和思考角度各有不同，最後也沒有言之成理的反對意見。要表決時，阿O請迴避，委員才有表決權。

最後，夏、肖、文支持，汪對船隊改組方案持保留意見，郝書記對一系列措施反覆權衡得失，死馬當活馬醫吧，也同意。

阿O待表決一通過，馬上帶文科長直奔大通銀行。

行長上班第一時間就聽了小婭的匯報，愕然。但他沒有否決，覺得此人不簡單，要親自見見阿O。當阿O他們被請進行長富麗堂皇的辦公室，文科長受寵若驚，阿O則施施然在大沙發上坐定，接過小婭泡的茶喝起來。客戶至上不是?

行長也不起身相迎，先抄起寬大的大班桌上內線電話，叫分行營業部經理也過來，然後也到沙發上就座，笑眯眯看向阿O：一隻被拔光羽毛還折騰的小鳥!

阿O迎上目光，訕訕一笑，伸手接了文科長惴惴遞過來的支票，放在茶几上，推到行長面前。小婭在旁睜大了眼睛，暗暗心驚："呵，80 萬元！在金融界老鴉面前，這小鳥竟敢出空頭支票！"

行長一看就皺起眉頭，拿起再看又笑了起來。轉手將支票遞給旁邊剛入座的營業部經理，說：“下午二點以後入帳。”

接著，他吩咐小婭去準備一份客戶委託貸款協議。天哪，拿張空頭支票叫銀行貸款 80 萬元給一個皮包公司，金融界老鴇居然認真啦！

“那就拜託行長大人——”阿O起身告辭，準備下午再來。行長握著他的手沒放，趕緊打斷：

“叫我老高。嘿嘿，我該叫你O老師。”見阿O納悶，“先吃飯，慢慢聊。”阿O也就就坡下驢，拉上文相國同志一起，正好蹭午飯。誰叫老鴇還卡著咱公司脖子不讓發工資呢！這話竟當面說出來，讓高哈哈大笑。

席間，高說起前不久見過阿O，印象特深刻。

市委黨校的一個高級研討班上課，阿O應邀講解《資本論》。課間有位財政局女幹部提問：該怎麼理解“資本不是物，而是生產關係”，資本又是物，錢也是物不是?出人意料，O老師答道：“丈夫不是人，而是社會關係。妳丈夫又是人，還是男人，不是嗎？”哄堂大笑。那位女幹部漲紅臉發飆：“笑什麼笑！O老師說得對，是你們想歪了！”還鄭重向阿O鞠一躬，說“我懂了”。不過，課後議論紛紛，大家把“資本不是物”的意思是吃透了，還是憋不住笑。這妙喻，傳到市委書記耳邊，變味了——阿O不夠嚴肅，這也能開玩笑？不過他心裡沒底，《資本論》沒讀過，卻是心目中的聖經。

吃了簡餐，關起門來高和阿O泡茶私聊。

“何不按約定加 10%，88 萬？”高問。

阿O深深看一眼高，高和藹的笑容不變。

“至今政策還是不允許企業間借貸牟利，市屬大集體性質公司也被財經紀律綑著。君子愛財，取之有道。”之前他已答過文、郝質疑。高的小圈套，讓阿O心裡有點不快。“金融業的乳酪，不是我現在可以染指的。”

高舒口氣，不由高看一眼。默然，點了一根菸，也給阿O點了一根，相對吞雲吐霧。

“你可以搞金融，到我這裡來吧！”他鄭重開口。

見阿O思慮狀，接著低聲吐出心裡話：“那地方‘廟小妖風大，池淺王八多’，不該是你呆的。市委那邊不要顧慮，我去做工作，大通是股份制銀行，用人由董事會決定。”

阿O搖頭，說：“既已到公司，還是讓我先把事情做好吧。遇到困難總不能逃避不是？”

“我快要退休了哦！”高撿到了寶，豈能輕易放棄。“我保舉，你將接我的班。”

阿O沒答應。眼睛清澈，沒有一絲惶恐、巴結的意思，在高的注視下還有點不好意思。還真難拂人好意呵！

二點鐘到了，三江貿易公司的人如約而至。事情辦得很順利，簽了貸款協議，辦了質押手續，80 萬元即到三江公司帳上；郎經理當即把事先開好的一張支票交給阿O，阿O轉手又給營業部經理入帳。由於雙方都在大通銀行開戶，不需要跨行票據交換，兩張“空頭支票”無縫對接，80 萬元實打實轉帳，瞬間完成。

文科長和郎經理相視一笑，兩人都攤了攤空空兩手。

“剛才好像聽到金幣‘叮’的敲了一下，”阿O煞有介事地說，“新生命該誕生了。”

眾人大笑。想起經典笑話：一個猶太婦人難產，接生大夫靈機一動，拿金幣在產門前“叮”的一敲，孩子就呱呱墜地了。

高行長心裡明白，這是說甬航公司已擺脫困境，顯見資產負債表改觀了，出現生機。公司還提什麼壞賬準備，再按“視作聯營”分擔損失已不可能。近三萬張印尼進口三夾板質押在手，原甬航公司貸款區區 50 萬元而已，而 80 萬元委託貸款風險終極不在銀行，銀行只擔監管義務，收手續費。當下決定解除其基本戶凍結，所欠貸款展期 3 個月。

誰說銀行只會下雨天收傘，這是庸手們幹的！

阿O因勢利導，反客為主，雙方合作的“漸”局轉化為“否”局，否極泰來。高老鴞雖不識易理，也看出了玄機。

下班前，蕭副市長的秘書打電話給高行長，過問港務局支付給航運公司航道疏浚款 27.5 萬元是否到帳？為什麼該公司還發不出工資？高行長回答：剛發下去了，銀行剛協助公司直接打到各個職工工資存摺戶頭。還說，手頭有個案例很有意思，想讓蕭副市長看看，商議一下市內企業三角債死結如何解。很快，蕭親自來電說很好，會約主管金融方面的副市長一起到大通銀行調研，聽聽高行長高見。

阿O只是偷梁換柱，將不利合約換成了無可抵賴的借據。高卻套用此法，解了市裡好幾個陷於三角債企業的困厄。

七、起風

阿O神通廣大，居然把羅經理撈出來了，檢察院竟然“免予起訴”。聽說，還要把羅經理請回來。公司裡人心浮動。

夏敏很鬱悶，找郝書記談心，說匯報思想也可以。

前幾天，阿O和汪主席一起去看看疏浚航道船隊的作業現場，回來竟把公司辦公樓裡所有能移動的電風扇全“借走”，恨不得把吊扇也拆下來。她帶頭執行了，各科室幹部的抱怨都落在她身上。

“汪主席不是給大家解釋了嘛，船員熱得無法入艙睡，光膀子在甲板上鋪張草蓆露天睡，會得病。今年特別悶熱！”郝說。

夏也是這麼解釋。眾娘們不服：“這裡就不熱？”

“一線工人都發高溫費，憑什麼要我們再等寬裕點？”公司辦公樓的職員忿忿不平。夏都平心靜氣地承受了，耐心作解釋，但她要向書記反映一下群眾意見。

郝書記想了想，嘆息道：“撐船出身的人，乍當領導，感情上有點傾向也可以理解。給大家說說，體諒一下。”

夏點點頭，但重要的還沒說，不知該不該說，猶豫著。

近幾天，阿O不知從哪裡找來幾個人，安插到修船廠，說是電器技師，要搞技改。問他要人事手續，說以後補。這是違反勞動關係管理規章的喔！

阿O還向她要了公司辦公樓裡全部職員人事簡況登記表，還調看了一些人的檔案材料。

這是要幹什麼，要洗牌？

終於，在郝書記的循循善誘之下，她還是說了自己的擔心。有的情況郝已知，也正想聽聽她的意見。聽她說完，郝沈吟一會，說：“這我得親自找他談談，不能由他亂來。”

正說著，汪主席陪著幾個老船工（有的已經退休）來找郝書記。原來，他們聽說公司要解散船隊，讓大家單幹，就急了。這不是要走回頭路嗎？他們的父兄，還有他們其中幾個，就曾是江上的個體運輸戶，或是給船主打工的。是共產黨，號召和組織他們，通過合作化道路，逐步發展壯大，成立了甬江航運公司。公司家業是他們的血汗積累起來的，聽說要散夥，情何以堪。上幾個月公司有困難，拖欠退休金，才剛補發又刮散夥風，退休老工人能不擔心？問問汪主席，汪自己還想不通，只好引來問書記。

面對老船工紛雜的質問、抗議，郝很鎮定。這些是自己人，雖然也粗魯，但不是討債的凶神惡煞。他讓大家坐下來慢慢說。然後，他首先讓大家放心，是單船承包責任制，不是分船單幹，接著把集體提留保障養老金的辦法解說一番，要大家相信黨。還說，公司堅持走社會主義道路，工人生老病死有保障。這話大家能聽進去，也就慢慢散去。

過後，他打電話向局領導作了匯報，局黨委書記指示：生產經營上還是要支持阿O同志的。但我們要把握企業改革的方向和路線，要堅持組織原則。改革方案局黨委會還沒討論通過，徵求意見怎麼不控制範圍？是不是想以下逼上？”

不錯，阿O動的就是這歪心思。倒不是不相信局領導，他感到改革的阻力來自公司中上層。聽，基層工人編的小調：

公司人有三百多

一百人做，一百人坐

還有一百撿田螺注1

唉！做煞也白做，遲早散伙

此時，阿O正陪同客商在修船廠考察。

烈日下，他戴著墨鏡，一身白色的短打獵裝，很瀟灑，還有點酷。他陪的兩個客商一副港派，為首的姓張名厚富，很富態，

60 多歲還挺精神，穿著香雲紗短袖衫，疏稀的頭髮油光淨亮，戴著金絲眼鏡東看西看，手夾一支比派克鋼筆還粗的雪茄指指點點。身旁挽著他胳膊的，是一位穿淺綠色夢特嬌連衣裙的女郎，為他打著遮陽傘。

船臺上，焊花四濺，工人在將兩條 40 噸排水量的鐵駁船拼接，這是港務局三區定制的浮躉。

那客商湊近仔細察看焊疤，點頭讚許。

又轉到油漆車間，他用手絹捂著鼻子問了老師傅的師承，會不會做生漆。老師傅坦承抽空出去接私活，給高檔傢具上漆做過，還說這幾個徒弟都會。接著，再去木工車間，找幾個師傅問長問短。他的眼睛很尖，還把塞在工作檯下的小玩意——魯班鎖揪出來，嘖嘖鑑賞一番，讓幹私活的臊紅臉。最後到機電車間，見技工正在修柴油機的，還湊上去搭把手。

轉一圈回到接待室。阿O表示抱歉，室內沒有空調，只有天花板上的吊扇。客商來自澳門，雖也久經酷暑考驗，還是熱得直冒汗。幸好諸廠長弄來井水，還有井水鎮過的西瓜，還買了幾條新毛巾，給客人洗臉解暑。

聽說阿O想搞遊艇，省城有個棋友說有可能幫到。這麼快，客商來了，看來還很有誠意。前天一到就開始洽談，先免費給阿O他們啟蒙，介紹了國際遊艇市場的流行風尚、行情，又耐心解答船廠技術人員的工藝技術方面問題，是個好好先生。根據阿O介紹的船廠現狀，他提出幾個合作方案，都切實可行，又公平合理。

今天冒著酷暑來實地踏勘，因為他沒有太多時間。

阿O以誠相待，打開廠區平面圖，詳細介紹各個區域的現有設備、功能，以及欠缺。張先生從遊艇製造的基本設施要求，提出切合實際的技改意見。還鼓勵大家，說許多遊艇製造商都是小作坊起家的。

正談得入港，一位卡車司機闖進來，說是一車槽鋼等著卸車，他要趕著去火車站接貨，求廠長幫忙。見諸廠長面有難色，阿O對客商說聲抱歉，立即叫上諸一起去看看，讓工程師阿蔡接著談技術問題。

卡車邊蹲著幾個船廠工人，龍門吊車壞了，歇著。

阿O一看，脫下上裝一扔，光膀子走到車側旁中間位置，說：“來，上肩！”

幾個工人面面相覷。其中兩個站起來，動手扛起百斤多的槽鋼，惴惴地放到阿O肩上。阿O扛著默默走向倉庫。諸廠長叫來了一些工人，見領導率先垂範，大家沒二話紛紛上前相幫。

不一會，車就卸空了。

不知什麼時候，那兩個客商已來到車旁。阿O抹抹汗，歉然一笑，“不好意思呵，怠慢貴客！”不曾想滿手鐵銹抹了個大花臉。女郎忍著笑遞上毛巾，說：“我二伯說，您也是剛來的，可以理解。”還朝阿O赤膊胸膛打了一拳，勁還不小。

“想起來了，你就是那個‘隨地撒尿’的野孩子！”

“妳……”阿O捉耳撓腮，想不起來。

女郎莞爾一笑，也不解釋，似乎很享受賣關子的小惡趣。由於熱不可耐，相約晚上到賓館接著談。接送有一輛道奇轎車，阿O向市委機關小車班借的。

晚上，阿O和文科長一起去華僑飯店，與客商繼續洽談。

很順利，雙方達成合作意向：客方提供遊艇圖紙和遊艇專用發動機、雷達、羅盤、空調、電臺等設備，並提供 150 萬元的生產設備和部分資金；廠方提供場地、船臺（需經改造）和熟練工人。客方負責引進技術，委派專業人員傳授技術；廠方負責生產調度安排。訂單由客方負責，每年產值不低於 100 萬美元；廠方負責將遊艇送到珠海。船廠生產成本及進口設備成本雙方共同審核，利潤 4:6 分成。稅收由廠方向地方政府申請"二免三減半"注2。

遊艇是奢侈品，利潤是豐厚的，檔次越高利潤越豐厚。製作成本主要是人工，需要一批能工巧匠精心打磨。這勞動密集型的項目，很適合目前的航運公司船廠，現有職工文化水平低，但不乏肯下苦功夫的手藝人，各有師承。看他們外接私活的作品，真可謂心靈手巧。只要引導得法，分配公正，可開出發驚人的創造力。

把利潤的大頭留給船廠，讓阿O感覺到濃濃的善意。

商定后，協議文本，交代文科長去做。張先生提議共同宵夜，到底層歌廳酒吧喝一杯。文今天有備而來，帶足了錢，忙說："您是客，該我們請。"

雖然是改革開放不久，但甬城是前朝"五口通商"口岸之一，華僑飯店的歌廳酒吧也是夠前衛的。歌廳內半明半暗，彩燈閃爍，半圈卡座拱圍舞池，面向裝飾美輪美奐的小歌壇。有個袒胸露乳的歌女在模仿鄧麗君歌唱：

美酒加咖啡，我只要喝一杯！

想起了過去，又喝了第二杯……

找了邊角的座位，阿O和張先生邊喝威士忌邊聊，三句話後又回到合作業務上。看了遊艇的圖紙，阿O想到攔江大壩建成後，兩岸港區碼頭遷出，澄清的江面上，應有這樣的遊艇點綴。能不能公司自己也造幾艘，搞出租或載客遊覽江景？甬江連上游余姚江、奉化江，沿線有招寶山、它山古堰、溪口蔣宅、千丈巖飛瀑、雪竇寺、梁山伯廟、河姆渡、泥馬渡、龍山寺等等風景名勝。張先生贊同，但船廠必須先確保訂單按時交貨。

攔江大壩工程八字還沒一撇，何以就擬辦甬江遊艇項目？對張的質疑，阿O說："知斗則修備，時用乃知物。"

"二者刑則萬貨之情可得而觀之。"張先生接著吟誦。

阿O定睛審視，若有所思。

"怎麼，經商的都錢多人傻？"張微哂，接著又問："你和我那同父異母的老弟，不止是棋友吧？"

"原來您是他哥哥，怪不得！"阿O恍然大悟，連連點頭。那位棋友是個將軍，業餘研究孫子兵法在商戰上的應用，阿O在省城讀書時經常跟他討論《范蠡兵法》及其商道，因而深交。而論淵源，將軍曾在阿O老爹手下當過水手，國共內戰爆發時，共同參加罷工支援學生運動，喊著"反饑餓、反內戰、反迫害"口號，並肩上街遊行。他們被軍警驅散，直至解放後才重逢。

"幾個上船實習的學生中，我早就看出他是共產黨。"老爹曾對小阿O回憶當年，說他"生活儉樸，苦活髒活幹在別人前頭，靠碼頭時同學上岸玩樂，吃喝嫖賭，他卻留在船上找船員聊，噓寒問暖，還掏錢接濟有困難的……"

解放後，他作為軍代表回來接管輪船公司，把領頭罷工被開除的阿O爹這老水手長找回來，接替逃亡的洋人當船長。他回部隊後還是念舊，常抽空看望阿O爹，也是他將小阿O和自己小囡一起安排進了“八一幼兒園”。想起來了，莫非她……

“阿O，你搞個遊艇俱樂部的方案。我出資，你來經營。”

“伯伯，”阿O下意識地改了稱呼，“我不會辜負您的。”

舞池裡沒幾個人。女郎和文下舞池跳了一曲華爾茲，意興闌珊地走回卡座。阿O看相國同志一臉尷尬，知道有點勉強。於是，端起酒杯向女郎致意。

女郎轉到他們這桌來，“二伯，起來活動一下嘛！”

“哎，我哪行？這探戈你們年輕人跳！”說罷，張先生的目光投向阿O。臺上歌女已唱起《酒醉的探戈》，鏗鏘有力的律動，切分音帶來的搖曳感，煽情的歌詞，讓人心動。阿O情不自禁把手伸向女郎，兩人一搭上，就踩著樂點步入舞池。

彷彿又回到大學生活。他攞著女郎的纖腰，沈入旋律。趨步如臨淵，頓挫若驚鴻，兩人在舞池來回往復，疑是一對情侶遊逛街頭，時而躑躅徘徊，纏纏綿綿，時而又熱情奔放，步子灑脫，大開大合。女的舞姿翩翩，搖曳似風前擺柳，劈腿又像白鶴展翅；男的牽拽剛勁有力，環抱又溫柔體貼，步態如豹行又似狼顧。兩人若即若離，不即不離，配合默契，演繹著歌中情緒，如醉如癡。歌女似受感染，也更投入，唱了一遍又接著再唱，唱得如怨如訴：

我醉——了，因為我寂寞。我寂——寞，有誰來安慰我？自從你離開我，那寂——寞，就伴著我……

女郎沉浸在舞曲旋律中，暗自驚異竟放浪形骸，莫名心跳。舞伴挑起了她內心的隱秘的野性和情慾，卻又優雅地駕馭她的放浪。

……往日的情衷，好像妳的酒窩，酒渦裡有妳也——有我！酒醉的探——戈，酒醉的探——戈，告訴她，不要忘記我。啊——

呵！酒醉的探戈。

曲終，意猶未盡，兩人默然對視一會，才在滿堂掌聲中施施然牽手回座。張先生起身迎接，遞上兩杯酒：“呵，我眼光不錯吧？跟妳配合得像排練過，真是珠聯璧合！”

方欲入座，側旁冒出來一個醉漢，作出一個誇張的邀請手勢：“小姐，舞跳的得真好看！我……呃，想請妳跳下一曲。”

“對不起，我累了。”女郎冷冷回絕。

“什麼？”醉漢瞪起眼來，兩個眼珠子像吊在鷹鉤鼻上。“給臉不要，臭婊子……”

“滾！”她一揚手，把杯中酒潑到醉漢臉上。

醉漢怒不可遏，掄起拳頭撲向女郎。阿O慌忙插身其間，張臂護住女郎，背脊生生受了一拳。醉漢還不甘心，又抄起桌上的酒瓶掄臂砸來，阿O護著女郎沒躲閃，硬著頭皮……酒瓶沒砸到他頭上，醉漢卻轟然倒地，酒瓶落到舞池，“乒”的一聲，碎玻璃四濺。

歌廳裡驚叫連連，賓客四散。女郎推開阿O，伸腳勾起掉在地上的一隻高跟鞋穿上，趟過滿地玻璃渣，看看地上死狗一樣躺著的醉漢，又伸腳一挑，讓他滾遠點。

醉漢發出一聲慘叫，翻了白眼。

很快，酒店經理跟著保安過來了，隨後警察也來了，醉漢被送上救護車去醫院。現場問過情況，警察把阿O和女郎帶走，張先生匆匆對文科長交代一下也追著去。

文科長結好賬，想想該怎麼幫阿O，無奈之下在吧檯撥了郝書記家的電話，希望他能找局領導出面保人。在文走後，吧檯的調酒師也拿起電話撥號，他把消息告訴了不知哪個至親好友。

翌日上午，公司辦公樓裡員工們交頭接耳，議論紛紛。

郝書記辦公室裡正在開會，按原定計劃，審議文科長帶來的協議草案。除了去東湖辦工程驗收的肖道元，其他支委成員都在，都認可協議草案，希望早日付諸行動。

接著，夏、汪關心地問起阿O怎麼了，文科長支支吾吾，不想細說。郝書記讓他說，都是黨內同志麼。

正說著，局領導來了。接著，又來了兩個軍人。

注1：俗語，意指佔公家小便宜、撈外快。

注2：當時吸引外商投資的優惠政策，企業所得稅自獲利年度起，2年免稅，再3年減半徵收。

八、委屈

醉漢被踹斷兩根肋骨，當場昏迷，幸好斷骨沒刺進肺裡，醫院搶救過來也沒大礙。那是市領導的外甥，對公安局來說，可是了不得的大事!

值班副局長親自主持審訊，不惜動刑。阿O是主疑兇，上手銬。有人指認他側身一腳把醉漢踹倒，他也老實認了，不費警官的事。至於他的"自衛"申辯，警官不理睬：打架鬥毆談什麼自衛，等著坐牢吧，小子哎！女郎挺難纏，上手銬還不老實，堅持說側身一腳踹醉漢的是自己。指認人居然猶豫了，說那環境下，一剎那的事，那兩人緊貼，出的是白腿還是黑腿，不敢確定。

警官不信，丫頭片子還能把大漢一腳踹倒？妳踹我試試？女郎不屑地一笑，美腿一揚，"乒"的把警官跟前一張木椅劈散了。

在場的警官面面相覷。乖乖，這要是真劈向自己還得了！

唔，這女郎不像是三陪小姐。搜她坤包，找出了回鄉證（港澳居民來往內地通行證），查看不出問題。打電話找發證機關要求詳查她身份資料，廣東省公安廳回絕：權限不夠！

這年頭怪事多，穿軍裝做生意的也見過，不過這……饒是見多識廣的呂副局長也發怵。正為難時，市政法委武書記到了。

他首先去看隔離在拘禁室的阿O，手指點點他直搖頭，叫看守打開銬子。心說：這夫子怎麼也會涉足胭花場所？轉身又到隔壁審訊室，看到鎮定自若的靚麗女郎，真美！臉上閃過一絲壞笑：也難怪這夫子爭風吃醋。

局會議室裡，幾個警官匯報了案情，呂副局長吃不准，請示武書記。武感到事情不簡單，讓候在大廳的張先生也進來陳述。聽完，他點起菸，默默吸完，掐滅。站起來，下令：

一、顯然阿O是無辜的，馬上放人。

二、真正尋釁肇事者在醫院，派人看著，出院後要依法處理。不震懾一下，怎麼搞好招商引資軟環境？

三、解除那女的戒具，但現在不能放人。不該問的不要問，還要讓知情人緘口，不許議論。

武親自與上級機關聯繫，查詢女郎的身份。還交代，看守她要安排女警，客氣一點。

呂豎起大拇指指向天花板：“跟他怎麼交代？”

“你們只管依法辦案，我去跟他說。”

很快軍分區來人了。來人核實了女郎的證件，又“借”走全部審訊筆錄，帶走女郎，將她和張先生、阿O一起送回華僑飯店。分手時，女郎被告誡：靜候上級審查。

昨夜折騰到天亮，他們才從公安局出來。此刻，阿O和客商正坐在賓館露臺上喝咖啡，愜意地沐浴著晨輝。

品著香濃的藍山咖啡，端詳著眼前的美女，阿O心裡盤算：眉宇英氣看來像省城的棋友，隱約記得兒時的玩伴……是張先生的姪女應該不會錯。張先生是正經商人，澳門賽馬會的董事。以她對業務的熟悉來看，不像是臨時請假出來陪同親人……阿O不敢想下去。

人們在陽光下悠閒散步，是因為有人在陰暗中負重潛行。

“妳會不會有麻煩？”阿O關切地發問。

“怎麼办，你還想替我頂著？”女郎的臉湊到阿O面前，瞪大眼睛壓低嗓音說。逗著阿O，不由得想起他童年的糗事：“八一幼兒園”佔了一片墓園，園中矗立一座龐大的石砌金字塔，老師說下面埋著洋槍隊首領華爾，在慈城鎮壓太平軍時戰死的。因而兒童們鄙視它，千方百計搞破壞，其中最小的阿O還爬上去撒尿。她發現了，揪著他的耳朵找老師，告他隨地撒尿不講衛生。

現在，那裡已蕩為平地，成為小學的操場。他們都長大了，身世遭際各有千秋。

“嗯。”阿O點頭，覺得是應該的。

看他傻樣，她又“噗哧”一笑，娓娓說道：“這是正當防衛。第一腳，是憐惜你的腦袋。你受到生命威脅，姐能不挺身而出？”

張先生差點沒把咖啡噴出來。她卻煞有介事還說：

“這第二腳嘛，只是輕輕一挑，看看是不是出了人命。聽得一叫，就知道沒死。不過分吧？”

阿O心有餘悸：“我真怕他掛啦！也許是休克，當時該給他做人工呼吸搶救……”

“咄，”她劍眉倒竪，“本小姐腳尖挑他還嫌噁心哩！”

傻，傻的可愛！她腹誹著，擔心他會吃虧。又埋怨道："當時，你怎麼不知躲閃呢，腦瓜比酒瓶硬？"

"我是男子漢！"阿O挺脖子，耿耿的。

看看太陽升高了，阿O告辭。人家張先生應該補睡一覺，自己公司還有一大堆麻煩。張叫女郎跟他一起去公司，製備合作協議文本。還說自己手頭就有買家訂單，本來想在廣東找船廠下訂單的，要抓緊啦，回澳門就先打 100 萬元過來，讓船廠搞技改。

阿O驚異："這麼快就下決心？"

張先生拍拍阿O肩膀，說："擇人任時。"

計然七策，范蠡與越用其五。第五策就是擇人任時。字面淺顯，就是要選對人，把握時機，二者有機結合。然而其中精義，需實戰中自己體會，史籍語焉不詳。

想著三弟硬要他來甬一趟的因由，張先生不由會心一笑。這是個可造之材，難得！

公司大門口，阿O迎面撞見正要離去的兩個軍人。哎，這兩個不是剛從警局撈人的麼？剛要抬手打招呼，人家與他擦身而過，只是禮貌地點點頭，像路過的陌生人。正納悶，身後的女郎推他一把，他回頭看去，女郎衝他眨眨眼。他歪歪嘴自嘲，欠欠身讓女士先行，再緊跟著上樓。

在旁員工看來，兩人眉來眼去的，公眾場合調情，傳言不是空穴來風。門外不遠處，苦阿婆神情複雜地看著。

早晨粥攤上聽到有人議論，說"阿O在舞廳爭風吃醋，打傷人被捕"，她焦慮不安，收攤後徘徊在公司門前。現在看來沒事，卻又擔心阿O學壞了。都說男人有權就變壞！

匡小君雖然總避著阿O，但阿婆好幾次見到她對著阿O的背影發愣，心知她沒有放下阿O，難怪誰來說媒她都搖頭。至今，她手指還戴著阿O送的黃銅環頂針，人家女子這手指戴著可是黃金婚戒。女大幾歲又怎麼啦？會疼人，照樣生孩子！有個青年船工娶了大10 來歲的農村寡婦，依戀得很，向晚泊船幾十里外都會騎車趕回家溫存一番，得個綽號“夜奔”。

我家的小君，戴上口罩靚得真叫白衣天使！

阿O倒楣被貶謫，阿婆的心還真又活動起來。在市委機關工作好什麼？忙得天昏地黑，過節想找他一起吃頓飯都不見人影！

文科長剛剛被那兩個軍人找去單獨問話。他如實詳細說了經過，來人讓他在筆錄上簽字，還下了緘口令。這過程，連表明了自己身份的鄭副局長都不能旁聽。問文怎麼回事，回答是來人找他問些他阿兵哥朋友的事，不好說。被問急了，老實說“不讓說”。

見到阿O和女郎同來，文科長喜出望外，問長問短，並說局領導很關心，來公司了，在郝書記辦公室。阿O看了協議草案，交給女郎審閱，叫文和她定稿，自己去見局領導。

鄭副局長、局政治處祝主任和郝書記正在商議。阿O如果不是正式被逮捕，能保出來的話，局出面去保。保出來後，要批評教育，至於讓阿O停職反省的安排，鄭副局長不同意。企業經營和改革剛有好的開端，阿O歇菜，會有種種不利影響。祝主任想想也是，認為不能操之過急。還是先擱置阿O的任命，讓他繼續代理，加強黨的領導。郝書記也由衷感到還是領導考慮周到。

阿O來得正好，頭緒已理清。他們也不給阿O讓座，讓他站著交待事情經過及警方處理結果，聽了鬆口氣。對阿O該批評還是要批評，並且就近來群眾反映的一系列問題，要阿O好好反省。

阿O垂手恭聽局領導的斥責，內心五味雜陳。累死累活挑重擔，絞盡腦汁想辦法，落個群眾意見一大堆，上級領導不信任。忽然想：當年在皖南困境中，葉挺將軍不知作何感想。

甩手不幹，大不了下船去當船老大，還逍遙自在。要不，跳槽去大通銀行？公司怎麼辦，爛下去？父老兄弟的生計堪憂呵！

自己不是為誰賣命，也不是圖升官發財，無愧於天地良心。

默然良久。阿O也不作任何申辯，因為要解釋費口舌還不一定說得清。有些計策時機不成熟有不確定性，說了難免招來質疑，要消除別人質疑要說更多，招來更多質疑，還可能傷害有心幫助自己的人。

最後，阿O點頭接受了局領導決定：公司經營決策要經黨總支會議討論，包括任何人事安排、資金調度、經營業務協議簽訂等，由郝書記拍板。阿O繼續以代理經理的名義對外承攬業務，組織生產及日常調度安排。

鄭副局長語重心長地對阿O說：局黨委經討論，原則上同意公司的改革重組初步方案，你要在公司黨總支的領導下認真組織落實。幾位局領導對你工作積極性是認可的，肯動腦筋是好的，知識面也廣，認識人也多……

文科長敲門進來報告，說合作協議已做好，張先生看過傳真稿沒意見。夏主任等阿O經理簽字才能蓋印。

阿O看向郝書記，郝遲疑一下，說：

“告訴客商，我們公司還要再討論一下。”

“我們不是已經討論過了嗎？”文科長急了，“人家等著，張先生下午簽好就回澳門。”

“這麼急？”郝書記嚴肅起來，“那更要慎重。客商不方便，過幾天我們可以去澳門簽嘛。”

“還是慎重一點好。”鄭副局長開口了，對阿O說：“你去送送，請客商吃個飯，解釋一下。現在招商引資不容易，你可要負責拉住客商喔！”

午餐時，阿O對未能簽約的事很尷尬，又不想瞎編理由哄騙，只得坦誠相告，要求張先生容他再做工作。

張先生動容。點起雪茄，深思一番，決定同意阿O的要求，回澳門後發邀請函。不過麼，既然你說了不算，協議要推翻重談。末了，他還笑咪咪對阿O說：

“資本來到世上，從頭到腳，每個毛孔都流著血和骯髒的東西。對不？社會主義企業和資本家打交道，慎重點兒無可厚非。”見阿O認真聽著卻毫無表情，覺得自己還沒開解他，進而說：“資本總是要吸血的，我的公司也要賺錢不是？這筆生意是小，蚊子再小也是肉，嘿嘿。”

“我怕辜負您，您就不怕血本無歸？”阿O打趣。

張卻又說：“我的主要投資不在這小生意，搞遊艇算是業餘愛好。這點小錢我還不放在眼裡，算給你付學費啦！”

前言後語自相矛盾。二伯猶不自覺，女郎在旁聽了不以為然，嗆道：“那還不如給錢讓他自己辦廠。”

“妳以為他肩上扛的僅是家庭妻兒？”張回嗆。

無語。作為助理，女郎在來甬之前就研究過這合作對象。資料顯示：他大學畢業進黨政機關，因不當言論受審，剛被解除隔離審查，貶謫基層。待嫁的未婚妻也跟他“黃了”。到了這慘不忍睹的地步，還癡心不改。出人意料，他以不可思議的手段救企業於垂危，又被推上領導崗位。

記憶深處，他是在部隊大院外長大的“野孩子”，卻和她同在“八一幼兒園”啟蒙。兒童一起玩“過家家”遊戲，因他年紀最小，什麼也不懂，愣頭愣腦的，別的女孩子都不肯和他過，只有她手把手教他，煮飯啦，洗衣啦，抱娃娃啦，還有拜天地，接下來親嘴……想起來好不羞！此生還只有眼前這小子和自己嘴對嘴親過。

由於是她把這“野孩子”帶進幼兒園的，自覺有義務管教他，所以自己沒少揪他耳朵，卻不許別人欺負他。

部隊換防，“八一幼兒園”撤銷。她跟爹媽走，他只能留在地方，分手時哭得好傷心。聽說安排他上小學，才 6 歲，還流鼻涕，不知會不會被同學欺負，後來再無音訊，直至他上大學，在省城象棋大賽中與老爹成了對手，還成了忘年交。

而她早早入伍，在無休無止的訓練中成長，哪有什麼兒女情長，早已把這“野孩子”拋之腦後。被選入特殊部門，屢經鐵血考驗，自己生死都置之度外。放肆無忌的一曲探戈，勾起了一片柔情，忍不住又要攜起小弟的手，護他穿過荊棘，踏上坦途。

此番考察，二伯看上了這個人才，見他殫精竭慮為父老兄弟謀生路，其志感人，也就依他，以後看機會再招攬他。她有敏銳直覺：二伯會失望的，阿O不會甘心成為資本的種子，心屬養育他長大的貧苦階層。

儘管他們都有悲天憫人情怀，同在人世間卻處於不同境界。

臨別，女郎霍的打個立正，右肩膀一聳又忍住。阿O很敏感，心知她視自己為同志，便身板一挺以拳擂胸，致以古秦武士禮。兩人相視，會心一笑。

阿O以華夏的禮儀，躬身長揖，直至道奇轎車遠去。

旁人訝異的目光及指指點點，他渾然不覺。賓館門前佇立良久，才動身走到邊上自行車停放處，騎車回公司。張先生的勉勵還縈繞在耳邊："艱難困苦，玉汝於成。"

阿O沒回航運大樓，去了航運站碼頭。那裡有他的父老兄弟，有他孜孜以求的事待辦。他召集開會，參與者包括航運站業務管理幹部和在港的各船隊隊長、職工代表大會的代表。會議室坐不下，還有許多在港的船員、碼頭工人擁擠在窗口、門外探聽，阿O乾脆將會場移至碼頭倉庫，讓想聽的都來，並希望與會者轉告給航行在外以及輪休在家的所有船員。

這不合層層傳達的政治規矩，但阿O覺得這項改革涉及基層船員的切身利益，自己也只有在他們中才能得到推動改革的力量。

首先，他傳達了局黨委同意公司全面推行經濟責任制，搞單船承包經營試點的指示，並說要公開徵求大家對改革方案及實施辦法的意見。然後，他沒有讓站長安排發言，讓大家自由發言，要求相互尊重，一個一個說，盡量簡短不囉嗦。

群眾需要尊重，人人都有自尊。會場罕見的沒人爭吵，意見相左的也等人家說完，雖有短暫的議論紛紛，當有人站起來發言時會自覺安靜下來，認真聽。有的結結巴巴說不下去，會自己不好意思地坐下，推別人站出來說，大家也就善意笑笑；有的說得忘情，重複囉嗦，阿O只好打斷他，表示自己聽明白了，讓別人有機會說；個別人提私人要求，阿O請他會後再約談，不要占大家的時間。

天暗下來，大家意猶未盡，點上燈繼續。

九、造反

阿O就討論熱點總結三條，當場答復：

一、航站調度將托運單公開掛牌。各船老大選單承接業務，在外可自攬業務，航站開票。站長保留指令性業務調度權。

會場有人站起來抗議：到底放不放開？阿O壓壓手讓他坐下，堅定有力作答："覺得站長不公，可越級到公司控告。找我！"

二、航站安排拖輪維持各主航道航線運營，船隊長上拖輪。需要拖帶的駁船向船隊長申報，中途插隊也可以，非本公司的船也可以，只要符合船隊編組安全規範。內外一律計費，公司內的優先、優惠。有動力的貨船也可自由組隊，拖帶費自己協商。

場內又起一陣議論。阿O等了一會，再提高嗓門："具體細節一周內公佈，那時我們再討論好不好？"眾人報以哄然叫"好！"

三、除拖輪外，承包的各船可申請家屬上船，由航站長審批。符合船工條件的，以後勞動用工體制改革再考慮編入職工行列。

會場一陣沸騰，這最受船員歡迎！阿O微笑著讓大家鬧，自己也想歡呼一下。為這條他跑了交通運輸局、民政局、體改委，費盡口舌。在市委政策研究室，他研究過勞動體制改革趨勢，有底氣。

阿O再明確一下單船經營責任制的基礎：船員的勞保待遇不變。航運站核定各船經營指標和保證金，營運收入公司提留之外，由各船老大支配。

其他安全規範、船舶年檢等問題，由站長簡要說了說。

躍躍欲試的船老大將修船問題提出來，梗喉刺不吐不快，要求當場回答。阿O考慮到船廠今後業務拓展，下了決心：既然單船承包經營，成本應由船老大控制，修船找誰都可以，只要符合船檢要求。話一出口，想起局領導剛下的規定，想打自己一嘴巴。沒經黨總支討論決定不是？唉！

散會後，阿O被幾個船老大拉著上了魯老大的駁船：還是哥們的話一起喝幾碗！能拒絕嗎？幾條船的船老大各帶酒菜聚攏來，航站調度老郭也拎著一包豬頭肉來蹭飯，其實都懷揣一肚子話。

菜挺豐盛，有鹽蘸泥鰍幹、油爆蝦、蒜炒蛙腿、蛇肉羹，還有濃湯大鯉魚。五色雜陳，大都是江上釣的，也有田裡摸的。阿O有體會，撐船生涯，靠水吃水，不過是弄到啥吃啥。運氣好時，大鯉魚不去釣也會自己蹦上船，背時的日子只能吮螺獅下飯。見大家把最好的都拿來招待，這盛情讓他不知說什麼好。

酒過三巡，年長的常壽伯先開口："阿O，我比你師父小兩歲，已到退休年齡。按政策可讓鄉下種田的兒子來頂替，但總不忍拆散小倆口。你今天說的話算數，我馬上叫他來，帶老婆來。老家田少人多，一畝三分責任田能有幾多出產？"

"兒媳身體吃得消麼？"阿O問。

"鄉下人不嬌氣，能挑百斤穀擔，撐過生產隊裡的水泥船，還會搖櫓。"

"那好啊！小倆口撐一條船，不要太美哦！"魯老大眼熱。

"可我徒弟怎麼辦？"常是厚道人。俗話說：上半夜想想自己，下半夜想想別人。

"當電燈泡唄！"郭調度搞笑，"讓他學學怎麼生娃。"

眾人笑得嗆酒，常的臉滿是皺紋看不出一絲笑意。阿O也沒笑，在想：小青年如果家裡有門路，老早跑了。

“我想呵，”這回阿O出口慎重，“公司下步三條途徑來安置溢出的富餘人員。一是充實碼頭裝卸隊，二是擴大航道工程隊，三是修船廠開拓新業務。”

“那敢情好！”眾人交口稱是。周圍喝不上酒的旁聽者裡，冒出個小青年，插嘴道：

“為什麼就不能當業務員，當文書，當政工……”

船老大們紛紛呵斥：這山望著那山高，人心不知足。有人譏諷：你爹娘是當官的麼？你娶了個千金？靠自己本事考狀元去……

“我有話要說！”初生牛犢不畏虎，還犟嘴：“企業搞不好，為什麼改革主意都打在工人頭上，變法兒讓工人更賣力，而你們脫產幹部照樣舒舒服服坐著？”

阿O站起來，擺擺手讓大家別責怪他，定睛打量著那青年，問：“哪個班組的？叫什麼名字？”

“徐渭，與吳越名士同名[注1]。裝卸二班，今晚碼頭輪值。”

阿O點點頭，深吸一口氣，拍拍他肩膀，“小兄弟，我也曾在這碼頭上做裝卸。來，喝了這碗酒！”

徐渭接過阿O遞過來酒碗，一發狠，仰脖子幹了。他抹抹嘴，仗著酒勁說：“我是高考沒考好，分配到這裡沒怨言。我不是怕苦，是看那些政工幹部寫個總結還要我來代筆，不服氣！若是我來做，一個可頂仨！”

這下冷場了，話題太敏感。

誰心裡沒個譜，能當眾出口麼？阿O也知道，有些事得謀劃好，佈好局形成勢，方能出口。但他不能傷了小青年的心，有時候老成人無意間的傷害，可能會在小青年心底留下一輩子的創痕，就像當初匡姐給的一記耳光，自己傷心了好一陣。阿O自問也不是什麼老成人。於是，毅然決然，挺直腰板說道：

"你，也告訴你的夥伴，告訴大家做好準備。公司將推行幹部競聘上崗，包括我的位子，讓賢能者上，還大家公平。"

阿O語氣平和，卻像丟了個王炸，公司內的牌局要重洗。

眾人心頭一驚。有的抑捺不住叫好，王侯將相寧有種乎？有的疑問，可能麼？還有的說是哄孩子的，也有人哧之以鼻。議論著，旁聽者漸漸散去，喝酒的有兩個也尿遁。可以預見，天不亮就會傳開，引起一場風波。阿O心想，是不是又闖禍了？哼！陰謀不如陽謀，不然自己要推動改革，孤詣苦心謀劃待何日，哪來支持力量？要借風！不過，他此時沒想到會在社會上掀起偌大風波。

剩下幾個各懷心事，喝著酒，有一搭沒一搭的聊。

"啵朗朗"一聲，舷旁一隻空酒瓶倒了。幾位酒鬼相視一樂：哈，有螃蟹吃了！船主人魯老大起身，順著係在瓶塞上的弦線，從水裡撈起一隻大螃蟹。阿O以前和小搗亂他們也常搞，弦線一頭係個鐵絲圈，圈上係幾個短線打的活套，中間掛點臭魚爛蝦。八腳螃蟹來吃時，難免被套，線套活結愈拉愈緊，牽動弦線拉倒玻璃瓶，聽到響聲就有收穫。秋風起，螃蟹肥啊！

魯老大把蟹投入沸水，小碳爐火旺，很快煮熟，讓阿O先吃。阿O尊讓給年長的常壽伯，說：

"這次船隊改革您來打頭炮，先吃第一個螃蟹！"

這話說的，能推辭麼？常當下笑納了，說："好，明天我第一個去報名。"

他打算，包下後按頂替政策讓兒子來承接，先帶一陣子，再接媳婦過來替換，自己回老家種田。魯老大也在盤算，想接小"老太婆"來作伴。阿O則思緒飄遠了：

如果船工都搞夫妻檔，富餘船員多了，除碼頭留用的，航道工程隊要大擴張，這是公司經營重點戰略轉移的方向。看來，還得去找蕭師兄商量，如何抓住鎮海、北侖的外港建設的大好機遇。

有人力資源還得有裝備，需好大一筆錢。單船經營的風險保證金可以籌得一部分，但現在船老大家庭積蓄薄，親友也都窮，首付不能要求高，那要營運收入中慢慢提，遠水解不了近渴。然而，阿O知道：這筆遠期收入可以轉化為眼前可用的資金，可以找大通銀行的高行長來解決。什麼是金融？

"阿O，你对那個小後生说的，當真？"郭問。

"不得不這麼做，"阿O認真點頭。憋了一會，又忿忿然開口："老實說，我早就想這麼做！"

"唉！"魯老大仰天籲氣，抬碗灌自己一大口，紅著臉說："你的今天，讓我想起我的昨天。你也是造反派！"

見阿O困惑盯著自己，本來就發個感慨而已，這下不得不說個明白。紫紅的臉膛上那雙眼睛漸漸渾濁……

"我在你這個年紀，也和那個小後生一樣，覺得社會不公平，在那個年代，扯旗造反。但我走了歧路，武鬥中瘸了腿，當明白被人利用時悔之已晚。"說著，不由得老淚縱橫。

"你比我有見識，有頭腦。不像我那時懵懂，只憋著一股子氣，闖！後來是被形勢推著走入亂局。你那個匡姐不也是這樣？"

阿O想起匡姐臉上的燒傷瘢痕，黯然失神。

“但我還是要以血的教訓告訴你，那小後生說的不公平，多少年來層層疊疊像山一樣沉，你奈何不了！你可能……”

他搖搖頭，不想把“頭破血流”、“自取滅亡”的話說出口，端起酒碗一口吞下肚。但阿O心裡明白，也把碗裡的酒幹了，說：

“該做的事我盡力去做，大不了回來撐船。”

現在清查那場運動中的“三種人”注2，魯老大榜上有名。但他是撐船的，除了自由，生活幾乎比勞改犯還苦，還怎麼處份？

阿O這是醉了麼？船老大的醪酒，多喝了也上頭。腦海思緒夾著恩愛情仇翻滾：老婆沒娶，忍心分手，還不是因門第懸殊？苦戀中剛要熬出頭，又被貶謫，難道要讓泰山大人心臟病發作駕崩？光棍怕什麼？若問個人前程，哼！計然“不肯自顯諸侯，陰所利者七國”，壓根兒瞧不起勾踐這鳥人。因越國之難，才被弟子范蠡推入朝堂，所出之策，皆為救國破家亡的越人於水火。立下不世之功，翩然離去，復隱於江湖為漁父。那場“史無前例的無產階級文化大革命”運動的後期，扯旗首義的魯老大趴下了，威名赫赫的“狂飆”拋下紅旗，背上了十字架，他卻長大了，看清形勢，寧為苦力頭也恥與那些爭名奪利之徒為伍。心跡紀錄在一首《滿江紅》詞：

落日沈浮，煙濤裡，血光飛濺。空悲愴，大江東去，古垣漶漫。頭上陣雲癡對峙，眼前排浪驚拍岸。步長堤，心願訴西風，愁無限。

何投處，孤零雁。天涯路，多虛幻。望殘暉消盡，重山昏暝。依舊吳城春夢續，波心冷月秋魂斷。悵難言，臨逝水滔滔，徒浩嘆！

被民兵指揮部追緝，他逃亡時作這首詞，答酬錢塘文友。後來，江湖上流傳好幾個手抄版本，還附有步韻唱和的，有剿文改創的，大都不合詞調格律。也有附文批判的，穿鑿用了什麼什麼典故，影射誰、誰，背景是哪次流血事件。這首詞也成了阿O和碼頭上那老右派深交的媒介。傳言是苦力小子所作，老頭不信，試問阿O：依舊吳城和波心冷月，你看對得可工整？阿O回答：諧音對，錯文對，胡謅的。老頭一怔：還真是你小子？！

魯老大的話讓人有點心焦。郭調度和魯老大以前是對立面，是"紅暴派"一個分支的頭頭，雙方惡鬥過。運動後期他也看透了，他們死保的"走資派"，一旦"三結合"重掌大權，就把公司唯一的"工農兵上大學"名額給了自己外甥，竟是公司出名的懶漢！在群眾反對聲中還振振有詞："他有革命血統！馬列主義後代不培養，要培養誰？"自此，郭"保皇"逍遙了，與魯"造反"一壺濁酒泯恩仇，成了酒友。此時，他和魯沆瀣一氣，意味深長地說道：

"紅樓夢開篇就講到'護官符'，阿O你該懂的！有些人你得罪不起，領導崗位你怕是呆不長。"

"阿O，你可別像程咬金只三板斧喔！"常也憂心忡忡。

"您放心，"阿O詭祕一笑，"我還有拖刀計吶！"

"篤郎"，隔壁船又有玻璃瓶倒了，拉上來又是一隻大螃蟹，哈哈！今晚運氣真好，不到一個時辰，先後有五六個螃蟹來給佐酒。阿O大快朵頤。

江上月白風輕，三五知己喝著聊著，也是良宵美辰呵。

誰說文士才能引為知己？阿O自己就是苦力！就是船老大！不知不覺有了醉意。魯老大的徒弟回家了，船艙有空鋪。想想明早還要與航運站管理人員好好合計，落實經濟責任制實施細則和各項指標，就告饒罷酒，鑽進船艙睡去了，反正回家也是形影相弔。伴阿

O入夢的，是未婚妻倩影和江岸遠處飄來歌聲：

誰說有不散宴席，誰說呀生死不渝

這份愛，讓這份愛，被流水一一沖染……

甬城已燈火闌珊，還有人深夜未眠。

郝書記也是孤家寡人，老婆風聞他跟夏敏有姦情，就耍潑鬧離婚，捲鋪蓋拖孩子回娘家去了。他指天為證，與夏純屬工作關係，也就關心指導多一點罷了，沒有任何非分之想。夏確是靚麗，但她老公是高大英武的海軍軍官，讓那些縈繞她周圍的人很有壓力，何況破壞軍婚罪是碰不得的高壓線，再昏頭也不敢啊！謠言散佈者是誰？他暗暗順流溯源，最後指向自己一手提拔的胡隊長。

曾經公司搞文藝節目，排演《智鬥》。夏敏演阿慶嫂，胡是胖子又好一口"想當初，老子的隊伍才開張"，自告奮勇當了胡司令。自此，兩人搭上了腔，夏跟這個胡司令謹慎地保持著同事關係，不卑不亢。郝關注這關係，像在夏左右若隱若現的保護神，礙眼，讓胡很是不爽。流言迫使郝避遠夏，他有可乘之機不是？

郝心煩意亂，揮扇子拍拍腦袋，趕蚊子一樣趕走胡思亂想。

此刻有重要事情要做。坐在書案前，郝捏著鋼筆努力專心思考，給局黨委的報告該怎樣下筆？

阿O在航運站的信口開河，很快傳入他的耳朵，引起他政治上的警覺。原想那小年輕經營上有一手，政治上有弱點，是個可以得心應手的經理人選，現在看來自己根本掌控不了，而且越來越危險。找他談話？人家是修完大學本科華文系、經濟系全部課程的雙料畢業生，講道理自己還真說不過他。局領導的話看來也不管用，還被他拿著雞毛當令箭用，去號召有不滿情緒的群眾。

競聘上崗？競，是大家爭！幹部是組織培養、考察、任用的，搞亂組織安排，叫大家來搶位置？聘，就是僱用！各級各部門的管理人員當成你大老闆的僱傭？

實質就是夏主任擔心的"洗牌"，搞"一朝天子，一朝臣"。

工作實踐告訴自己，幹部任用書記說了不算，誰聽自己的？不能讓阿O亂來。不，話應該是說：黨管幹部是組織原則，改革要堅持黨的領導，就不能放棄這個原則。

企業黨組織要領導改革，主要是把握好正確的政治路線，那麼"政治路線確定之後，幹部是決定的因素！"

說脫產幹部太多，這話對，也不對。社會主義的企業，黨、政、工、團四套班子不能少吧？財務、統計、勞動人事、供銷、調度、安全生產、質量管理，這七個職能部門能少麼？紀檢、婦女、計生、宣傳、教育等方面工作，則有上級文件明確規定編製。唉，難吶！上面各部門都強調重要性，都要在基層伸個腳，還要伸到船隊、車間、工地，起碼要求設專員，否則就是不重視。阿O想動，好呵！不攔著你去自投羅網。

注 1：明代孤傲名士，與山陰沈煉、蕭勉、陳鶴等人並稱"越中十子"。自幼聰穎異常，卻命運多舛，八次應試落第。詩文奇傲縱誕，恣肆不羈。曾為胡宗憲幕僚，在甬城一帶抗倭。

注 2：指"文革"中紅衛兵及造反派組織的頭頭、幫派思想嚴重的人（即運動中活躍份子）、參與過"打、砸、搶"或武鬥的人。

十、關係

阿O真有"護官符"，像賈雨村一樣，傳自前任。不過，他是直接從羅經理手裡得到的。

羅被放出來當晚，阿O便登門拜訪，吃了個閉門羹。前後去了三次。第三次，羅過意不去，打開家門接待了阿O。羅說：

“我也不是沒心沒肺的人，如果沒有你，我還在牢裡。相信你請我回公司是真心的，三顧茅廬請諸葛亮也不過如此。但我不想回去了，也真難以當面拒絕。今天，我先要謝……”

阿O不想聽人道謝，打斷他話頭，道：“我只是說了公司該為你說的。一、從工程款中私下抽 80 萬元去做生意，確是違反財經紀律，但不管如何合同是以公司名義簽訂，沒有私人佔有的目的。二、抽調資金對國家建設工程有影響，以書面約定三個月來看，是企業經營風險管理問題，沒有謀私利或受賄證據，不能說是利用職權挪用資金行為。三、向我提供了線索，使公司避免了慘重損失。總之，您有大錯，但後果不至於判刑。”

“我都已經悔罪，沒想到還能挽回損失。再說，哪個牢裡沒有屈死鬼？不是你找政法委書記，嘿嘿！”

“我研究了您主持公司經營的情況。在汽車運輸業勃起，內河航運日漸式微的形勢下，你果斷轉向航道工程業務開拓，並託人情、找關係弄來設備，很有作為。市領導也是為黨挽救一個經營管理上有才幹的幹部，才過問您的案子。不是賣我面子，也沒利益交換。”

羅心有觸動，自己為公司所做的，想不到還有人賞識和感念。

“回公司吧，我們一起繼續拓展航道工程業務。”

“我只能讓你失望了！”羅深深嘆息。經驗豐富的老江湖，即便感動乃至感激，也不會讓感情左右理智。“感謝你的好意。你是好人，讓我以後再報答你吧。在牢裡，想明白了，我牛一樣頭拱地去努力挽救這個公司，不值得！”

他的眼睛定定地對著阿O的眼睛，這是心底的坦呈。

“公司人有三百多，一百人做，一百人坐，還有一百撿田螺。你應該聽到過。問問良心，做的人養那麼多坐的人，值麼？這樣的公司怎麼管理？用鞭子去驅使肯做的人努力，努力，再努力，提高勞動生產率？

“他們就是做得累死，公司也不會有效益！

“那些坐的、逍遙的，也是每天每日工作忙。忙什麼？給你上眼藥，給你挑刺，還給你添堵！給自己搞福利，給自己撈好處。相互之間爭風吃醋。呵呵！

“我想改變，我絞盡腦汁想改變，動不了。”

他找出一張圖表，遞給阿O看。上面密密麻麻記載著姓名、職務，引申線接著某機關、部門或單位，姓名、職務，進而再有引申線接著某機關、部門或單位，姓名、職務。引申線上標著關係性質，有親屬如父子、夫妻、兄弟等，有親戚如甥舅、叔姪等，還有朋友、師生、情人。

情人關係赫然紅筆標示，其意恐怕是萬萬不可得罪。

“這是我多年苦心積累的資料，留給你。你為人正直，也有背景，但一山還有一山高，怕你年輕氣盛，動了惹不起的人。

“有些人，雖然沒什麼了不得，但惹了會有無窮麻煩——如稅務、船檢、公安等等。”

“當然，也可以反過來，”他詭祕一笑，“你可以循著線去找人幫忙，甚至可以謀升遷。”

阿O笑笑，道：“也是。要看誰，想做什麼。”

“如果想做好企業，那如您所說，已是積弊難除呵！”阿O喟然歎道，站起來告辭。“受教了，謝謝您！”

羅起身送客，但又握著阿O的手不松，問：“你還覺得值麼？”

阿O想：值不值，人各有各的衡量標準。該怎麼回答這個已經努力過，千方百計想提高效益，想發展壯大公司，不惜涉險，卻傷透了心的老江湖？見他沈吟不語，羅笑了，開口道：

“和我一起幹吧！”羅露出殷切的神情，“我們創立公司，為自己開創一番事業。”他眼裡充滿期望，以自信滿滿的口氣說道：

“以我的經驗和你的才幹，大有可為，下海還怕淹死？”

阿O笑了。我已經被人一腳踢入深淵了，還怕下海？我也志在大海搏擊風浪！不過，我們所追求的不同，所謂道不同不相為謀。搖搖頭，他用盡可能委婉的語調說：“不，我有自己必須要做的事。我不勉強你和我一塊去做，您也放手吧，祝您好運！”

他卷起那張關係圖表，步履堅定地走出羅家。走到巷口，回頭看到羅還若有所思地站在門外望著，便揮揮手：

“相望於江湖！”

今晚阿O家有起色，小婭來訪。她帶來一瓶 82 年的王朝幹紅，還有訂製的大蛋糕，徑自從廚房找出兩個水晶高腳杯——是阿O未婚妻省城帶來遺留下的，再點起蠟燭，搞浪漫氣氛。

阿O哪還記得自己的生日。一回家就開始研究關係圖表，連吃飯都顧不上，潛心梳理複雜的社會人際關係，不一會便似沉入了茫茫人海。比照自己調來的一些人事資料，他認為此圖可信度頗高，至少羅經理是誠心幫他的。

《紅樓夢》裡賈、史、王、薛四大家族，一榮俱榮，一損俱損。

資本來到世上，便把社會人際關係淹沒在利益計較的冰水裡。西風東漸，人心不古，利益計較的冰刃卻並未瓦解血緣、宗門等等關係。華夏兩千多年封建社會的陰魂不散，在改革開放的年代，人際關係分化演變呈現萬花筒般五顏六色。誰能遺世獨立？

開始，小婭靜靜的旁觀，看得眼花撩亂。漸漸入港，發現了一個熟悉的名字——"鄔少華"！紅線連向夏敏，是情人！心頭一驚，但她不動聲色，不打擾阿O工作，轉身離開去張羅燭光晚餐。

阿O也有點自覺，過一會便收攤，不能冷落客人不是？

相對落座。小婭主持，阿O配合，許願、唱祝歌、吹燭、切蛋糕，一套儀式下來，逗得阿O開懷大樂。然後，碰杯品酒。

燭光映照下的小婭臉龐微醺，讓阿O心神一盪：小丫頭成熟了，真美！自己該是老了吧？

"名花有主了吧，怎不帶著一起來？"

"本姑娘不嫁！"她瞪起眼睛，甩了一句氣話。撇撇嘴，卻又悶悶不樂。阿O觸了霉頭，摸摸鼻子：女孩子的心思真難捉摸。

"高行長的提議，你考慮的怎麼樣？"她轉開話題。

"什麼提議？"阿O差點想不起來，明白過來又搖搖頭。

"哥，你真要在那爛公司待一輩子？"她鬱悶，有點怒其不爭。"高行長讓我再勸勸你，提醒你：廟小妖風大，池淺王八多。"

"小婭，聽哥說說心裡話好麼？"阿O覺得小婭不是孩子了，該認真溝通彼此想法。喝口酒潤潤嗓子，語氣誠懇地說道：

"任何地方人際關係都是複雜的，不過風氣不同而已。

"在我看來，趨利避害是人的動物本能。社會生活中，遇事本能反應會因環境、教養、性格、志趣等而有不同表現。所以，如果能理解人，平心而論，所遇所見還是好人多。”

“就說你的環境吧，那些人勾心鬥角，相互陰損，還好人多？”小婭不屑一笑。

“首先是利益衝突激烈，‘僧多粥少’。所謂‘鄰之厚，君之薄也’！那些人有點教養還能自持身份，自不會像佘老大那樣博力相爭，所以詭計百出。若是能增加‘粥’，眾‘僧’會合作。公司黨總支不是共推我來主持經營管理麼？”

“你真是阿Q！難道看不出他們各懷小九九，利用你？”

“這社會，誰都在算計自己利益。”阿O看得開。

“那你為什麼不為自己著想？不知道高行長是為你好？”

“各人價值取向不同。”阿O的回答很平靜，既沒有殉道者的悲情，也沒有捨身取義的激昂。

“我見你也滿肚子詭計。研究公司人員社會關係，是想利用關係謀取什麼利益？”

阿O正色說道：“我謀的是‘僧少粥多’，算計各方阻力。”

“‘僧少’？”她敏銳抓住這個詞，“算計人，陰險！那你也不是好人！”小婭嗔道。

“唔！”阿O一臉無辜，“我好像沒說過‘我是好人’。”

“壞蛋！”小婭拿高腳酒杯敲一下阿O腦袋，笑著說：

“來，為這世上多了個壞人乾杯！”

三兩口酒喝下後，小婭問起華僑飯店歌廳的事。她聽到傳言說，阿O爭風吃醋，把一個公子哥打成重傷，被公安抓起來，當晚又被放了。阿O扼要說了經過，解釋是自衛，所以沒事。

“你可別真變壞哦！”她也不願意相信謠傳，於是釋然一笑。

“嗨，那你交誼舞舞藝不錯啰，什麼時候也帶我去玩玩？”

阿O點頭應了。接著，小婭又問起那張圖表哪兒來的。阿O說了來歷，並說正想問她，那個建設銀行的鄔少華認不認識？是怎樣的一個人？她僅回答說認識，是建行市分行信貸部的副經理，不願多說。還嗔阿O：“你研究這些關係累不累啊？”

阿O苦笑，無言作答。

“哥，如果我們遠離社會政治經濟，去流浪，當行吟詩人，該多好！”少女對詩和遠方的憧憬，還沒從她心目中消退。

“我們這個時代的詩人，生活並不浪漫！”阿O感慨道。“讀過北島的詩麼？”

“嗯。讀過《結局或開始》，太澀！你喜歡麼？”

阿O點頭。他很早認識北島，一直關注朦朧派的新作。

“讀大學時，我曾在暑假去北京尋師訪友，走進一個詩人沙龍。那天晚上，江河帶我鑽進東四胡同的一個小院子，好像是芒克的家。圍著一張舊木桌，十幾個青年人，或坐在板凳上，或依著房柱站著，談論詩壇的新人、新作，交流各自意見。在眾人要求下，幾位詩人朗誦了自己的作品。江河的詩，有激進的思想感情，真如江河奔流，氣勢滂礴。芒克的詩像印象派的畫，他宣稱不涉主旋律，只為自己的愛人寫詩。舒婷的詩婉約、清麗，品味起來也有苦澀。北島的詩冷峭，蘊涵哲理。那晚他的一首詩給我印象最深刻，題為《生活》。

“全篇只有一個字——網。”

“深切！”小婭讚道。繼而又疑惑：“一首詩就一個字？”

“含有詩意，一句話可以是詩，一個字說是也是。”

“聽上去像詭辯。”小婭可不好唬弄。

“‘陌上花開，卿可遲遲歸矣！’這一句可以說是詩吧？”

小娅點頭，知道這是吳越王寫給夫人的信，柔情溢於言表，為詩人們所稱道。阿O又說：“這‘網’字，說不是，它本身不是詩。但要寫一首題為‘生活’的詩，許許多多生活感觸和思考凝聚為一個‘網’字，它就是詩。”

“哦，詩的表達，意在言外！”

阿O點點頭，追憶道：“司空圖的《詩品》道出詩的真諦——詩所表達的是難以言詮的，‘言之不足，故歌詠之’。江河和我談論詩的音樂性，問我：‘就一個字，你說的詩的內在旋律在哪裡？’”

“對啊，”小娅也這麼想。

“在你心裡，當你凝神觀照時。”阿O解釋：“詩的內在旋律，就是詩詞在你心裡掀起的波瀾，朗誦起來以吸嘘疾徐之勢，而成抑揚亢墜之節。”

“我不朗誦，只在案頭看。”

“默讀也是。瑪采爾說：聽音樂或讀譜時，其實‘心裡也在無聲歌唱’，影響人的呼吸、心律，激起情緒波瀾。”

“對了，也可以‘不著一字，盡顯風流’。”小娅受啟發，“電影《追捕》中的杜丘之歌就一聲浩嘆。”

“那就是詩與音樂想通之處，但詩與畫、音樂相通又不同。”阿O不敢苟同。記憶中，那個穿勞動布上衣的瘦高個兒問：“你有同感？”

當時阿O反問，“你胸中是不是翻滾著無力衝破又掙脫不了的無奈，對‘關係社會’的不忿？”

小娅聽了發笑，調侃：“一隻網羅裡撲騰的傻兮兮小鳥！”

“我？”阿O嗤之以鼻，心有鴻鵠之志，說出來就“淺”了。想了想，又感慨：“當然，各人面對這個‘網’有不同感受，也許漠然——生活從來就是這樣！”

“也許還想學蜘蛛編織、攀援。”

阿O的思緒，又回到當前面臨的現實，心情沈重。

送小婭回銀行宿舍的路上，阿O挺紳士地借個臂膀讓小妹挽著，小婭傍著他有點膩歪。也許沒有詩，阿O只是一個曾寵她疼她的大哥哥，遺留在她少女時代記憶中，被歲月塵埃漸漸埋沒。他的詩，讓一個苦力在她心目中建樹了脫俗的人格，讓她仰慕。

“哥，你寫的多是格律詩，是不是格律詩更有音樂性？”

“不然。詩的音樂性不只是表見的平仄押韻，古時盛行的駢儷文對仗工整，也講究平仄押韻，但不是詩。詩不在形式，看有沒有詩意。

“詩意不是華麗，不是哲理，也不是境界，而是動人的內在旋律，詩的律呂是外在表現。詩的內在旋律生成，是在創作時，內心感觸激起的情緒波瀾，混合著意象、理念，一氣貫注入詩的。”

“意識流！”小婭有心得，“所以詩的語言不同于文章。”

“嗯，”阿O給予肯定。“詹姆斯說，情緒是人們受外界刺激反應的‘微弱再現’的組合，影響人的心律和呼吸。所以詩的抒情，以吸噓疾徐之勢，而成抑揚頓挫之節。所以詩的音樂性，不在格律。‘關關雎鳩，在河之洲’的年代，就沒有什麼格律。”

“那自由詩，豈不是更能發揮音樂性？”

“格律詩和自由詩，因各人的文化涵養及表達習慣而異。格律詩適合文言文涵養較深的人，在節律之下抒發情懷，其旋律自有古典韻味，卻也易於辭藻堆砌成篇，披著格律外衣混充是詩；自由詩更適合現代浸淫於白話文的人，抒發情懷無拘無束，實則更難形成旋律，容易流於散文。”

“記得當年詩壇有一場論戰，公木教授一言九鼎：詩與音樂合則雙美，離也不至兩傷。你的‘詩的內在旋律’之論，為什麼不寫篇論文發表？”

“嘿，當年我是寫過一篇挑戰公木教授的文章，寄給他。”

“真的呵！”小婭眼睛一亮。

“嗯。他給我回了一封信，很賞識我的見解，還說要推薦發表。”回想起來，阿O對這位《解放軍進行曲》歌詞作者，充滿敬意。

“後來呢？”小婭追問。

“系主任老師找我，說師院學刊要用。畢業時，他還推薦我去一家文藝雜誌搞評論，投身當時文壇的一場大論戰。可惜迎頭撞上一場政治風暴……”

“時運不濟，”小婭很惋惜。也許他本該是詩壇新星！

“無所謂！”阿O很灑脫，“妳知道，詩歌是我的愛好，但志不在焉。”

“就想搞經濟，鑽進錢眼啦？！”小婭嗔道。

“因為我窮麼！”阿O摸摸鼻子，扯淡。

“我喜歡你的詩詞，以前寫的我都收藏著，爺爺說都不合時宜。但他也說你有才氣，可是命苦，無人提攜。”

說起來心有戚戚。她也是詩歌愛好者，報刊上發表過幾首小詩，都是應時之作。也曾夢想當個行吟詩人，跟著大哥哥去流浪……剛才竟說出口！羞羞的，暗自臉紅。

“你上大學去後就杳無音訊，假期也不來看我，還有空跑到北京去廝混……再見面又像變了個人似的。”小婭埋怨道。

阿O當初是給那老頭寫過信的，也問及小妹……唉，怎麼分辯？他苦笑一下，說：

“哥沒變，是小妹長大啦！”

說話間，到了銀行宿舍門口。這是甬城還少見的高檔公寓，門庭很氣派。阿O和小婭正要分手道晚安，門庭裡出來一個模樣挺俊的小青年，迎在他們面前。

“小婭，妳讓我等得好苦！”抱怨著，他自下而上打量起阿O來，狐疑地問小婭：“他是誰？”

“等我幹嘛？”小婭翻了個白眼，“他是誰你管得著麼？”

“妳，……!”語結，著實可惱。他就是鄔少華，年前經長輩介紹認識小婭。每逢週末他都來找她，看看電影，喝喝咖啡什麼的。小婭覺得還談得來，銀行業務上有不少地方他比自己有經驗，也健談。不過，風聞他“挺花”，私下追究起來又是“沒影兒的事”，況且介紹人也是受她遠在京城的父母所托，面子老大，也就先處著，不即不離。剛才從那張圖上赫然看到他的名字，當場沒發作，內心已是如遭雷擊。

見阿O疑惑，醒悟自己失態了，她靈機一動，轉笑臉道：

“哦，認識一下，這位是建設銀行的信貸部副經理鄔少華！”又倚著阿O，“鄔經理，這位是我……哥哥。”

“哼！”鄔知道她是家中獨苗，忿而轉身便走，怕自己失態。他是驕傲的貴冑公子，追他的姑娘不要太多喔！看著傲然離去的“公雞”，阿O知道自己榮幸地被小婭利用，得罪了一位公司仰賴的“財主”，關係網上重要人物。誰叫自己是她哥呢，摸摸鼻子認了。

十一、浪起

甬江航運公司單船承包經營順利推行了，幾乎所有船舶都被爭著包，爭不到的還找人托關係，阿O把船廠在修的船隻也包出去還不能滿足要求，只能說看看航運市場業務及首批承包者的業績再安排。郭調度報告：承包後托運業務許多是船老大自己拉來的，公司的原客戶都抱怨他安排不過來，遇到急運的他還要船老大看自己的面子，真是快樂的煩惱。

問題總是有的，出人意料的是孩子。

公司年輕船員紛紛帶媳婦來承包，小搗亂的師哥跳了出來，大搗亂領來的不僅是鄉下老婆，還有剛會走路的兒子。家裡沒老人可託付，乾脆賣了房產一次繳足保證金，這是要以船為家呀！

他就是著名的“夜奔”，年富力強，也剃光頭，身板比小搗亂高大厚實。綽號的起因卻非戀家。有次他趕回家剛鑽進熱被窩，天不作美下起雪來，又冒雪趕十幾裡路回船隊，和小搗亂一起幫各船除雪，蓋篷布。老婆惱怒，罵他是“林沖雪夜奔梁山”。從此，綽號“夜奔”就叫開了。他曾年年評上先進，在船工中很有威信。

大搗亂打頭，船老大紛紛仿效，還振振有詞：孩子由媳婦帶著，也不礙行船，出事又不要公司負責！看看江上人家個體戶，不是也帶著孩子麼？別無牽掛，豈不更專注工作？

問得航站長瞠目結舌，只好請示阿O。

從善如流，處處向著船工的阿O，卻拗上了。江上那些個體戶他管不著，公司只要他當一天經理，就是不准。他說：“不僅是安全規範問題，更重要的是孩子要受教育，難道孩子長大了也像我們一樣搖大擼？社會不進步啦？！”

阿O和汪主席到船工中對話，這是時下解決矛盾的流行做法。

群情洶洶之下，最後阿O妥協，公司辦幼兒園為大家解決孩子照顧和教育問題。他要求大家給些時間，先找親友或托兒所過渡，才算平息眾怒。

郝書記批評他考慮不周，這口子一開，會招來無窮麻煩。阿O不以為然：“不為職工解決麻煩，這個集體要你當經理幹嗎？”

意外讓他感動的是，苦阿婆領著岑牧師找上門來，主動將一些無從依靠的船工小孩領去，安置在教堂騰出來的後堂。為照看孩子們，苦阿婆將賺錢的粥攤盤給別人，還發動教友來相幫。星期天，匡姐還帶著聽診器來，給孩子們做體檢。

“不會影響教堂宣道麼？”阿O怕觸犯宗教政策。岑牧師以一句名言作答：

“在真實的‘愛’面前，任何空洞的教義都蒼白無力。”

教堂肅穆的氛圍下，孩子們乖乖的，從不吵鬧影響信徒們做禮拜，唱詩、禱告。自然，領聖餐也少不了他們一份。

潛移默化的，有的孩子學會了唱讚美詩。那些農村來從夫下船的婦女，有的竟也信教了，由於有空就來看孩子，跟苦阿婆等嬤嬤接觸多了，思想被俘虜過去。小婭也有空就帶著幾個銀行姐妹去探望孩子，教孩子們唱“我愛北京天安門”、“天上佈滿星，月牙亮晶晶”等等兒歌，講“半夜雞叫”之類故事，暗暗在較勁。

阿O看在眼裡，暗暗抓緊籌辦幼兒園。

阿O有危機感，在公司黨總支大會上提出：黨員幹部要下基層，多在一線工人中發展黨員。郝書記也表示支持，卻說精力要集中在企業改革這工作重點上，確保走社會主義道路。夏敏是真支持，動員科室幹部參加勞動，找工人談心，做入黨介紹人。肖道元本就常在一線，用心組織一線工人黨團活動，苦於現在工人被社會上"一切向'錢'看"思潮裹挾，連黨團員中也鮮有真信共產主義的。夏有同感，拉上肖一起到局政治處請教，祝主任耐心講了半天，塞給他們一堆文件，還支了高招："搞憶苦思甜"。

公司效益差，日子都快過不下去，還搞"憶苦思甜"？

他倆回來後還是一頭霧水。夏覺得自己理論修養不夠，指望肖。肖苦笑，歪歪嘴："我怎麼覺得……他自己真的信麼？"

對遙不可及的社會理想，肖的信心也動搖。

媳婦上船使船工一下子"溢"出來不少，起初汪主席以"僧多粥少"為由反對。阿O找他談心，問：

"公司這座廟裡，三百多和尚，念經的多少？挑水的多少？"

"你是說，念經和尚多，挑水和尚少，所以水不夠喝？"

"那麼，增加些挑水的和尚有什麼不好？"

汪想想也對，工作苦累的一線崗位以前還難招工，尼姑能挑水也行。"就看你找水源——拓展業務了，阿O！"

阿O吐露公司業務重心的轉移策略：

內河航運要調動眾人積極性，搞承包是適應現實生產條件的方式，還可籌措資金再添裝備，向航道工程方面開拓業務，實現戰略轉移。

"溢"出來的富餘船員，安排到航道工程隊也很高興，雖然一樣是重活累活，但除了少數派駐遠程工地的，三天兩頭能回家鈷熱被窩，沒娶妻的找對象也容易些。胡隊長起始拒絕接受，說“人多了”用不上。肖私下揭底：以前誰想調過來都得孝敬一下，不然甭想。阿O也不說破，問：象山漁港新建碼頭要打樁，人家來催了幾次，還有一條打樁船閒著為甚不去？胡又說“人手不足”。阿O再問：你現在不安排傳幫帶，熟練工什麼時候能增加？哪個娘能生出熟練工？

阿O給航道工程隊定了個政策，老師傅帶新手給補貼。他又融資去購置工程設備，讓員工信心大增。

體制改革，像多米諾骨牌，航運船隊是第一張。受到波及，航道工程隊船員也強烈要求改革，胡司令拉肖副隊長來找阿O，嚷嚷：

“承包經營是個傳染病，航道工程隊也人心浮動啦！”

“這航道工程業務，靠各技術工種員工相互配合，齊心協力，個人怎麼承包？”

阿O胸有成竹，當即召開經理辦公會議商議。

形勢所迫，原定推行“施工臺班作業經濟責任制”的計劃，要提前施行。除了幾個老成持重的部門經理有意見，與會成員看看社會經濟改革勢頭及承包後船工的積極性，舉手通過。

反對聲轉化成了推動改革的動議。胡乾瞪眼：自己親手推動了自己討厭的改革，真是自作孽。他本能意識到：這一畝三分地上，將再不能為所欲為。今後不是隊長說了算，班組有一定的自主權，工人還要算算帳。獎金分配也不用看你臉色，誰還來討好你？

簽了經濟責任狀，就是簽了工人班組與公司的權責協議，工人再不由管理幹部呼來喝去，頤指氣使，按規章增產節約就是。

阿O又親自下船隊，去幫助核定各船的臺班作業經濟責任制的一系列指標。面對指標壓力，工人們強烈要求工作臺班人員配置在自願基礎上優化組合，這合情合理。隊裡原有的平時懶散或泡病假、遊四門的那些"檢田螺"聰明人，沒人要。由於給帶新手的班組酌情補貼，有幹勁的新手反而爭著要。阿O請汪主席去做思想工作。汪熟悉公司裡各色人等，年輕時也是生產能手，" 5.1 勞動獎章"獲得者，因而工人中說話有威信。汪和肖一起威恩並施，總算搞定。幾天下來，汪已是焦頭爛額，也轉變了對公司改革的態度。

胡司令藉口跑業務躲開了，是去跑業務，不過並非為公司。

基層改革，極大地激發了一線工人熱情，生產效率顯著提高。工人從每月領死工資變為浮動收入，很快拉開差距。於是，一些被擠出好位置的，要重新融入集體，"駝背也會被夾直"，受得了麼？有的承受了，還有"三隻眼的螞蟥爺"受不了，看到別人每月工資獎金能拿 100 多元，自己只有 38 元底薪，不下船連伙食補貼都沒有，忿忿不平，於是糾合起來去上訪。去局裡告，還揚言要去市裡告。

公司領導攔不住。郝書記和夏主任等人商議，認為這是在分化工人階級隊伍，也要向上級黨委反映。於是，公司黨總支擴大會議通過一項提議：打報告要求局黨委派工作組下來整頓局面。

基層改革過程，公司最大的問題浮出了水面：管理層冗員。

以前，工人對脫產幹部太多有意見，但又不是掏自己口袋，反正自己就這麼點工資，也就說說。現在，核算經濟責任指標誰不斤斤計較？他們算清楚了，就是在掏他們口袋裡的血汗錢！

文科長也是焦頭爛額。提折舊和大修基金，工人認可，日子總要過下去不是？分攤退休金養老人沒意見，誰沒有爹娘？可是，管理費指標這麼高？——要養那麼多脫產幹部呵，工人不答應了。

回頭看看，不少幹部整天喝茶看報侃大山，心裡也膩歪。

公司管理人員竟聘上崗方案，終於浮出水面。

這下子，原來看好戲的管理層閒人們也跳了出來，各顯神通，奔走串連，煽風點火，鬧得一時雞飛狗跳。阿O倒好，好像嫌事鬧得不夠大，悄悄聯絡報社工作的同學，主動提供爆料。

見公司裡這陣勢，小搗亂則反過來怕搗亂的，私底下找阿O喝酒，商量對策。阿O很淡定，只問：生產正常麼？

落實經濟責任制後，生產管理上讓當頭的省心多了，只要按規則公正處事。肖擔心的是新冒出來的競爭對手——羅經理新拉起的私營航道工程隊，有消息說，羅得到了建設銀行領導的支持。具體說，是鄔少華經理要跟阿O賭口氣，安排貸款扶植羅，與航運公司搶生意。怕公司再一內亂，讓羅有機可乘。阿O聽了啞然失笑，這鄔少華還真把自己當成了情敵。

那天鄔負氣離開後，很快後悔了，放下身段再約小婭，她竟不理會，想環轉沒餘地。到哪裡再去找這樣丁香似的姑娘？心裡空落落的，下班後到街角"紅唇酒吧"去買醉。

除了失落感，鄔還有自尊心的挫傷。一個苦力出身的蠻漢，就算讀過幾年大學，也改不了骨子裡的粗獷，就像鄉下人穿了西裝還是農夫相，憑什麼贏得高貴的小婭芳心？論品貌，比自己還差得遠，起碼自己是白白淨淨的，而他黑不溜秋的臉用肥皂也洗不白，更別說斯文爾雅的氣質！貴族風度不是金錢地位堆出來的，是自幼養尊處優形成的，就像小婭的氣質是書香門第薰陶出來的。相形之下，那些眼巴巴倒追自己的女子，簡直是庸俗脂粉。

夜深了，除了光線曖昧的角落裡還有幾對男女，埋在沙發里膩偎，吧檯前只剩鄔少華。老闆娘善解人意，也不讓陪酒小姐去挑逗，親自陪他喝，陪他聊。

“天下漂亮的妹子多的是，鄔少何必自尋煩惱？”

“妳不懂！愛情……”

“哼，”老闆娘很不屑，“愛情是女人花花色色的羅裙，褪下後一樣是欠肏的屄。你們男人精蟲上腦，自欺欺人！”

“說得好！”隨著囂張的一聲喝采，鄔的身旁出現了羅經理。他一手攞住鄔的肩膀，一手將一疊“大團結”拍在吧臺上，“開一瓶‘人頭馬’！”

鄔翻了個白眼。不過，當老闆娘撤了藍帶啤酒，笑吟吟換上一杯琥珀色瓊漿，他還是接過來與羅碰杯。

“隊伍拉起來啦？”

“招聘了十幾個，浮吊和打樁機也向省海港工程隊租來了。不過，要開工還得等胡司令把骨幹拉出來，畢竟是技術活。”其實，他最鍾意的還是自己一手培養起來的肖道元，誰知一說，這小搗亂把頭搖得像撥啷鼓，還差點反目成仇。

“那個那個……”鄔敲敲腦門，只想起一對白晃晃的翹奶子。

“你說的是夏敏？”羅讒笑。

“對，對！能拉她一起‘下海’麼？”

“……”羅面有難色。

“給她弄個副經理當當，多給點錢！”

羅搖頭，無奈嘆息：“唉，這個女人不愛錢。”

“哦？！”掀門簾進來一個穿警服的，國字臉嚴峻，聞言驚詫：

“這年頭還有女人不愛錢？”

說著，他大大咧咧坐到廳堂中央的位子，老闆娘從櫃上抓一瓶專為他備的茅臺酒，扭著腰肢趨前，給他擺盞倒酒，招呼侍應上果仁碟。開這酒吧全靠這尊大神，可怠慢不得。周邊卡座的幾對男女很識相，擱下錢悄悄溜了出去。鄔卻端著酒杯湊上去：

“呂……呂叔，您下班啦？”

“嗯，”他一手攬過老闆娘的腰肢，拉她坐自己膝上，一手舉盞一口抈了盞中酒，問：“又看上哪個小娘逼，砸錢還搞不定？”

“咳……咳……呂叔，這您別管。”鄔乾笑，不好意思說。有個事他更在意：

“那個打傷人的流氓阿O，您怎麼就把他給放了？”

“這不是你該問的。”呂板起臉來。又喝了盞酒，緩頰問：“怎麼，跟你有仇？”

“阿O搶了鄔公子的對象，還……”羅在旁總算插上話，說出口又後悔。阿O剛搭救了他，好沒良心！想想臉紅。

“哦？！”呂聽進去了。鄔公子的事不能不管，但出手要看機會，想了想說：“現在武書記罩著他，奈何不得！唉，手中權是那麼好用的？回去問問你爹就知道啦！”

“對對，來，喝酒！”羅趕緊扯開話題，“改天哥給你找幾個靚妹來，是艾莉莎服飾公司模特隊的……”

於是，美酒土洋結合，觥籌交錯，沆瀣一氣，話又扯到玩女人上，什麼活馬死馬的。鄔的腦子在烈酒刺激下活起來，說玩過的女人中夏敏是極品，她的胴體簡直是塊奶酪，胯下竟是名器“三株春水”，插入會自動吮吸……讓座上男女哈喇子流了一地。

夏敏連打幾個噴嚏，不知誰在念叨。這幾天，她焦頭爛額。

單船承包經營讓許多媳婦上船，與丈夫生活在一起，多數是已有小孩的，保不準很快會挺起肚子有"二胎"。市計生委很重視，要求這些婦女做"輸卵管結紮"手術，防患未然。夏找郝書記，郝認為這事該找工會幫助作動員，她只好到汪主席商量。

汪有抵觸情緒，說："企業發不出工資，要餓死人，那些市領導怎麼不關心關心？"

"市領導怎麼不關心啦，那不同部門職權不同，計生委幫不上。再說，市裡不是讓阿O經理下來搞改革，把生產搞上去了嘛！"這話說的，她自己也覺得牽強。

汪笑了，不懷好意地揶揄："嘿嘿，那妳找阿O去！"

阿O沒結過婚，風聞他有未婚妻，該知男女之事吧！無奈，夏找到阿O頭上，說："這基本國策的貫徹，企業一把手有責任。"

阿O倒是沒推託，馬上下令安排帶家屬的船老大開會。

航站調度好不容易找齊了人，家屬也跟來了，讓夏登臺演講，阿O親自為她坐鎮。但她在臺上說得起勁，臺下交頭接耳議論得起勁，還不時爆發一陣哄笑。她以目求助，阿O只好站起來，說：

"大哥大嫂們！男歡女愛，人之大慾，是人類繁衍的本能。但你們已經有了孩子，就得節制。不節制，過度縱慾，那便是淫！"

"童子小官人，還沒嚐過女人味吧？什麼節制，嘗過你就知道不好忍！"大搗亂首先發難，逗得眾人笑得前俯後仰。

阿O不以為忤，也沒個當領導的樣子，笑問："街上遇到靚女，你忍不住就撲上去？該忍還得忍！切，男子漢什麼不能忍？"

"哈哈，街上狗是不忍的！"有人取笑，躲避著大搗亂的拳頭，還笑個不停。“你急什麼，你是狗麼？”

“‘夜奔’屬狗的呀！”

“對啦，大嫂就是他在集市上追來的……”

還有人起哄，一時亂作一團。

“夫妻總可以吧？”也有幾個女的乘機嚷嚷。有位大嫂站起來挑戰領導權威：“既是人之大慾，好事呵，怎麼是淫？”

貌似有理。大家憋住笑，要看阿O發窘。

“天下雨好麼？”阿O不怵娘們，“滋潤萬物，好！但老下個不停，我們叫作‘淫雨’，對嗎？不節制就是‘淫’！”

在場人一時無從反駁。阿O有點霸道，手一揮：

“這計劃生育現在法定要實行，咱不能做違法的事！散會。”

這就散會啦？夏揪住阿O，說“你還沒提‘結紮’的事”，還想把眾人攏回來。阿O哄她，“行了，還得靠自覺。我們應當相信群眾，對吧！嘿嘿。”

“胡說八道一通，等於沒說。”夏生氣，還得自己去找那些娘們做避孕措施指導，來補救。看來阿O真是童子，怎麼跟他說？

以後冒出“二胎”來，看你當經理的怎麼辦？哼！

阿O是真誠的，內心認為“結紮”有違人道，甚至認為生孩子該聽天由命，順應自然。但他是黨員，不能不支持夏主任執行政策，要求大家節欲。他這個年齡自己也常有性衝動，默誦一段《通玄真經》就好，抑制性慾不難呵。

在蕭看來，他還是不成熟！在郝看來，他不是當領導的料！

眼下，千頭萬緒讓他焦慮，首要的是市場開拓。

攔江大壩一建，甬江的航運業務和航道疏浚業務，應見機早作應變。思路一是向上游開拓，有待經濟發展由港口向腹地推進；思路二是轉向旅遊業，需要大量資金投入；思路三是抓住機會，帶領工程隊參與外港建設。

“‘不找市長找市場’，你不是一向這樣主張的麼？怎麼也跑到市政府來了啦？”蕭副市長雙臂抱胸前，豹子頭笑的有點猙獰，盯著阿O看，像盯上一隻狐狸。又看看腕錶：“一刻鐘，說事吧。”

“我找大客戶港務局當家的，誰叫你躲在市政府！”阿O翻個白眼。知道不把事弄清，他不會趕人，賴在沙發裡架起二郎腿。

“省報說你敢闖禁區，闖到市政府來給我搗糨糊？”

豹子頭打趣著，也到面對阿O的沙發上坐下，“我真沒時間，約了人。抓緊說！”

阿O這才端正姿態，簡明扼要地說了想參與鎮海、北侖外港建設的事，也如實匯報公司現有的工程技術力量。

蕭也直率答復，國家將外港建設升格了，以水深約四十米且不凍不淤的自然條件，以及坐擁長江三角洲經濟腹地的地理條件，國家的戰略定位是外貿集裝箱的國際航運重點港口，碼頭設計為萬噸級，乃至十萬噸級，工程建設將國際招標，你公司目前資質和實力不夠投標資格。

“這兒打招呼的條子一抽屜，暈！”

要朋友違法亂紀就不是朋友。阿O有覺悟，起身告辭。

“洩氣啦？嘿，先別走，跟我去見個人。”蕭拽住他，攞著他的肩膀，一同出門去赴約。

此去，一向善於扮豬吃老虎的阿O，居然扮老虎要吃下一個大肥豬，又讓人匪夷所思。

十二、觀卦

阿O給大姐大卞驡出了個選擇題，說"脫產幹部太多，企業實在負擔不起"，當前解決之途有二：

一是將管理費高指標壓下去，壓榨工人血汗；

二是大刀闊斧砍掉一些閒人，我被吐沫淹死。

"吐沫？"卞瞪起眼來："不講理麼？！"

旋而醒悟，小老弟正等著自己這句話，他在尋求輿論支持！她惱了，拿起速記本去拍打阿O腦瓜。阿O老實挨了幾下，不像小搗亂的光頭不經拍，還笑嘻嘻地問："我的榆木腦瓜結實不？"

她這一代的女子都這麼飆，難怪還是單身！他悻悻然腹誹。卞不知到這小混蛋壞心思，還憂慮他的前途，又說："你得慎重，當前政治風向似乎很不利。"

審時度勢之妙在擇時捉機。權衡時機，尤當精察。

勢之蓄當有時，謂之機緣也。貴在得時。勢成則時至機至，雖難而易，其效然。勢不成則時不至機不至，雖易猶難。時過則境遷，機遇盡失，大勢去矣。

為何要在這個時候，冒險啟動公司管理層改革，阿O對卞驡說了上述師訓。此事蓄謀已久，現在矛盾爆發正當時，也壓不住了。

作為省報記者，政治敏感性遠高於常人。對阿O搞的前期改革的報導，有把握是符合中央政策的，接下去阿O要搞的改革則進入了雷區。她陷入了沈思：改革大潮乍起，就遇到現行體制的種種障礙，如浪擊礁石，一波三折。中央也是摸著石頭過河，"允許試，不行就改過來”。而大潮中的小人物，可能就頭破血流，甚至粉身碎骨。前不久，她奉命去鹿城採訪一位改革典型“萬元戶”，驅車趕到那裡時，卻被領到看守所去見他。他的罪名是“長途販運，投機倒把”。風向轉得她目瞪口呆。

時近中秋，大江潮湧，狂濤御風而起，呼應天空亂雲。天色陰晴不定，兩人像對情侶，沿江堤邊走邊談，卞姐的一頭長髮飄揚，不時抽打在阿O臉上，他欲躲避，卻被卞揪住，硬挽著並肩走。

“怕什麼？知道你和未婚妻散了，沒人在意！”

兩人行行來到航站碼頭上。承包後駁船羈留碼頭時間愈來越少，裝完貨就催著拖輪啟航，哪怕日頭西沈，還能趕一段路也好。此刻，船都四出奔波，碼頭空曠，貨棧背風處，正好各抒己見辯論個痛快。

阿O渾然不覺暴雨將至，兀自侃侃而談，還是往日的一派書生意氣，甘冒天下之大不韙。卞記者由衷欽佩他的卓落見解，更愛惜他還保持的學生時代那份純真，不由得為他擔憂。

現在阿O觸及的是政治原則問題，雖已有先例，可人家是特區！也僅拿出幾個崗位招聘人才，官面上觸及不多，就這樣主事者還是感到壓力山大，上層也有爭議。況且，現在有些人舉著“堅持四項基本原則”的大旗招搖，社會輿論風向開始逆轉。

阿O是大學同學裡的小老弟，幫是一定的，捨命陪君子。但內心還是有些忐忑，說：“你不是會周易八卦麼，卜一下凶吉！”

“其實，八卦是華夏古人的算計工具，最初結合陰陽五行用於農時推算，後廣泛用於軍事、經濟。文王在政治上心機頗深，又不屑於解釋，故而傳世《易經》將八卦神秘化。”

阿O解釋過第N邊，把八卦說得類似阿拉伯人的 1234567890 數字，只不過華夏幾乎沒人信阿拉伯數字及組合也有神秘的含義。他自己也只是揣摩。

“若以八卦推算，公司內現在勢如‘否’、‘泰’對應。天時有利於我，我在公司底層順時蓄勢已成‘泰’ 勢。對立面習慣勢力在基層失去支持，已呈‘否’ 象，我若想由‘泰’進而演變為‘大壯’，就得觸動公司上層建築，折彼之九四爻。蠅營狗苟既得利益架構，千夫所指下必然崩折。指望妳來助我，以社會輿論聚焦將彼方逼入‘觀’象。”阿O指沾茶水，在桌面比劃。卞歪頭看了：

“‘觀’？也許，輿論真可改變阿瑞斯注1的天秤！”

“妳可考慮清楚，有風險的。都說現在報社如銀行，不會雪中送碳，只會錦上添花。要不等我搞成了，上下都滿意，妳再來報導？”說著，他自己先笑了。“到時候來幫我總結經驗，吹噓一下。”

“嬉皮笑臉的，招打？”卞又作勢要打。

旋而，她沉下臉來，向阿O要了一支菸，吞雲吐霧思考起來。寫，她敢。發，編輯能通過麼？看來得直接去找……對，他會支援！想到這裡，臉色轉而堅毅：

“阿O，不是你一個人在奮鬥！”

嘴上不饒人，暗暗已有腹稿。但讓本大姐幫你，得要點價。“阿O，不要你廣告，給我們副刊寫首詩吧。”

“寫什麼呢？我可不喜歡無病呻吟！”

江上，正好有一艘帆船禦風疾駛，從碼頭側畔掠過。只見船身大幅度傾側，船舷貼著洶湧波濤，看似行將傾覆。這時，船老大使勁扳轉船舵，眾水手合力牽動風帆調轉角度，於是航向一拐，船身又大幅度傾向另一側，驚心動魄……帆船在江面上畫著“之”字，頂風駛向東海大洋。卞鞶看呆了，指著遠去的風帆，對阿O張嘴想說什麼又不知如何措詞。

阿O奪過她的速記本，有感而發，寫下：

像一隻矯健的海燕

掠過波濤

怒雲下，一翼鼓風斜展

一會兒東折去

一會兒又西拐

哦！頂風船

是這樣的駛向彼岸

若不知看風使舵

徒高唱勇往直前

卞看了，好一會才咂出味來，笑道：有意思，這“看風使舵”不是投機行為麼？沒想到駛頂風船的，還必須是看風使舵的高手！她臨別叮嚀：

“阿O，你知道看風使舵就行，掌好你的舵！”

沒過幾天，省報爭鳴欄發表了一篇新聞調查，論敘甬江航運公司正在發生的事。文中，客觀分析了阿O為什麼搞競聘，與現行體制有什麼衝突，說是道非之議俱陳，最後引述偉人說的“發展是硬道理”這話，為改革張目。

此文，似在社會的議論紛紛中加了一瓢沸油。

看了省報文章，夏主任理解了阿O，他並非要搞“一朝天子一朝臣”，實是管理層積弊不除，企業遲早倒閉。她儘管顧慮重重，郝書記傳達了局黨委“同意試，公司支部意見留存”的指示後，還是堅決執行，按阿O提出的方案，擬訂實施細則、步驟，積極推進，並且在幾個總支委員裡率先將自己的行政職位納入競標。

競聘活動從公告、報名登記、簡歷資料和筆試、面試，她一手主持操辦，顯現了精明強幹。阿O對她的工作很滿意，讓她放手幹，自己騰出精力到處跑業務，籌資金，搞設備。

競聘崗位第一批出臺的，是公司經理及主要業務部門和各生產單位的正、副職。

此舉在激烈爭議中落幕，經理辦公會議成員換了一半。

還在討論競聘的崗位時，工程業務部主任和勞動工資科長就憤而辭職，要向上級有關部門控告。郝書記和汪主席再三挽留也不行，只好任他們去。

阿O憑藉洶洶民意強勢推行，邊上報邊換人，按首批競聘結果改組了公司經營決策班子，操作更順手。局黨委震驚，因利益觸及面不大也還有點吃不准，沒當即明確表態，但也不能讓公司生產經營沒個領導班子吧？

社會輿論關注之下，局領導也不好隨意干預，臧否人選。

阿O在新成員居多的經理辦公會議上，又以迅雷不及掩耳之勢，將競聘方案和盤托出，掀起軒然大波。

競聘崗位第二批出臺的，是公司各層級全部業務部門的會計、統計、出納、調度、文書、質檢、供銷等等。

崗位合計比眼下在位人數少了三分之二。其餘的人怎麼辦？阿O說等競聘適任人員上崗後再討論，三個月內作出決定。沒說裁撤，也沒說留用，似乎留有餘地。但誰也不傻，一時謠言四起。

一個小企業的改革進程，卻引起了社會各方面關注。

省報隨後又發了幾篇署名文章。支持的尖銳指出：改革觸動了既得利益階層，敢闖禁區！反對的將法寶祭出：改革要"堅持四項基本原則"，亂來不行！

郝書記看到阿O要徹底"洗牌"，召開了公司黨總支會議。

討論中，文科長說：不下狠心公司遲早要垮，而局裡又不可能撥款給集體性質的企業，不自救，等死嗎？雖然感情上難以接受，但想不出更好辦法，就算結果是要我讓位給更有能耐的，也認了。

肖道元極力支持。上次會議中，郝書記說要求上級派工作組來公司主持大局，肖就當面指責郝搞鬼，堅決反對。

夏敏投贊成票，既在意料之外，又在意料之中。昨晚，她躺在床上看報，企業裡"黨管幹部"原則要不要堅持，讓她反覆琢磨。探親回家的丈夫見她心神不寧，關心詢問。她說了自己疑慮。作為海軍軍官當然對公司情況搞不明白，但旗幟鮮明地支持改革，說華夏社會再不改革，積貧積弱，會亡國。南海之戰險勝，要守護萬里海疆，國家窮沒大艦，軍人只好拿命填呵！

汪主席說：再怎麼講老一套大道理，也無力面對基層工人的明算帳。公司再困在老套套裡混不下去，垮了誰給發工資？就我們也不是吃皇糧的國家幹部。省報都說了，改革就是利益再分配，就是解放生產力。他讚同堅決推行改革，但對落選人員的安置很擔心，覺得方案還不成熟，因而有保留意見。

郝書記已經從局黨委書記批示中品出味來，不能反對。現在夏敏受阿O倚重而轉向，自己反對也沒有用不是？但他認為阿O會撞得頭破血流，自己決計不能被拖下水。不表態，對上我是服從領導，以後出了事我也有話說。

公司各級幹部，多數通過報章看清了形勢，報名參加競聘。有的認為是個出頭的機會，有的出於無奈。競聘職位這一批竟然覆蓋了業務部門所有職能，不競聘意味著讓位。有些人則冷眼旁觀，本就是一般幹部，就不參加競聘怎樣，你敢讓我下崗？有的趕緊找門路，調個好點兒單位，犯不著跟阿O這拼命三郎對著幹。

在基層，許多人起初疑慮旁觀，見上了年紀的郭調度也投入第一批競聘，居然高中公司勞動工資科科長，也躍躍欲試。徐渭之流憤青們，更是像迎接盛大的節日。

考試是從公司的實際出發，筆試與面試並重。

筆試 60 分以上就通過，進入面試。這就淘汰了相當大的一部分人。你連中學文化程度都沒有，怎麼適應現代企業的管理工作，還談什麼資歷？但也不是從高分到低分排序錄取，畢竟業務部門要有專業知識和經驗，而公司裡的內行人文化水準普遍不高，筆頭差點，講講還行。

面試考官，阿O通過各種關係邀請，港務局、船檢機構、設計院、銀行、黨校乃至市政府，請來各方面專業人士。交通運輸局有關主管幹部起始不想蹚渾水，見勢也接受了再三的邀請。這樣陣勢的擇優錄取，倒也使各方面想插手的人無可奈何。

省報的文章，使甬航公司的改革舉措成為社會關注的焦點。郝書記多次找祝主任私下商議對策，何以不讓阿O的圖謀得逞。祝總覺得郝的理由上不得檯面，不光明正大的手段怕會激起公憤。

最後，郝書記提議對競聘勝出上榜人員上崗前政審，得到了上級支持，阿O想想也同意了。然而，當他接到一串否決名單時，聽到了內心深處的咆哮。

排在首位的，赫然是夏敏。

注1：古希臘戰神。慣以天秤權衡戰爭雙方勝負。

十三、雲詭

考試成績立即張榜公佈，是評議組專家一致要求。其中，黨校來的講師說得更絕：如果沒有公開公正，玩貓膩，就是對全體評委的侮辱。局政治處祝主任也撒手，郝書記更不敢吱聲。

過了幾天不見動靜，許多上榜的人來問，公司門口漸漸聚起大群人來。幾個記者也聞訊趕來，卞犨也在其中。她也對阿O不滿，當面質問過。現在她居然煽動同行來逼問，這不是放火燒阿O屁股嗎？消息傳開，群情激憤，紛紛闖進公司辦公樓，要求按公佈成績兌現競聘的結果。

阿O在群眾圍攻中投降，老實說：有些人政審通不過。

但他未能按群眾要求公佈政審資料。事實上，他手頭除了一份名單，確實沒有書面資料。拿到名單當天，他就去追問郝書記，郝給他看了資料，其中有舉報信、證人證言筆錄，還有照片。

這幾天他也沒閒著呀！

政審資料不能給阿O，郝說要上報。於是，群眾去找夏敏，她已幾天沒來上班。再去找郝書記，他已在局領導帶領下，和諸廠長、蔡工程師一道，應邀到港澳考察合作項目去了。這可是大事！

公司主持生產經營的阿O為什麼沒去？客商也是他找來的呀！就因為競聘大事未了，要他留在崗位上主持工作。

紛亂之中，進來幾個持槍械的警察，帶走了阿O。在群眾追問之下，為首的只回答是“重案”，要他去公安局配合調查。

當警車鳴笛呼嘯而去的時候，卞轟一下子懵了。回過神來，第一時間向總編電話匯報了情況。報社肯定是被牽連到危機中了，她做好了受處分的思想準備，總得有人來承擔責任不是？沒想到，總編沒有責怪她，而是關心阿O究竟遭遇了什麼，令她問清情況，再深入調查改革成效。並叫她轉告阿O：不是你一個人在奮鬥！

卞轟聞言淚崩。這話她也說過，是事前。

在郭科長的陪同下，她到生產一線去深入採訪。正好，第一個吃螃蟹的常壽伯的船，在碼頭裝貨。兒媳婦已經來了，正在船艙接貨包安置，能輕鬆抱起五十公斤大包的化肥。郭拉她歇會兒，和卞記者聊聊，丈夫是腰圓膀粗的漢子，推她上岸自個包攬活兒。

她倒也爽快，記者問什麼答什麼。原來常壽伯一個人的每月工資加水上津貼，才六十幾元。上個月淨收入二百多元，這個月估計更高，借來的單船承包經營保證金明年就可以還清。公公提早退休回鄉，讓她夫妻倆頂起來。聽說公司出事了，擔心又得倒回去。其他幾戶也是，已跟老公下了船的媳婦惶惶然。

卞說要錄音，徵詢是否同意。她說儘管錄，說實話怕什麼。

“才過幾天舒心的日子，就聽說阿O被當官的抓了，船老大們想湊個時間一起去保他，正在聯絡。相信這裡也是共產黨的天下，鄉下不是也搞承包了嗎？”

說起孩子，她有個一周歲的娃，和好幾個媳婦一樣，想帶孩子上船，阿O就是不讓。他說是不安全，又說孩子要受教育，還說想辦法搞幼兒園照看孩子，暫時寄養在教堂。

“這下好，他自己倒被人‘看’起來了！”

她說著笑話，自己卻流淚了。卞記得，同班的小老弟曾說起自己是海員的兒子，上學前跟隨父親在船上生活過，是“軍代表叔叔”把他安置到部隊的“八一幼兒園”。後來那個“八一幼兒園”被撤銷，若不是小學老師見他智商奇高，破格錄取他上小學，他就無依無靠，因為父親已在海上罹難。難怪他會想辦幼兒園。

哎，這不也是安置富餘人員的出路嗎？

說話間，又一支船隊返航到岸。老郭拉住率先跳上碼頭的船老大問：“上游暴雨發大水，你們沒被卡在周巷鎮小河汊里？”

“是被卡了。我們想多跑幾趟，趕緊把農藥給人家運過去，大家一發狠，硬是把船扛過了橋洞。”

啊！在旁的卞記者被雷暈了，“這麼大的駁船你們扛得動？”

“哈哈哈！”歸來的船老大們自豪地大笑。大搗亂也在其中，他是厚道人，給她解釋：小河道發大水，水漲船高，過不了鎮口石板橋低矮的橋洞，以前被卡住就泊船等水退落，現在我們等不起。於是，把艙面上能拆的都拆了，還差一些，大家齊心協力扛著橋板腳踩船幫，硬把船的吃水踩下去，一條一條把船塞過橋洞。

噢，是這樣扛！卞明白了：人的主觀能動性發揮出來，確是了不起。可見，改革釋放了蘊藏在工人群眾中的巨大能量！

船老大們見來了記者，都圍過來。他們已聽說領頭的阿O被抓了，這些被採訪的反過來要她幫助寫狀子，要到市裏去請願：把阿O還給我們！

卞已知阿O被捕的直接原因，不是善良的工人所想的，但她的解釋工人更不信，眾口一致：

肯定有人陷害，阿O哪會是與人搶舞伴鬥毆的人！

她想想也是，阿O與其說是運蹙倒楣，不如說他這人不容於時下。他一意孤行，得罪人太多，危機四伏。

要了一些統計數據，卞告辭出來，又趕到航道工程隊。

胡隊長熱情邀請這位省裡來的記者吃晚飯，卞應邀而來。餐前聊聊，胡首先肯定阿O是好人，工作熱情高，下工地和工人打成一片，可以評個模範共產黨員。但是，畢竟年輕，沒有當過領導，感情用事，把事情辦砸了，弄得幹部群眾都對他有意見。

“還聽說，他曾在歌廳跟人爭風吃醋，把人打成重傷，被公安局抓起來，郝書記求局領導把他保了出來。現在不知咋了，又被抓了進去。唉，太年輕！”

“放屁！阿O是陪客商去的，那是自衛！”在旁的肖副隊長聽不下去，拉著卞出門去，“別聽他胡說！我帶妳去聽聽工人怎麼說。”

到疏浚船隊的工地，天色已晚。

疏浚作業還在進行。挖機抓兜不斷從江底挖出淤泥，裝入旁邊靠泊的泥駁，工人不斷用水尺測深，並據以移動挖泥船。倒班的工人沒有回家，晚上就睡在狹小的船艙內，以便接替。這會兒正好開飯。見肖陪著記者來到，熱情地請入飯局，還要請女記者喝酒，非喝不可。理由是，喝了咱的酒，咱才說心裡話。

卞韉曾是北大荒插隊知青，哪怕喝酒，當下就蹲上長板凳，一擄袖管：“喝就喝！”

工人們端起酒杯，先祝願阿O能平安回來，接著痛罵公司裡一幫子老爺太太小姐，也不忌諱女的在座，粗話連篇。卞面不改色，細細辨聽，去粗取精記下那麼幾條：

一、阿O剛上任就下令把公司辦公樓的電風扇，可搬的全搬上船來。那幫科室幹部背後罵他，傳到我們耳朵裡，別提多難受。

二、現在搞臺班作業經濟技術指標考核，產值扣除稅費、油料費、輔料費、折舊、大修理基金、基本工資等等，餘下是該上交利潤，利潤裡提獎金。其他指標還算合理，就是管理費太高。但按財務科算下來，管理費把全部利潤吃掉還不夠。

那我們增產節約還有什麼意義？

阿O把管理費這項指標降下來，讓我們努力就有指望發獎金。

三、財務科問，管理費不夠養脫產幹部怎麼辦？這才逼得阿O搞競聘，其實誰都知道他要撤椅子。那還不是合夥要攆走他？

再就是公司很多花邊新聞，夏敏與胡司令、郝書記的"三角"什麼的，這些卞沒興趣。但他們敲著酒碗唱的小曲記下來了：

公司人有三百多，一百人做，一百人坐，還有一百撿田螺。

幾天後，一份內參放到了市委書記的案頭。

省報接著又刊登了甬江航運公司改革的跟蹤調查報道，實錄改革成效。爭鳴欄發表了省委黨校一位教授的署名文章，說這場改革觸動既得利益階層，是解放生產力的要求。主事者意外遭遇有待司法審判，但不能因人廢事，否定這場改革。

乘阿O被捕，打算反撲回來"恢復公司秩序"的那股勢力，遭到當頭雷擊。祝主任帶隊進駐甬江航運公司的整頓計劃泡湯，局黨委魯書記叫停並撤銷了工作組，讓公司裡的好些幹部、群眾失望呵！

公司的生產經營繼續，在臨時領導班子的維持下，沿著阿O鋪下的軌道慣性運行。只是，各種矛盾還在積蓄。

整理採訪筆記，智商極高的卞韉再看八卦圖，看出了味來。

阿O搞的變革過程，矛盾如何激發，如何蓄勢，如何發展到現在，就是陰陽互動，陽生陰消。有點可怕，阿O的腦瓜裡究竟裝的是什麼？若是讓他操控更多資源，這傢夥會不會顛覆世界？突遭牢獄之災，莫非天妒其才？

不，不，是小人陷害！卞被自己想法嚇了一跳。

阿O一進入公安局，就被戴上手銬。一個老警官跟他說：“小子哎，你攤上大事呼，那個被你打傷的人死在醫院啦！把整個事實經過老實交代一遍，別想再混蒙過關。”

阿O提出要見呂副局長。人家現在是局長了，但還是屈尊來見。他俯下身面對被銬在椅子上的阿O，堆滿笑容說：

“年輕人，放明白點，沒把握我們不會隨便抓你。何必多吃苦頭，坦白從寬！”見阿O臉上浮起疑惑，他沉下臉來，“別想再混蒙過關！打架鬥毆還談什麼自衛，殺人償命！”

讓呂局長敢下決心翻案的是：新的證人站出來了，是華僑飯店的歌廳吧檯的調酒師。那晚正好他當值，“親眼看到”阿O在醉漢拿酒瓶砸來時，側身一腳將醉漢踹倒在地。原本以為打架鬥毆都不是什麼好東西，保持沈默，現在出了人命，在他舅父“鼓勵”下站出來指證阿O。而他舅父就是那個憤而辭職的甬航公司原勞資科長，他能進華僑飯店工作也是舅父安排的，只是局外人誰知道。

得罪人多了，走夜路都會撞到鬼！

阿O沈默。政法委武書記被交流到西藏去了，現在誰是明白人，不就是面前的局長麼，看他那副嘴臉！女郎的痕跡肯定已被抹得一乾二淨，自己原來的供認筆錄還留在這裡。怎麼辦？

前些日子，催張先生儘快發邀請函過來，阿O聯繫時問候過，聽說她出差去了烏克蘭。時值一個地跨歐亞的龐大紅色帝國行將解體之際，烏克蘭率先宣佈獨立，那裡各國間諜、各色極端份子及軍火投機商薗集。阿O隱約覺得她是在冒險。現在絕不能在任何人面前提及她出手（腳！）的事，說不定會給她招致風險。

天知道有沒有敵對勢力的耳目在周邊！

他決定自己扛著，等上了法庭作自衛辯護。那個醉漢，前幾天還聽說要出院了，怎麼就死了呢？這不是自己能想明白的。大不了是"自衛過當"吧！他橫下心來。

接下來，任由各種變相刑訊逼供，他咬牙保持沉默。公安局定性是"打架鬥毆，傷人致死"，此地辯稱"自衛"也是枉然。

24 小時後，他被依法送進了看守所。

在牢裡，他最擔心的還是公司的事。被帶離公司前，他見自己 "拖刀計"的殺著已無法施展，請求警員給他幾分鐘交代工作，叫來汪主席，託付：公司暫由他和郭科長、文科長搭班子領導。並在汪的耳邊叮嚀，要把夏敏找回來，告訴她：人的一生難免失足，改過來就是了，我阿O還是敬重她的正直和才幹！

一失足成千古恨，再回頭是百年身。

夏敏此時躑躅在江邊。這是個十分僻靜的洄水灣，蘆葦連片在風中搖曳，江對岸水渚也是荒草萋萋，往往有戀人在此野合，有想不開的也到此自盡。對著滔滔東去的落潮，她心中無比的悔恨。前年的那個時候，那個燈紅酒綠的夜晚……

羅經理為了購置航道工程設備尋求 200 萬元貸款，通過熟人找到建銀信託公司鄔經理，千方百計巴結他。那天，羅把他請到一家甬城還是剛獲准開張的夜總會，叫她去作陪。

在小包廂裡喝酒、唱歌，不知不覺中就熱絡起來。作為經理辦公室秘書，她曲意逢迎，儘管心裡清楚是逢場作戲，是為公司的重大利益而來，但鄔少華還是可親和的。他的外貌是與丈夫不同的陰柔英俊，帶著一點讓女人疼愛的憂鬱，翩翩風度，又文雅禮貌，讓她有點兒傾慕。當一首《心雨》唱和下來，兩人已不忌羅在傍打趣，以姐弟相稱。為了勸酒，她腆臉和鄔勾臂喝了交杯酒。

鄔仰頭喝下交杯酒後，豪氣頓現：羅經理，這 200 萬包在我身上！羅大喜，提議再開一瓶"人頭馬"XO，祝合作愉快。

鄔邀請她下舞池，微醺的她欣然應了。公司裡她是文娛活動骨幹，能歌善舞，交誼舞不在話下。舞池裡粉色光線曖昧，樂聲靡靡，鄔攬著她的纖腰緩緩起舞。

好花不常開，好景不常在……

華爾滋曼舞旋得暢酣淋漓，讓身心沈浸於鄧麗君歌聲裡癡迷，甜酥酥的，滲透渾身細胞。還從沒有人能帶得這麼好，讓她盡情發揮舞藝。

一曲下來，鄔和她攜手回包廂，羅再斟酒相敬，恭維話說了一大堆，好不肉麻。鄔也回敬，又各飲一杯後，羅向鄔告饒說喝多了，失陪，你們盡興！

她也要走，羅不許，低聲吩咐：千萬陪好……妳當主任！

"待會兒一起走，我送妳回家。" 鄔挽留她，似乎意猶未盡，邀她再下舞池跳一會，想想反正丈夫不在家等，她也依了。

你問我愛你有多深，我愛你有幾分？

我的情也真……

輕歌曼舞中酒意上來，頭暈耳熱。帥氣的他，不僅舞藝超群，還溫柔體貼，漸漸讓她心神迷離，不知不覺地解除了心防，兩人由若即若離，漸漸貼近，耳鬢廝磨。舞池裡，周圍男女都是相擁相偎，她也就不再拘謹，忐忑漸息。伴隨布魯斯舞樂，情歌如癡如醉：

輕輕的一個吻，已經打動我的心

深深的一段情……

舞池燈光漸暗……全黑。貼面舞銷魂時，鄔擢緊她，她無力拒，還回擁，偎倚在他懷抱，感受那滾燙的男人氣息。黑暗裡，他有點霸道地尋吻，她無奈迎受，熱辣的舌頭撬開她嘴唇的瞬間，明白自己墮落了，沉緬中掙紮無力。

當晚，鬼使神差地隨他進入小街盡頭的旅館，已記不起那一晚的經過。殘留在記憶裡，是含羞被他吻遍全身，連腳趾都被吮吸，那蘇癢透骨的難忍，欲死欲仙的感覺。

十四、無常

丈夫怒火簡直可以燎天，狂暴地滿家室亂砸一通，摔門出去，頭也不回。禍端是丟在地上的一張照片：雪白胴體坦陳，兩條大腿屈張，胯間埋著一顆貪狼頭……

江面上黑雲翻滾，撒下疏落的豆大雨點，雷陣雨將至。

她渾渾噩噩地走向江灘，踏入江水。走吧，一了百了，與丈夫恩怨盡釋，不用負疚一輩子。一步步，江水沒過腳踝，沒過膝蓋，沒過腰際……

背後"撲通"一聲，水花濺到她後背，她受驚扭轉身看去：一個老嫗在水裡撲騰著，向她探手來抓，抓不到又淹沒水裡。

她慌忙返身去撈，從水裡扶起老嫗。老嫗相對矮小，江水已沒胸及喉，嗆了水站不穩，倚著夏死死抓著不放。把老嫗拖上岸，夏看清是擺粥攤阿婆，“咦，妳怎麼啦？”

“問妳！”苦阿婆抹把臉，睜開眼：“妳咋想不開呵？”

星期天小君休息，小婭也來了，有她們逗一群孩子玩，苦阿婆想給孩子們打牙祭，偷閒來到江邊抓“大刀蟹”[注1]。她轉了半晌收穫寥寥，就又下水去摸沙蛤，趴在水裡只露一個腦袋，也不怕雨淋。忽見近處出現一個披頭散髮的女子，癡癡地，緩緩地，被勾魂似的徑直下水。情知喊不回說不定更糟，她拼命趕過去，猛撲一下去拽，想不到自己落水倒要人家救。

載著些許收穫的小木盆，順著潮水漂遠了。

“生命最可貴！”她不捨地看了一眼，回頭勸慰夏：“慈仁的神寬恕一切罪孽，不允許人自殺。人生無常，禍福接踵，每個人都要背負十字架走到生命盡頭，靈魂才得以進入天國。”

“自殺者的靈魂是要下地獄的！”苦阿婆真不是悾嚇。

雲又吹散了，淅淅落落的雨點歇止。夏在風裡打了個寒顫，轉念想起肚子裡已有孩子，還沒來得及告訴丈夫，是體諒他難得探親假回家，讓他盡情纏綿愛個夠。孩子何辜？

“嗚哇……！”夏悲從中來，掩面大哭。

現在，哭有什麼用？哭訴自己悔恨，丈夫聽都不願聽，更別想乞求原諒。只有這悲天憫人的苦阿婆，讓她伏在懷裡哭個夠。

一個失去貞操的女人，還有誰不鄙視？

人非聖賢孰能無過？阿O寬慰她，在她提出辭呈要辦移交時，跟她這麼說。還說，多年前的事，當她競聘中榮登榜首時突然冒出來，就是想打擊她。辭職不就讓人陰謀得逞？雖然，對家庭的傷害阿O無奈，但在公司經理辦公會議上爭議職位時，他說：

"工作和私生活要區分，況且一夜情不能說她就是個蕩婦。"

在這人世間，這是她聽到的最暖心的話。

是的，那夜之後鄔少華多次約她，她沒再允諾。覺得老公屈，他長年累月為國為家熬在風裡浪裡，背他偷歡真是對不起。就算被暴打一頓也甘願，只悔恨自己輕率被勾起慾火，沒把持住。

想必公司裡也會傳開，發酵。她不敢想像下去。阿O說的是沒錯，但自己是個女的，怎麼面對羞辱的目光？

再見，阿O！你是好人，願你順利把公司搞好。夏敏給丈夫留下一份"離婚協議書"，淨身出戶，毅然買了一張機票，隻身去海南找小姐妹，開始新的人生旅途。

多年後，與阿O重逢，掀起驚濤駭浪。

在機場候機樓，夏敏見到一群熟人，避開了。那正是赴港澳考察的一行人，由鄭副局長帶隊，郝書記、諸廠長和蔡工程師，個個西裝革履（首次出境的服裝公費定做），神采飛揚，而她本是其中一員，簽證都已辦妥。他們飛深圳，取道香港，再去澳門，是項目考察需要，而合作協議阿O早已談成，簽約就是。

彼此命運就在這裡交錯。

此行，他們瀏覽了香港仔的遊艇俱樂部，又深入到左近的船艇作坊探秘，再坐遊艇逛過伶仃洋，進入氹仔灣。體驗了富豪在遊艇上飲酒兜風，戲水作樂，他們被迎到賽馬會的一個豪華會所，在海景軒開始談判。

這次老闆張厚富露面了，一身白西裝，顯得年輕些，還是戴著金絲眼鏡，一副笑呵呵的樣子。不過，諸廠長和阿蔡覺得已不再是那位讓人親近的好好先生，也不見那位靚麗女郎傍在他身邊。問候到她，說是應邀出國考察去了。

現在，坐他身邊的那位金髮碧眼的洋妞，高挑的身材火爆，雙乳鼓起，幾乎蹦出無袖黑短衫，一襲黑長裙下露出幾顆豔紅腳趾甲，讓他們不敢多看。她在羅湖口岸迎接他們，陪著轉了好大一圈，漢語流利又善解人意，就是身上荷爾蒙氣息散發，混合香奈兒味，讓他們不敢親近。一行人倒也把持得住，都沒給共產黨丟臉。

品嚐極品藍山咖啡，寒暄一陣，在鄭副局長示意下，郝書記拿出原先那份合同。他表示經過考察，增進了理解，公司對這份合同很滿意，已經簽章，希望早日開始合作生產。本以為對得起這兩天熱情招待了，沒想到主人接過去看了看，微笑著撕了，隨手丟到腳下。在他們驚訝的目光下，張先生開口說：

“彼此瞭解不夠，謹慎是好的。我也回頭想了想，可能倉促之下有些考慮不周，回來後讓公司同仁研究研究，法律顧問搞了一份合同草案，我看比較周詳，請你們看看妥否。”

洋妞在他目光示意下，拿出準備好的一疊文稿，分發給諸位。

出自律師手筆自然不是凡品，灑灑洋洋萬言，開篇先是名詞解釋一大段，逐個定義，期間又冒出許多專業術語，讓人反而難懂；行文又是港式語法，像是從英語直譯過來的，讀起來佶屈聱牙；內容細品嚴謹周到，充分提示法律風險，莫謂言之不先。鄭讀完，看郝等人還一頭霧水，心裡鄙夷又不能形之於色，只好親自開言：

“張先生，這份合同草案的確是比原先那份周到完備。我看基本已談好的合作內容、方式沒什麼改變，不過合作條件有所不同。其一，利潤分成原定是我方六成，貴方四成，在這份草案上倒過來了，是否筆誤啊？其二，原定貴方先出資一百萬元，助我方著手對現有船臺按貴方要求進行技改，現在文案中我沒看到對這項有所表述，是否……”他看向郝等幾位，“你們有沒有看到？”

郝茫然看看諸、蔡。蔡剛把文稿看完，搖了搖頭。張老闆一直笑吟吟的，耐心聽完意見，這才娓娓作答：

“局長高明！我也看到有所不同。同仁意見：其一，在這項合作中，我方出資出技術又包銷產品，而貴方僅出現有的場地和人力資源，論雙方貢獻我方是否遠大於貴方？6:4 比例並不過分嘛！”

頓了頓，似乎讓客人想想。他點了根雪茄，進而又說道：

“貴方從合作中獲益還不僅在於利潤，還在於解決現有業務下勞動力過剩問題，更重要的是提升了技術水準，有了發展前景。”

諸廠長和蔡工暗暗稱是，這是自己的軟肋。

“其二，我方分利所憑除真金白銀的投入，更重要的是無形的商譽。為打開市場，我方歷年投入海量的錢和精力！諸位想想，如果沒在行內建立信譽，你做條小艇就能賣給那些富豪？”

是啊，可能想白送都找不到門。這話張是不能出口的，洋妞也憋著，看向對方的眼神有點怪。在沈默一會後，鄭見己方沒人出聲，只好自己再開口：

“那 100 萬技改資金對我方很重要，船臺改造是合作造遊艇的基礎，為能儘快投產，還請貴方能再考慮一下。”

“唉！”張先生長長嘆了口氣，“當初我也是這樣想。見你們有誠意，想讓你們盡快動起來，能幫幫一把。後見你們不急，我手頭訂單可要按時交貨，就改向廣東中山訂貨啦！那 100 萬也就當訂金扔出去啦！現在我也不急啦！”

郝書記開口了，挺起腰板，正色說：“張先生重合同守信譽，很好。不過，100 萬元對我們來說很重要，對您來說恐怕區區小數不會轉不過來，何況記得您是答應過的，您好意思嗎？”

“哼，那當時簽下合同了麼？”張先生正色反咭，“豈不聞：行無常宜，言無常是，時過境遷？”

在他逼視下，郝低下了頭。

張又緩頰笑笑，說：“當時簽了，第二天就匯給你們，不會去廣東下定金了。錢再多，資本每一文都有用途，不會閒著。”

有道是，資本永不休眠。

話說到這份上，僵了。鄭見此情勢，起身告辭，說是且容我們好好再研究一下合同草案，明天再談。張也說，未簽合同前是該審慎考慮。吩咐洋妞把客人送到酒店，好好招待。

回到酒店天還不晚，吃飯前都聚到鄭的套房，商量對策。

討論一會，覺得人家說的在理，當初拖著不簽也是己方理虧。看情勢，對方是簽不簽無所謂了。現在要回到原先的條件已不可能，也不知當初阿O是怎麼搞的。

想到這裡，鄭起身到裡間打電話回甬，想把阿O這小子找來，看看能不能挽回點什麼。那邊傳來的回話，讓他大吃一驚。定神一想，鎮定地回到客廳，看看手錶，說：“我有急事得馬上回甬，趕晚上的飛機。你們明天繼續談，盡量爭取吧！”

郝書記撓撓頭皮，怎麼也要領導表個態不是？吱吱唔唔：“爭取是肯定的，您……您看……”

鄭不加掩飾的鄙夷眼光撇過去，又捺下怒火，用淡然語氣說：“平心而論，按現在的條件也算合情合理。當然，生意還是你們公司自己定，盡量爭取再好點條件，盡量，啊！”

那邊，賽馬會的會所裡，張先生埋在沙發裡抽著雪茄，也想著阿O怎麼樣了，這小子不來，他本想不見那一行人。想想在阿O催促下，自己發了邀請函，避開不是待客之道。今天談下來，也想聽聽阿O的想法。於是，他掏出通訊錄，找到甬江航運公司經理室電話號碼，拿起大哥大撥了過去。

汪主席在公司經理室值守，接到了澳門來電。他告訴張先生，阿O經理被逮捕，原因就是那醉漢死在醫院。

電話那頭沉默了好一會。

汪忍不住問了合作項目談判進展如何，張先生直言不諱地回答：你會放心把自己的聲譽和錢，交給信不過的人麼？

注 1：一種沙蟹的俗稱。剁成蟹漿醃製，是當地人下飯美味。

十五、冤獄

掛了電話，張心情沈重。現在姪女遠在異國他鄉，他不問也知道風險極大。去為阿O澄清容易，但難保不會洩露她的秘密身分。

相信阿O也不會說。那就讓阿O屈死麼？

也許官僚機構來權衡，國家利益至上，犧牲一個阿O算不了什麼，找機會還他公道就是。他可心裡過不去，何況已有難以割捨的感情，是一種難以名狀的感情。自己是個貨真價實的商人，守著父輩傳承產業，正經八百地做生意，從不過問姪女的秘密使命，因而也無從聯絡她背後的組織。能請求誰出手相救呢？

阿O是三弟介紹的，找他去！

電話裡講可能洩密，親自跑一趟吧。第二天晚上，他和三弟在吳山腳下西湖邊的柳鶯賓館相見，選了個臨湖餐廳小包廂吃飯。湖面上一輪圓月初升，波光粼粼，晚風拂柳，是繁華賭城享受不到安謐。他卻無心賞景，心裡窩火，對阿弟很不滿。堂堂一個省軍區副司令，黏黏糊糊，看著治下一個平民被冤，替你女兒頂了死罪，不採取雷霆措施？援越時在美國佬B52 地毯式轟炸下暈過去，現在還犯迷糊？你還是跟我回家學生意去算了。

“知道了，”沉悶的答覆。弟還告誡：“你別胡來！”

阿O在牢裡，起始幾天還抬頭看高高在上的狹長小窗，窗口透進來的日光告訴他時間在流逝，後來乾脆閉目打坐，整天盤踞在草鋪上。為了抑制內心的狂躁，他默誦《通玄真經》。這是阿O心目中師門傳下來的心法，以前他沒這麼好的環境和時間去靜心參悟其真諦。

至人潛行，譬猶雷霆之藏也。隨時而舉事，因資而立功，進退無難，無所不通。

夫至人精誠內形，德流四方。見天下有利也，喜而不妄；天下有害也，憂若有喪。夫憂民之憂者，民亦憂其憂。樂民之樂者，民亦樂其樂。故憂以天下，樂以天下……

似乎是為了讓他好好反省，他被獨自關在一個小間，平時是用來對付不安份囚徒的最“文明”的懲誡手段，卻成了對阿O的優待。檢察官來提審過，阿O沈默以對，只好把他丟在這一陰暗角落，像丟一坨垃圾，讓蟑螂、老鼠去啃噬。四壁空空，地上一薦草席，角落一個便桶，還有幾隻蒼蠅嗡嗡客串。案卷有疑點，被退回公安補充偵查。這期間，律師不能介入，也不許可親友探視。

天已秋涼，蟬聲銷歇，落葉飄飛。鐵窗外，社會上議論紛紛，謠言四起。

阿O的遭遇牽動了許多人的心。魯老大又跳出來，拖著跛腿領頭，大搗亂、小搗亂糾合起一群船工，去公安局請願。他們根本不接受警方給阿O按的罪名，爭辯："上次不是搞清楚了麼，醉漢尋釁打人，阿O自衛是為保護公司的客商"。

然而，鐵幕豈是這些人所能撼動！他們被一遍遍告知："政府不會冤枉一個好人，也絕不枉縱一個壞人。"

衝動的"夜奔"鼓譟喊冤，還被公安局扣了 12 小時。

苦阿婆在為阿O祈禱。在強大的專政機器下，可憐小民除了祈禱還能做什麼？匡小君陪著祈禱了又一夜，竟懷疑起"全能的主"來，是不是阿O執迷不悟而降罪於他？

雖然對阿O從不假以辭色，盡量迴避，但一直關注著他的舉動。阿O所作所為是善舉，得罪眾人是為窮兄弟擺脫困苦，爭風吃醋而鬥毆之說她根本不信。阿O說"我娶妳"被她暴打一通，這情景不知多少次在她夢裡重演，但她深信阿O是真誠的。只是當時，自慚形穢，鬱積已久的滿腔悲憤無處宣洩，在阿O懷抱裡竟然失控。

傻阿O，姐也愛你！這份愛只能深埋心底，揭開來血淋淋。

飽受世人白眼，決心獨自背負十字架走完人生道路的她，當初揣在懷裡的這份愛的萌芽，不知不覺地，已在心田開放出一朵純潔小花，以淚水澆灌，仁愛照耀，而永不凋謝。

她祈願替阿O受罪，承受所有災厄。可是，十字架上的蒙難人沒有回應。

這幾天，小婭含淚四處求告，希望找到門路探望阿O。

父母給小婭鋪就的生活軌跡，因阿O的出現被打亂。她心裡只有大哥哥，願意待在他身邊，和他品詩論世。驚聞阿O被捕，上班也沒心思，六神無主。

碰壁多次而不氣餒的鄔少華，豈會錯過良機，打電話說有阿O消息，約她喝咖啡。他是貴胄公子，也許有門路，小婭如約而至。

鄔還真打聽到一些內幕消息。

醉漢重傷住院，他老娘聞訊從省城趕來，找公安局問責。主辦這案子的呂副局長苦著臉，沒法對她說個明白。她就自己找關係查，居然也查出了"真相"：兇手是阿O，是個苦力出身的狠人，讀了幾年書混進市委機關，又被趕出來，到一個爛公司當頭兒。那天，他人模狗樣的到華僑飯店勾搭客商，還跟她兒子爭舞伴，傷人後即被抓進公安局，上了手銬就老實交代了。但那客商有來頭，找關係以"正當防衛"為由，當晚就把人撈出去了。她不忿，要她當市長的兄弟出頭報復。據說客商背景深不可測，這年頭"有錢王八大三分"，親哥也不敢替她出頭，再說是外甥先動手打人，差點用酒瓶砸死人，理虧不是？

她這口氣還沒嚥下，兒子居然死在醫院！

那她可瘋了，披頭散髮嚎哭著到處亂闖，驚動了大人物。省公安廳下令限期破案！這不，那小子又進去了，據說已認罪。現在，就等做好案卷材料，上法庭審判。

"小婭，死了心吧！"鄔少華苦口婆心地勸導，"我找人問過，公安局認定是'尋釁鬥毆，傷人致死'，打架扯不上'正當防衛'，要他償命！擱前幾年'嚴打運動'時早該斃了。"

小娅聽了傷心欲絕，癱倒在沙發裡，哀哀哭個不停。

鄔好不疼惜，攞住她顫抖的香肩，婉言相勸："何苦呢？犯不著！他跟我們不是同類人，是爛仔，不上檔次……"

聽到這話，小娅用力掙開他的手，霍的站起來，對鄔怒目相向，呵斥："閉嘴！我的大哥哥，比你們都高尚，都善良，都有教養，都……"含憤哭著衝出咖啡聽，驚得四座一片愕然。

到北京去！小娅下決心去找老爹，今生還從未求過他。

鄭副局長當晚趕上飛機到申城，再連夜搭車到吳淞口，乘上快船渡過海灣，匆匆趕回甬城回到局裡時，天已大亮。誰說當官舒服？六加一，白加黑，上有壓力，下有阻力，家又顧不上，親友都反目，滿腹牢騷哪兒去發？唉！還好，飛機上、船上眯了一會。他洗把冷水臉，就去政治處。祝主任也到得很早，打了瓶開水泡杯茶，在辦公室裡看報。兩人見面也不廢話，祝拿出市委書記在一份內參上的批示，還有局黨委書記交辦指示，給鄭看。並將郝書記的報告也拿出來，列述一項項政審意見。鄭聽著心頭漸漸又冒出火苗：不是社會關係複雜，就是男女關係。除了夏敏的事有照片為據，其餘均未核實。他捺住心火，還是要聽聽祝的看法。

祝倒也不死板，說："正想找郝書記談談。現在別的不好說，對集體企業的業務幹部就別苛求了吧，組織上掌握情況多加注意就是了。以後查證確實不堪，再撤換不遲，也讓群眾心服口服。"

那好，一起去甬江航運公司，盡快把火苗滅了。

到公司，他們叫汪主席立即召開幹部會議，宣佈競聘結果正式承認，已上榜的全部上崗，試用期半年，聘期三年。會場一時譁然，有人立即奔相走告，有人當場淚流滿面，也有許多落選或未參與競聘的幹部圍上來，要討個說法。汪主席出來解答：

未競聘上崗的，原先的安排是由工會安排集中學習三個月。期間，逐個找談話，在自願的前提下，遴選合適的安插下基層。可提前退休的，內部作退休處理，提高一檔待遇；自尋門路調離的，發個雙月薪，留點人情以後好相見；想自謀生計搞個體戶的，公司開"留職停薪"方便之門，能幫再幫一把。其餘不願意下基層的，又走不了的，公司想"搞三產"來安置。

未定的有三條思路：一是幼兒園，二是洗衣房，三是遊艇俱樂部。這讓許多人動心，當場有人預約報名。爭著去的是俱樂部，沒人去的是洗衣房，分配到幼兒園也有人接受，誰叫自己老公沒門路呢？熱烈討論起來，還相互開始爭吵。

嘿，這就轉移群眾鬥爭大方向啦？見這陣勢，鄭心裡發笑，暗罵阿O：小子你早說啊，害我來時還捏把汗！似乎看出領導的心思，汪說：這都要投資呵，阿O經理還沒把握，不願多說。

這結果，祝主任也發笑：阿O的位子本是棘手的問題，他是犯政治錯誤被貶謫的，居然成了頭頭，局怎麼下文任命？現在這小子自己通過競聘讓自己坐正了。集體所有制企業聘用，好呵，就不用我費心啦！可是，他代表局黨委去保釋阿O，人家不給面子。

阿O現在到底怎麼啦？這個爛攤子還得他來收拾。

目前，公司搞了承包經營責任制、施工臺班作業責任制等改革，只要人心不亂，生產還正常。下步怎麼辦？危機四伏呵！如果不能把阿O保出來，郝書記當家行嗎？想到郝，鄭的肚裏有點反胃。公司陷入困境時，怎麼勸他都不幹，吃了三天飽飯就……

小婭做好了出遠門的準備，到高行長辦公室請假，並要交代一下手頭工作。高行長笑了，擺擺手不同意。“妳去有什麼用？妳是家屬嗎？說冤，妳只有善良願望和道聽途說而已！”

見小婭不吭聲，噘起嘴要哭，他急忙打住話頭，正色說：

“有個好消息告訴妳，案情有轉機。”

檢察院又將案卷退回公安局。負責刑訴的張處長提出疑點：驗屍報告的死因不確切，未提供直接致因。倒查醫療紀錄，死者內臟器官並無致命損傷，斷骨已近於痊癒，若不是特別關照，應已出院回家休養。看來“阿O踹的”那一腳不是死亡主因，起碼說是“傷勢惡化致死”不成立。

究竟是什麼導致他猝死的呢？在上級領導關注下，省公安廳派專家直接插手偵查。阿O要負什麼責任，尚在未定之天。

十六、決鬥

鄭副局長一離開，郝書記心裡就嘀咕：哼，桃子摘不到就開溜，讓我來背黑鍋。我傻嗎？自問才智不比你差，只不過運氣沒你好。再爭取還有可能麼？看情勢幾乎不可能。如果簽了，回去怎麼向公司裡的群眾交代？說我把阿O談好的合同扣下來，說要審慎，自己來考察一番，結果反而簽了個更糟的合同？老實說，這不是長阿O志氣滅自己威風麼？我以後怎麼立足？調單位也抬不起頭。

這是關公走麥城了呀！

還不如不簽！這合作項目丟了可惜，保住自己以後總有機會，再為公司搞個好項目。我就不信不如你阿O。

晚餐很豐盛，洋妞招待很熱情。郝可無心品嘗鮑魚、魚翅的美味，心裡不斷盤算著。忽見諸廠長盯著洋妞的豐乳，眼睛混濁，在想開洋葷？一個計策浮上郝的心頭。他有點兒佩服自己。

飯後，洋妞循例邀請他們去那個金碧輝煌的"鳥籠"，見識一下賭場。郝書記謝絕了，這讓諸、蔡再想去也不敢。兩個跟著郝去逛街，買了些東西，早早回了酒店。郝把諸叫到自己房間，關起門來商量對策。郝說，夏敏出事了，想推薦諸接替當公司黨總支委員。諸是聰明人，自然領會領導意圖。說到回去如何交代，察言觀色，與郝的思想保持一致。但畢竟不捨這個讓船廠有前景的項目，懇切地請求：

"鄭局長說再要爭取，那就爭取一下吧。死馬當活馬醫，商人總是要賺錢的，真要散夥說不定他就軟了。商人討價還價不總是這樣？"

郝也點頭稱是，說："那就試試吧。"

賭城的夜，外面是燈紅酒綠，紙醉金迷啊！郝書記這兩天看得眼花撩亂，但在上下級同志面前，還真是不動聲色。

以前真信"世界上有三分之二的人民生活在水深火熱之中，等待我們去解放"，現在面對"待解放"眾人投來的鄙夷眼光，心底長城開始潰塌。

感嘆自己身世，家族平庸，無人提攜呵！就著床頭燈光，翻翻雜誌，又覺無趣丟下。現在老婆鬧離婚，他一個正值虎狼之年的人自然也有正常需求，半年來，夜夜孤枕難眠吶！他真對夏敏沒任何越矩行為，平時面對，總以極大的毅力約束著心猿意馬，談笑自如。他想著，從包裡掏出珍藏的一張照片，這是前幾天接到的舉報信裡夾的照片其中一張，私自留存的，只在夜深人靜時偷看。

狠狠心把夏敏推出去，這是政治需要，誰叫妳背叛呢?

此刻真心疼呵！照片中，夏敏的玉體袒露，那圓潤乳房、那雪白大腿……看得血脈賁張，真妒恨拱在她兩腿之間的豬頭!

次日上午，洋妞又把他們接到昨天洽談地方。接洽的是位戴眼鏡的女經理，一身黑色職業套裝，不苟言笑。她解釋張先生有急事去內地了，這合作項目由她接手負責。郝書記心裡嘆息：沒戲了!

果然，無論怎麼說，女經理寸步不讓。她還要加一條:

由澳方人選全權管理合作項目。

他們只好告辭，到珠海坐飛機返甬。沒想到，在拱北口岸邊檢站，郝書記和諸廠長被扣住盤問，折騰下來，誤了當天的班機。

幾本雜誌被沒收倒沒什麼，夾在雜誌中的照片讓郝心疼。

柳鶯賓館燈火闌珊処，兄弟倆仍在對酌。當哥的提醒道:

"阿O在替你女兒坐牢。"

"我女兒也在牢裡，"弟的語氣出奇的平靜，"有消息傳來，她在拜占庭被捕。"

"暴露啦？"

"他們還吃不准，"若搞清她的真實身份，有可能以間諜罪，將她像貓一樣吊死。將軍搖搖頭，嚥下了半截話。

"總統府有我朋友，錢在那邊還是管用的。"哥已坐不住了。

"別，"弟抓住哥的手，"哥！現在問題由總參……你別管。"

"我看你挺喜歡阿O，是吧？"弟轉開話題。雖然，這賓館是軍方產業，現在也是對外開放的招待所，畢竟這場合不宜深談。

"是呵！你還有閒心研究《孫子兵法》與商戰，那小子所薦

《范蠡兵法》可有意思？若論兵法應用於商戰，范蠡是鼻祖。阿O似乎得其真傳。”

“嗯，那小子不簡單，所以我推薦給你。你不是擇人有一套麼——

遠使以難，以效其誠；內告以匿，以知其信；與之論事，以觀其志；飲之以酒，以視其亂；指之以使，以察其能；示之以色，以別其態。

——怎麼，一筆生意還沒做成，就看上啦？”

“人心與人心，有的一生相互難捉摸，有的一碰就和鳴。”

“說得像一見鍾情。”弟弟發笑。

“哎！”當哥的眼睛一亮，“你女兒和他倒可能一見鍾情。回澳門後老惦記那個項目，我看八成是想那小子。”

“你想多了，他倆曾在同一個幼兒園……”

郝書記一行終於回來了，人們盼著好消息吶。

郝立即召開公司黨總支擴大會議，讓全體黨員能來的都來，也讓不是黨員的中層幹部都參加。郝也是很有魄力的。會上，他讓諸廠長先發言，匯報考察洽談之行的全過程。

匯報中，諸廠長特別提到那個身材火爆的洋妞。說是“客商企圖像上次用美女拉攏阿O經理那樣，想把我們也拉下水，逼我們簽下不平等條約。我們在鄭局長和郝書記的諄諄關照下，識破了骯髒的陰謀，頂住了美色誘惑，刻意跟她保持距離。”

還拿出自己在遊艇上體驗時拍的幾張照片，讓與會者傳閱。

照片中洋妞剛從海水裡出來，登上遊艇。金髮碧眼，身材火爆，皮膚白皙，渾身上下濕漉漉的，只有兩條窄布條比基尼，幾乎裹不住高聳乳房和高蹺屁股的鼓滾。傳看中，某些男人幾乎要流鼻血，藉口尿急上廁所，以免下體頂起帳篷尷尬。

女的看了照片也臉紅，不過馬上指出：洋妞白是白，但皮膚粗糙，照片看不出罷了。有男的反駁：也有皮膚細膩的白人哦！

郝冷眼一掃全場，幹咳幾下，讓大家適可而止。他嚴肅地說道："通过这次实地考察，我们才搞清楚，那個客商是澳門賭博业的老闆之一，不是個正经商人。"

事到如今，他也無所顧忌，公然信口雌黃：

"那洋妞把我們請到賽馬會那種地方，張老闆要我們簽一個他們事先準備好的合同。合同把原來騙我們說的利潤六四分成改成四六分成，這要坑我們多少血汗錢吶！"

眾人騷動。郝的講話水準是有點自信的，繼續引人入勝：

"原先騙我們說，先給我們一百萬，按他的要求改造船臺。幸好我們船廠沒聽阿O經理的，否側就騎虎難下啦！為什麼？合同裡根本沒有這一條，他賴掉了！"

眾人交頭接耳的議論中，胡司令站起來，慷慨激昂地說：

"我就說過沒那麼好的事情，人家哄哄阿O的。不！可能就是和阿O串通起來騙我們的。"胡對阿O恨之入骨，競聘差點奪下自己的寶座，因為這崗位沒人跟他競爭，才暫時還在屁股下。筆試 63 分過關。面試時，雖知自己是這場牌九裡唯一"至尊寶"，還是被問得汗流浹背，心知肚明評語不會好，阿O遲早要把他拿掉。這機會怎能不搏？他咬牙切齒地斷定："總之，阿O不是傻子就是騙子！"

郝滿意地點點頭，讓他坐下。繼續說：

“鄭局長言正詞嚴地逐條予以駁斥，我也當面指責他不重信譽守合同，說了賴。見陰謀被我們識破，第二天我們再去談，他都不敢露面。”

此處應該有掌聲，怎麼沒有呢？郝納悶。

只見肖副隊長、蔡工、文科長、郭科長等人在下面交頭接耳，眾人都湊過去聽。他站著說得起勁，下面他們議論得起勁。哼，小搗亂又在搗亂。郝忙予以制止：

“嗨，嗨，有問題站起來提嘛。”

還真有人站起來提問，是汪主席。他問：“鄭局長兩天前先回了，一到就來我公司，我問過合同簽了沒有。他告訴我，很後悔先前談好的合同我們沒簽，如果簽了相信一百萬已到帳了。現在客商還是有誠意合作的，應該能簽。我想問郝書記，當時人家等在這裡，你為什麼不同意簽？”

“傻瓜，”胡司令跳起來，“如果簽了不是就上當啦？你老糊塗閉嘴！”惡狠狠盯著汪主席，作勢要撲過來。

汪毫無懼色，反唇相譏：“我為甚麼要閉嘴？支部大會我一個黨員沒發言權？還輪到你一個非黨員令我閉嘴？”

文科長也站起來，要說話。郝書記急忙制止，“好了好了，大家少說一句。”見勢不妙，他馬上打圓場。又拿出書記的權威：“今天會議就開到這裡，該向大家匯報的匯報完了，散會！黨總支委員留一下，繼續討論。”

接下來，郝提議諸廠長任總支委員，竟沒一個同意的。

當天下午，郝書記徑直去找局黨委魯書記匯報。他說那個客商是個開賭場的，合作項目是個騙局！他們撕毀原先談的合同，不但把利潤六四分成改成四六分成，還將原先答應的一百萬賴掉了。鄭副局長和我當場揭穿，逐條駁斥。後來再交涉，老闆見沒騙成就躲開了。

聽起來與鄭副局長匯報的事實基本一致，看法不同。主抓下屬企業運營的局行政分管領導引進外資心切，也是可以理解的。

郝察言觀色，謹慎試探：“客商讓一個妖嬈洋妞全程陪同我們考察，想引誘我們上當，還想引我們去賭場……”

“去了嗎？”魯書記的目光審視郝。

“哪能？我斷然拒絕！”郝神色一凜。繼而小心進言：“聯想上次客商來甬，也帶了一位美女，她和阿O經理關係很曖昧，舞廳出事……也許他經不住美女誘惑，血氣方剛麼！”

“你懷疑有勾結？”

“我們黨總支擴大會議上，有同志分析上次洽談阿O行跡可疑，說‘阿O不是傻子就是騙子！’我個人認為阿O經理不傻。”見書記大人沈吟，他露出了牙齒，低聲說：“看來再不能把公司交給阿O管理，況且現在他還在牢裡等待審判。”

聽到這裡，魯書記神色凝重，站起來轉向窗口沈思，又來回踱步，片刻後才開口：“公司有合適的人選麼？”

“如果黨信得過，我來挑這副擔子。”郝克制著內心的激動，努力以平靜的語氣又補充說：“原先鄭副局長找我談過，我希望有業務更熟悉的人來擔當。現在危難時刻我該站出來了。可以讓熟悉業務的諸廠長任副經理輔助我，公司黨總支委員夏敏離職，我推薦他替補……”

見書記大人沒有駁回，郝有點抑不住激動：

“有一個黨的堅強堡壘在發揮作用，我相信公司垮不了！”

這話魯書記聽進去了。起碼也不能挫傷一個共產黨員的積極性麼！他轉過身來，慎重地對郝說：“好，我會考慮的。”

“我要和阿O決鬥！”

鄔少華嗷的跳了起來，想被點著了尾巴。聽呂叔說，阿O就要被保釋出獄，他要發瘋。這些日子，無時不刻想著小婭，一次次約她被拒，連關於阿O的消息也不再有吸引力。他自問是無可挽救地愛上了這個聰明伶俐又活潑可愛的女孩。

在紅唇酒吧的角落裡，幾個朋友聚攏來，吆五喝六的陪伴下，他已喝多了。酒入愁腸，化為熊熊烈火。

“你公子哥和一個爛仔去拼命，值麼？”老闆娘來勸阻。

“生命誠可貴，愛情價更高！”鄔赳赳雄辯。

“對，對！”穿將校尼上裝的矮胖子舉杯，“奪妻之恨，不共戴天！大丈夫豈能忍氣吞聲，幹！”

“讓這小子出來，再折騰下去，我們好日子算到頭啦！您不出手，我都想……敬你啦！”。

“大家該想辦法幫幫鄔公子，既然看不慣阿O的所作所為，明裏暗裏助一把。有種的一起上！”耳鬢捲曲低垂的女子見他們幾個挑唆，拿鄔公子當槍使，有點抱不平。她伸手搭上鄔的肩頭，俯首湊到他耳邊低聲說：“您也不用太拼命，只要都動手了，取保候審期間……”

鄔看看她的曖昧眼神、撩人姿色，輕哼一聲別轉頭去，還摘下她搭上肩頭猩紅點點的“貓爪”。此刻，他心中只有高潔似丁香的小婭，不屑於低三下四的手段，也沒留意她瞬間轉為怨毒的目光。

哼！我本有心向明月，無奈明月照溝渠。

十七、轉折

松蔭下，一方斫石而成的棋盤，黑白子犬牙交錯。面對殘局，苦苦思索，不覺日已西墜，暮靄沉沉。倦意襲來……靈光一閃，有了破解之策，抬頭只見皓月當空，風輕雲淡，環顧四周，不見師父蹤影。

"師弟！"洞府裡飄然出來個一襲素裝的女子，托著一盤熟透的水蜜桃，笑吟吟說："陶公山的特產，大師兄遣小雯子送來一籃，師父說你最愛吃，這是特意留給你的！"

"美味哦，來，一起吃！"

迫不及待抓了個咬一口，齒頰生香，蜜汁流淌下來。師姐伸出纖手遞過手絹來，嗔道："別急，看你這小猴子吃相！"

抹抹嘴，問："師父呢？"

"唉，那個王莽推行新政搞砸了，師父過去看看。"

"聽說他解放豪門奴役，還搞均田制，給農民分地，好事啊！"

"儒門書呆子，不懂經濟，好心辦壞事。唉，餓殍遍野，盜匪四起……"

"正是我輩用武之地，怎麼不讓我去？"

"你還未修成'九守'，魂魄不凝，怎麼穿梭時空？回你那個塵世好好練心吧！"

也是，誰叫你道行不夠！想著，啃著桃子也無味了。哎，自己不也處在大變革時代？大有可為呵！惦念著塵世還有事未了，揖別師姐，怏怏下山，信步拾階而行。

忽聞師姐追著叮囑：“浣紗女有劫難，你可要多關照！”

“浣紗女？”

驚回顧，只見山巒懸在雲霄，恍若隔世。

咣啷一聲，牢門打開了，看守在門外喊：“出來吧，提審！”

阿O不情願睜開眼，神智還留連於那個屢屢出現夢中的境界。這是一個怎樣的存在？肯定不在這人世間，莫非是道家大能以精神力開闢的另一空間位面，神智有信念而可以到達？

面臨現實：該開庭審判了吧？會不會判死刑？

阿O不怕死，相信自己的靈魂歸宿是那個地方——師門。

作為共產黨員，所受的教育卻告訴他：死了就是死了，沒什麼靈魂，哪有什麼歸宿！呃？

然而，意外地這次檢察官沒為難他，告訴他已獲准保釋。

阿O出了牢房，迎接的人一大群。其中，小婭最激動，不顧眾目睽睽，擁抱大哥哥哭起來，感動不少人陪著掉淚。

人眾裡，匡小君送上一束鮮花，大口罩蒙臉，不見表情。

當天阿O就回公司，瞭解一些基本情況後，對汪、郭、文三人組合的協調管理表示滿意，要他們繼續管下去，讓他有時間辦點要事。郝書記在經營管理上還插不了手，對阿O也是笑臉相迎，虛與委蛇。他在等待局黨委的文件下達，隨時準備掀翻桌子。這不是個人恩怨，這是政治。小企業也講政治。

提起夏敏，阿O還是希望能找她回來，公司經理辦公室主任位置繼續為她留著，工作暫由汪主席兼管。辦公室新聘秘書徐渭是個幹才，留用的兩位女士也精明能幹，日常行政事務在汪的指導下完全勝任。公司重要文件，往往是阿O口授，文秘紀錄下來，讓他再看一下，訂正幾個音訛字就是。

各部門經理現在也是自己擬文，不需要文秘代勞。

阿O痛下決心，買來稀罕的電腦處理數據和文件，還給重要崗位人員配了BP機。部門副職基本撤銷，重疊的合併再精簡。連門口傳達室崗位也是辦公室文秘輪值，阿O美其名曰："陣地前移"。

是呵，收發、導引等服務，要別人再轉手幹嘛？日常辦文在傳達室也可以，小企業日常有多大機密？阿O不需要人侍候，侍候客人去吧。他也會輪到傳達室當值，那就是工人投訴接待日啦！

阿O經理垂範，各部門誰敢再當老爺？

公司辦公樓裡人少了三分之二，反而行政效率大大提高。空出來的辦公室，讓航道工程隊遷了進來，這方面業務將是公司主營。

現在，集中學習的下崗人員想看笑話沒指望了。都是些聰明人，下基層的下基層，走的走，剩下的心動了，主動要求安排"三產"的事。汪主席說過的，要兑現哦！

首先，公司開辦幼兒園。阿O與教會商定，交還原航道工程隊佔踞的教堂偏殿房產，公司再租用做幼兒園。恢建費用岑牧師不認賬，那該由政府解決，但他承諾將租金回撥一部分給幼兒園以示愛心，並拆除偏殿門封連通教堂草坪，供孩子們戶外遊戲。

所有上崗人員輪流到市模範幼兒園見習。以後不叫阿姨叫老師，要搞早期教育。後來還漲了工資，讓當初不願去的好不後悔。

開始阿O也沒想到，後來幼兒園越辦越興旺，不僅全公司關愛，還受到社會讚譽。許多外單位都托關係要安排員工子女進來。因為老師是公司管理人員出身，經見習培訓，素質遠高於街道辦托兒所阿姨；設施也是一流的，阿O下了大本錢，說是"再苦不能苦孩子"，大家都點頭稱是。外單位的孩子入托，要提供一筆贊助。大通銀行也給了一筆贊助，高行長親自來為幼兒園開張剪綵。

苦阿婆等幾個嬤嬤對孩子是真愛，仍常來幫助照顧。人家好心好意，郝書記卻要拒之門外，還要再封門，怕她們影響孩子的幼小心靈。阿O反對，封禁只會激發孩子好奇心，也不利孩子成長。人家唱"讚美詩"，我們就不會唱"天上佈滿星，月亮亮晶晶"？功夫要下在怎麼更吸引孩子的魅力上，要自信我們掌握真理！

汪主席也不讚成封禁。革命前輩在反動統治下，都有辦法爭取人心，我們就那麼沒出息？他的辦法是有空就去給孩子講故事，講"狼外婆"，講"英雄王二小"，講"小兵張嘎"，也講自己做童工的苦。孩子喜歡上了他，兩天不去就會念叨，他也樂此不疲。

小婭發動銀行的共青團員週末輪流來幼兒園，給孩子們教兒歌還教英語，是家長最歡迎的義務老師。團市委給予通報嘉獎。

遊艇俱樂部籌辦起來，阿O重啟合作項目，選了十幾個年輕幹部，通過張先生安排，去港、澳遊艇俱樂部實習幾個月，學駕駛、乘務。郝書記起疑，立馬到局裡去報告，局裡卻沒阻止。

這就引起內部一場爭鬥，都搶這十幾個名額。阿O的辦法還是請旅遊局的人來主持考試，說這是沒辦法的辦法，但現在是最公平的辦法。幾個落選的幹部，社會關係面廣，給阿O施加壓力。阿O笑迎各方請託者，說：

"誰發出 10 張會員金卡，誰就是籌建辦的業務人員。你們能幫就幫幫吧，拜託！"

會員卡一萬美金（折合人民幣 8.5 萬元）起，逐月提價，一年後提價 12%。明年清明開始營業，兌現不了章程約定，退款加 8% 利息。以後隨著服務的完善，還要提價，莫謂言之不預。

張先生給的俱樂部章程樣本，按甬城實際情況作了修訂，印發給大家。一時有人欣喜有人愁。阿O不急，說你們慢慢考慮。

沒想到，最擔心沒人幹的洗衣房卻先辦了起來。一位因文化程度低而落選的中年女科員，聽了苦阿婆的鼓惑，主動請纓，還拉了幾個下崗人員。她開出一個阿O無法拒絕的條件，就是要承包經營。於是，公司的一間雜物倉庫騰了出來，她們自己動手粉刷一新，請船廠木工幫助做了門面櫃檯，公司給購置一大二小洗衣機，幹了起來。船上的，船廠的，還有鄰近工廠的，工作服洗換都被包了，生意挺興隆。

阿O去看望，她們說：人是比以前辛苦，但收入高了一倍還多，心裏還踏實，值！

嘿，踏實了？阿O倒要問個究竟。

當家的女頭領邊聊邊幹活，熨衣服，釘扣子，一點也沒有以前見了領導的恭敬。她說心裏話：以前靠關係坐個閒位子，要看領導臉色，搞好各方關係。不是靠自己本事吃飯，自己總不踏實。

其實，每天閒著，不也是少了八個小時的生命？

"這麼點菲薄工資，逢年過節還要給這個送禮那個送禮，生怕一個沒拜到，會有難堪等著你，活得累不累呀！現在我每天靠自己能力做事，每月每年跟公司算帳，你阿O經理少給我一分錢就跟你沒完！我理直氣壯，大家說對不對？"

"對！！！"她們齊聲回答，很響亮，嚇了阿O一跳。她們還咯咯笑阿O，聽得出內心是亮堂的。

卞犨又來了，記下了她們的話，也記下了這笑聲。省報記者不僅雪中送碳，也錦上添花的喔！

甬江的攔江大壩工程終於啟動了。

記得那天，蕭副市長帶阿O去見的人，是國家水利工程十二局的陳老總。甬江攔江大壩工程由陳總的集團公司墊資來啟動建設，可以緩解甬城的財政壓力，而且這支隊伍實力雄厚，經驗豐富，施工質量信得過。經接洽，市政府已與陳總基本達成工程總承包協議。蕭希望能盡快開工建設，可現在陳總的集團公司手頭還有一個大項目在建，攔江大壩施工第一階段防波堤的打樁及土石方堆積所需大批機械設備一下子調不過來，他們要協商個辦法。

蕭想到了阿O，而他也正好自投羅網。蕭帶他同去，是想聽聽善於策劃的阿O有什麼辦法。阿O又喜又憂，喜就不用說了，這是公司發展的大好時機，抓不住是笨蛋！憂的是自己公司的裝備，配得上大工程的要求麼？

會談中，阿O一反往日的謙遜，語出驚人，大包大攬。

真不知天高地厚？蕭心裡知道阿O有幾斤幾兩，也沒想到這小子不但會扮豬吃老虎，還會扮老虎吃豬，要獨吞這項業務。

運輸駁船還好說，打樁船、浮吊等設備，遠遠不足所需。陳老總問了幾句，三言兩語，便揭開了阿O的底牌。可阿O還底氣十足："設備不足，可以去買啊！又不是核武器，市場上多的是！"

"你很有錢麼？"陳看他還犟嘴，不由失笑。

"我沒錢，"阿O很老實。陳寬厚一笑，不想再和他聊。

"但我知道哪裡有錢，怎麼搞來錢！"阿O仰身靠在沙發上，看向陳老總目光還有點不屑。陳被勾起興趣: “說說看, 憑啥? ”

“我能搞來多少資金, 要看您手裡有多少利可圖。”阿O大言不慚, “搞兩三千萬來夠不夠? ”

“嘿, 你家是開銀行的? ”陳老總樂了。

“資本總是要逐利的, 銀行何必是我家的? 有利可圖就行。無利可圖, 我親爹也不肯給! ”

嗯, 說的有理。這小子當刮目相看! 陳不淡定了, 大手一拍扶手, 從沙發裡站起來, “好! 若你能拿出銀行授信, 一千萬就行, 我把這工程的土石方作業全包給你, 如何? ”

說著大話, 眼睛卻看向蕭副市長。真是老狐狸!

蕭身為主管工交的副市長, 當然希望本地企業在這項工程中能多吃一點, 也知道阿O肯動腦筋, 能辦到。於是也幫阿O說話, 也真準備助他一臂之力。陳老總雖不瞭解這家企業, 見蕭幫他說話, 也就拍板了。心想, 到時候這小子吃不消你這副市長也不好過, 你不是兼攔江大壩工程總指揮嘛?

阿O不是光會說大話的人, 當下連酒都不喝, 回公司擬了個建議書——對, 是建議, 而不是貸款申請。下午一上班, 就跑到大通銀行去找高行長。高行長一看: 建議? 你小子向我借錢, 不求我還說成是給我一個賺錢的機會, 反了你? !

阿O理直氣壯, 說: 互惠互利嘛。

“你沒利可圖, 跪下求你也沒用不是? 這項大工程是個賺大錢的機會, 你多出點錢, 我多出點力, 一起賺! ”

聽阿O娓娓道來, 還真是新的銀企合作模式, 高答應認真研究他的建議。由於阿O被捕, 這件事被擱置。

現在該提到議事日程了。高行長主動打電話找阿O磋商，他不在辦公室。慎重起見，將協議文稿交給助理小婭，叫她去找阿O征求意見。沒想到，鄔少華睜著充血的眼睛，也在找阿O。

十八、較量

在公司門廳，小婭撞見了鄔少華，一驚：

“鄔經理，你怎麼來了？”

“小婭！”鄔也意外，拉住她責問：“妳又來找阿O？”

“是又怎麼樣？你管不著！”小婭使勁甩開他的手，往樓上走。鄔追上去，又拽住她：

“阿O是流氓，妳別被騙了！妳……”

“嗨，嗨，嗨！怎麼回事？”郝書記和胡司令正好從樓上下來，迎面攔住。鄔不理他們，拉著小婭的衣袖跪下來，旁若無人，用哭腔訴說：

“小婭，我是真心愛妳的呀！失去妳，我活不下去！那阿O是流氓，他在歌廳爭風吃醋打死人，遲早不是槍斃就是坐牢！妳不能跟這爛仔沾邊，妳是我的天使，妳……”

阿O正好從外面回來，見此情形，站定看鄔的表演。

傳達室輪值的尤秘書見阿O來了，裝模作樣要上前去勸解，被阿O攔下，樂得看戲。她好心為鄔出點子……哼，你哪是阿O的對手，找死！僥倖不死，老娘也要抓破你的小白臉！那天，這話她只能憋在心裡，沒當場發作。

郝看在眼裡不悅，伸手拍拍鄔的肩膀：“咳，小夥子別鬧啦，別亂說，阿O經理看著呢！”

鄔回過頭來，像狼一樣嘶吼了一聲。然後，他平靜下來，在眾人驚異的目光注視下，"唰"的從背後抽出兩把切西瓜的薄刃長刀，丟在阿O跟前，昂然說：

"選一把，我和你決鬥！"

"哥！"小婭驚叫著要衝過來，被郝拉住，只得喊："哥，別傷他，千萬別！"

阿O衝她點點頭，轉而平靜地對鄔說：

"無緣無故，我為什麼要和你決鬥？"

"為了愛情！"鄔傲然仰起頭。小婭的喊話讓他心裡一暖，更看不起阿O，輕蔑撇嘴："你不是紳士，說了你也不懂。"

"紳士就這麼橫刀奪愛？"阿O一哂，"呵！我是個粗人，但也知道這是原始部落的野蠻方式。"

"胡說，法國上流社會的紳士都這樣！"

鄔仰起頭，用悲壯的語調說："我知道不是你蠻漢的對手，但我可以像普希金那樣，為愛情而犧牲。"

"我可不是普希金，你也不是丹達士。"阿O把雙手抱在胸前，不屑的看著鄔。心說：老子才不跟兒子鬥呢。

"你慫啦，不敢為愛情而賭上一生？"鄔想激怒對手。

"好啦，你贏了！"說著，阿O推開鄔走向樓梯。"我的一生，有比自己找對象更重要的事要做，說了你也不懂。"

鄔看著阿O的後背，找不到一點贏的感覺，感覺只有羞辱，漲紅了臉。熱血湧上頭的瞬間，他發瘋似的抓起一把長刀砍向阿O，狂砍。第一刀砍中阿O後腦，第二刀被阿O扭身揮臂格開，第三刀被阿O旋腿一腳踢飛。面對阿O的怒容，他這才怕了，退縮，一個踉蹌跌倒，又慌忙爬起來就跑，一會兒就逃得不見蹤影。

在小婭驚恐的尖叫聲中，許多人圍上來，其中有公司員工，有過路人。胡已搶先抱住了阿O，放鄔一馬。尤嚷嚷要去抓鄔，郝攔住她說："趕緊去打電話報警！"

阿O急了，擺擺手說："不要，誰也不許報警！"

"趕緊送醫院呵！"小婭哭喊著，不由分說擠開胡等人，架起阿O，在眾人簇擁下走了。

郝書記的臉色沉下來，也騎上自行車走了。不報警也好，你總不能阻止我向局領導匯報。嘿，誰小看執政黨基層幹部的智慧，誰自己才是大笨蛋！

風風火火闖進局黨委書記辦公室，郝緊急報告公司出了大事。他說：阿O經理又與人爭風吃醋，在公司門廳決鬥，身中兩三刀，血流滿地，送醫院去了。

自己親眼目睹，有胡隊長和值班人員在場可作證。

"傷勢嚴重嗎？"魯書記一驚，關切地問。

"應該不嚴重，他自己還能走。"郝的語氣有點不屑，書記大人對阿O的關心讓他不快。他要提醒一下當領導的應關心的重點：

"關鍵是社會影響惡劣。我們公司三百多號人，領頭的居然是一個屢屢爭風吃醋、打架鬥毆之徒，剛放出監牢來又出事。群眾會怎麼看？市政府又會怎麼看我們公司？"

魯書記沈默了，抬眼審視郝。郝頂著大人物的氣場，又說：

"我作為公司黨總支書記沒有管好，有責任。但公司領導班子不改組，我管不了他。"他咬咬牙，接著又說："我不明白局黨委為什麼一再縱容，難道因為他是市裡下來的？"

“他是有政治問題的！”郝再追釘一錘。

說完，郝起身告辭。魯書記也沒留他，馬上召來在局裡的幾個黨委委員商議。

郝書記知道，已經冒險犯顏說到點上了，言多必失。現在只能是回去等局裡派人下來調查。

胡司令是靠得住的，其他後到場的人，看到的是肉搏尾聲，怎麼說都行。那個當時輪值的辦公室秘書，要再關照一下。

至於小婭，妳是禍端。妳當然向著阿O說話，說破天都行。

為了不驚動任何人，郝書記在辦公室耐心等候，直至下班。書記辦公室很簡樸，沒有沙發，只有幾把木椅，一張老式寫字檯。他背後一側豎著黨旗，窗外斜暉映射，使室內顯得莊重肅穆。

門被推開又關上，無聲無息溜進一個女人，帶著一股淡淡香風，上次她進來舉報夏敏也是這樣。她叫尤香蓮，原是公司經理辦公室的副主任。羅經理將夏從她手下越級提為主任，她已隱忍好久，這次競聘她想再反超夏，一線之差惜敗。夏出走，竟然阿O還虛位以待，沒讓她坐正。惱得她回家痛罵老公沒用，但上班時還得隱忍，裝作無所謂。今天正好輪到她在傳達室值班，看出郝書記耍手腕，她要抓住機會，積極配合。郝從局裡回來時，在公司門口傳達室停了一下，看看她什麼也沒說，似漫不經心地屈指在桌面敲了一下，她心領神會。

她懷抱一個文件袋，在郝的辦公桌前坐定，隔桌無語對視。

“知道該怎麼說？”郝先開口。

“已有不少同事來打聽，我說兩個小年輕為爭個女人決鬥，拿刀子對劈，血濺五步，何苦來著。”

“對劈？”郝探身盯著尤的眼睛，“怎麼個對劈法？誰劈誰？”

“我看到白晃晃刀光片片，嚇都嚇死了，哪敢細看？”

說得煞有介事。郝笑了，滿意。知道她內心對阿O的怨毒：她使了陰招舉報夏敏，阿O竟然說工作與私生活應該區分，一夜情也不能說明夏是放蕩的女人，堅持要挽留。最後逼走夏的是……郝猜想著，說：“妳真行！”

她詭祕一笑，不語。郝也瞭然一笑。

不過，郝哪裡猜得透這女人的心機。她把文件袋往郝面前一送：“我想，郝書記也許還不知道吧，今天來的那位叫鄔少華，是建設銀行信貸部副經理！他呀，還有好戲讓您看。”

“還有好戲？”郝打開一看，吃驚又興奮。

十幾張黑白照，全是兩個男女赤裸裸糾纏的畫面，男的果真是今天那位找阿O決鬥的，有幾張清晰地露出他爽得扭曲的臉。真是玩女人的高手啊！其中一張，讓郝終於看到了夏敏那兩條大腿之間的……

郝那專注的眼神，她上次密報時見過。此刻，她心理上既有點得意，還有絲絲妒意。男人都這樣，哼！

郝看得入神，忽然覺得胯間有什麼在撓動，伸手一探，捉到一隻女人溫潤小腳。他低頭看，一隻腳的拇指丫正調皮的撥弄著他頂起褲子的老二。

郝端坐著，努力捺住內心騷動，平靜地審視桌對面的女人。她臉上媚眼如絲，很渴求似的，身體因努力伸腳夠他胯襠而後仰，胸脯隆起。他有點把握不定。是的，要征服這個女人，把她掌控，但還真沒想過這種方式。

不過，老二似乎不能冷靜，鬥志昂揚。

忽見她翻身鑽入辦公桌下，郝正疑惑間，自己褲襠口被拉開了，一雙柔荑掏出了他的命根。許久得不到滋潤的根莖，一下被暖烘烘的濕柔包裹。郝的心悸動，襲來一陣陣酥癢，渾身緊張地忍著，憋住衝口欲出的"爽"！

（刪去堪比萊溫斯基給克林頓服務的過程）

郝癱軟在椅子上，她鑽出辦公桌，徑自繞到他身後，扯過旗幟擦乾射在粉臉上的黏液。回過身來，見郝還閉著眼睛似乎意猶未盡，就撩腿跨坐在他雙腿上，雙手扳過他的腦袋，將他的臉埋入自己豐隆的雙乳間。她自豪，征服了高高在上的書記大人。

一番銷魂，讓郝體驗了平生從未有過的快感，覺得以前跟老婆做愛那只是例行公事，還心心念念想她做什麼？尤香蓮真是個尤物！雖然不似夏敏那種酷美，但她瓜子臉上媚眼閃忽，耳鬢長垂捲曲，很撩人。想必床上更放蕩！他聞著她的乳香，暗下決心，一定要徹底征服她。記得張愛玲說過：通往女人靈魂的是陰道。

分手時，郝恢復了書記的尊嚴，勉勵她好好工作，還說：若不是阿O擋著，早讓她當經理辦公室主任啦！

尤香蓮心情愉悅地回家，掏出鑰匙扭開司必靈鎖，猝不及防身後有人粗暴地擁著她推門而入，把她撲倒在地板上。身後人壓在她身上，一勾腳把門摔閉，沉聲逼問：

"騷婆娘，又去打野食啦？"

尤掙紮著怒懟："騷狗你整天勾三搭四的，老娘沒牽著就撒歡找母狗，還敢問老娘？"

"公司其他人都下班了，我在門口轉悠了半個時辰，就你倆最後出來。妳敢說沒貓膩？”

“那是領導找談話！”

她生氣地躬身跪地，索性褪下褲子趴著，“你不是狗鼻子靈麼，你嗅嗅有沒有貓膩？”

那漢子真的伸鼻湊到她肥臀下去嗅，還真只有熟悉的腥臊。嗅著嗅著，還用鼻頭去蹭。她的慾火又被勾起，扭動腰肢，翹起白屁股去頂。男的慌忙扒下褲子，狗樣的趴上去……顛幾下那漢子就洩了。她厭惡地掙開還趴在背後的死狗男人，起身穿好自己褲子。想了想，又伸手去拉他：

“老公快起來，別著涼了，呵！”

聲音很甜，其實她心裡惱透了。方才兩度欲望高漲，卻洩不了火，滿腦子盡是郝的雄根怒昂。轉眼間，她的內褲裡又開始氾濫，心頭卻冒出一個詭計。

十九、自首

天空飄下雪花，紛紛揚揚，越下越大，轉眼間四野白茫茫一片。鄔少華慌不擇路，逃到了江邊。那地方恰是夏敏曾經投水的地方，僻靜的洄水灣。不過，夏敏的身影早已從他心底抹去，白花花女人胴體如過眼煙雲。這些日子裡，他心目中只有天真善良的小婭。

儘管她愛耍小脾氣，不似見識過的溫柔如水又風韻撩人的女子。她還生澀，但純潔似天使。為了得到她，他已狠心斬斷所有曖昧關係，自我淨化到了處男一般。

誰說過，人不風流枉少年。對啊！但是，誰又將風流女子娶到府上？美豔絕倫如杜十娘，不還是被貴胄公子甩了麼？不錯，戲上有癡心漢娶了花魁的，但我鄔少華是賣油郎這等人麼？一晃年近三十了，父母也催，自己也想，找個淑女共建一個溫馨的家。書香門第育出丁香似的小婭，氣質、品貌也是父母所鍾意的。

也許，沒阿O這個異數，他娶了小婭會收心顧家，像"浪子回頭金不換"故事說的。肯定有人不以為然，現實生活中多得是婚後又搞"小三"的，誰說得準呢？但起碼現在他是真誠的。

現在，夢碎了，心也碎了。枉費一年來的苦苦追求呵！想發洩滿腔冤氣，歇斯底里嘶吼出來的卻是《精神病患者之歌》：

失去了侶伴的人，神魂兩分離

眼望冬去春將來臨，雪花飄飄飛

世上人，嘲笑我，精神病患者

我的心將永遠埋沒，有誰來同情我……

喪心病狂的歌也是心靈雞湯。嘶吼了一曲，他冷靜下來顧影自憐，想想現在能躲到哪裡去？用刀砍人是要坐牢的，恐怕父母也保不了自己。還是去自首吧，爭取寬大處理。但前程毀了，還要被那小子笑話，看他現在順風順水的得意勁！

在此洄水灣，鄔的心情與夏敏何其相似，彷彿冥冥之中有感應，忽然又想起了她。那銷魂一夜之後，他違規辦了 200 萬融資租賃項目……可他不想死，而想要別人死！

所謂無毒不丈夫，寧願自傷也要搞垮你，逼死你！衝動之下，他去自首，卻不是去公安機關，而是去了檢察院。

當晚，許多人聚在阿O所住宿舍的樓下。一些船工聞訊趕來，大搗亂為首，手裡提著舵把杠。不一會，公司科室的幾個青年也拿著棍棒來了，小搗亂為首，他們已市區轉了好幾條街，沒找到鄔少華。兩邊匯合商議，汪主席擠入其間，再三勸大家冷靜。匡小君扶著苦阿婆從樓梯下來了，大家圍上去問候，苦阿婆告慰大家：

“沒什麼大礙，匡醫生又檢查了傷口。阿O的骨頭硬，一點皮外傷，很快就會好的。現在他睡了，大家也早點回去吧！”

其實阿O的傷情沒苦阿婆說的那麼輕巧。

被砍傷後，他在小婭攙扶下走到附近醫院，身上兩處創口血流如注，臉色蒼白。後腦一刀深及顱骨，醫生用生理鹽水沖洗血污，疼得阿O幾乎昏死過去。醫生還用鑷子探入傷口，檢出碎骨渣，再縫合頭皮。左手臂近手腕處一刀不深，骨傷較淺，但創口較大，皮肉翻開縫不合，上了消炎藥纏上夾板。整個過程沒上麻藥。醫生見阿O身體強壯，也沒給輸血，只給掛瓶鹽水。

急診室裡處理好傷口，小婭去辦住院手續，阿O堅決不讓，打完吊針就要回家。醫生又讓小婭簽字，說：自己負責，啊！

晚上趕來的匡姐又檢查了傷口，說急診醫生處理得太草率，傷口縫合不好，但重新做得不償失。說著，她眼淚都掉下來了。翻看病歷卡，發現竟沒打破傷風針，幸好自己隨帶藥箱裡有，補打上。重新上藥包扎好后，關照若夜裡發燒就送去四一二醫院，她正在那裡進修。下半夜她要去住院部輪值，幸好有小婭留下來照顧，看她心疼的樣子，真是好妹妹！她攜阿婆下樓，臨出門，又回身擁抱小婭，緊緊的。這時候，兩個女人感覺彼此心臟搏動何其合拍。

蒙著口罩的大姐雙眸噙淚，讓小婭驚異天使的美。

小婭整夜守在床前，直至第二天阿O精神有起色，餵他喝了粥又吃了藥，匡姐下班來替她，才去銀行上班。沒過多久，她又回來了，還帶來了高行長。高帶來了乳鴿、火腿還有阿膠。他在床前細細問候了阿O的傷情，叫他安心養傷，並給小婭放年休假，讓她好好照顧。臨走，告訴阿O：銀企合作建議，行裡認真討論過，也跟總包方商洽過，又諮詢了蕭副市長，才拿出一個較完整的可行方案。草擬的三方協議文稿就在小婭公事包裡。

高告誡阿O別著急，過了年再來聽他的意見。

匡送他出門，自己也回去補睡眠，下午還有檯手術。待他們一走，阿O立即要小婭拿出文稿來看看。小婭苦勸，見他光火了，只好妥協，讓他躺著讀給他聽。

合作思路已作了一些改動。原來阿O的建議是：水利工程集團、航運公司、大通銀行三方合作，工程款流轉全過程由大通銀行操控。先由銀行出資，買來航運公司不足的所需工程機械設備，水工集團監管，工程進度款中設備臺班費由銀行扣還購置資金。工程結束，航運公司以殘值買下設備，算下來能承受。

現在仍是三方合作。銀行給水利工程集團總公司 2,350 萬元專項貸款採購設備，設備租賃給航運公司，按工程要求投入施工。工程完成後，設備由航運公司買下，其殘值經評估由銀行保付。

航運公司自籌資金不足部分，自動轉為貸款。

這一改，陳總得到一筆送上門的貸款，省下大筆遠程調遷裝備的費用，這筆貸款卻要阿O他們來還。他們在這項工程中辛苦一場沒賺到錢，但掙到了大量裝備，最後就算收入不夠抵充，背上點貸款餘額也情願，實力壯大了，還款能力也大大增強。銀行卻轉嫁了風險，還有人義務看著他們。高行長真是老狐狸！

但這也是現行體制下可行的辦法，阿O的方案太過超前。

扮老虎吃豬的計劃可實現了，公司發展壯大的前景可以樂觀。

阿O有點急不可待。

轉眼間過大年了。爆竹聲裡一歲除，阿O步入三十（虛歲）而立之年，小婭也長一歲，可還是與大哥哥差八年，這無奈。除夕夜，兩個遠離家人的義兄妹，合吃一大碗湯圓，真可謂相濡以沫。

初一早上，有人敲門，小婭開門迎進來的是滿臉堆笑的苦阿婆。"阿婆新年好！教堂今天沒集會麼？"

"昨晚教友們聚過啦！"隨後進來的是匡姐，帶了大包好吃的，也不客套，徑自到廚房去操持。小婭也跟著去幫忙。

"給阿婆拜歲！"阿O要起身行禮，被她按在床上。問長問短，阿婆又啰嗦起來。很快，小婭端上蛋花蓮子羹，又端上果盤、糕點，在阿O床邊擺開，匡也抹乾手來聚首，其樂融融。

匡給阿O換了藥，又測體溫，眉頭緊鎖。傷口痊愈不理想，也許是當初傷口處理得不好，又不好好將息的緣故。她給阿O掛了吊針，順手拿來床頭的資料翻看一下，嗔道："還在謀事，玩命麼？"

"企業改革剛起步，我是真放不下。"

"賺這點工資，值麼？我看還不如跟阿婆擺粥攤去。"

阿O反詰："阿婆說妳經常加班加點，為多賺幾元加班費？"

"救死扶傷是我的天職！我宣過誓，希波克拉底之誓。"

"我也是，在黨旗下。"

她定定注視阿O的眼睛："你現在還信？"

見阿O認真點頭，她不屑地冷笑："實話告訴你，現在信徒中有不少就是你的黨內同志，有的還是你的領導。"

“恐怕某些人信上帝也是假的！真信也好，要利用職權貪污、玩女人及欺壓老百姓時，起碼還有所敬畏。伏爾泰說過，就算沒有上帝，也該為他們造一個！”

“伏爾泰說的是愚民吧？”小婭驚異地睜大眼睛，而匡姐卻莞爾一笑：“別掉書袋，就說說妳眼裡的那些黨員幹部吧！”

“確實，許多人只在乎眼前利益，卻一個個裝作相信共產主義一定會實現。”小婭也有感慨，“其實他們根本不願信，背地說這是遙不可及的未來，不現實。”

“是遙不可及……”沉思中，阿O的眼睛又漸漸清朗，問匡姐：“那麼，妳相信有末日審判嗎？”

“我堅信終將降臨。”

阿O追問：“活在當下，這對妳有意義麼？”

“雖然此生我盼不到，但末日審判的正義，讓我看清現實社會的弱肉強食並不是理所當然，終將被清算。”

阿O會心一笑：“同樣，共產主義告訴我，現實社會的壓迫和剝削並不是天經地義，終將被消滅。”

說著，阿O又犟起來，“別跟我說‘現實點’，無利不起早的人，是不配有信仰的！”

“還真有相通之處。”苦阿婆也大致聽進去了，“是呵，現實點說，信教有什麼好處？上帝可不保佑你升官發財！”

匡想想也是，嗔道：“阿O，你是個異類！”

“嗯，”小婭也是黨員，卻附和匡姐：“聽上去離經叛道！”

她伶俐可愛，又對阿O體貼入微，匡姐看在眼裡，反而放下了往日尷尬。她恢復了當姐姐的親切，關心地問阿O的傷口疼癢，還拿他和小婭的親密關係取笑，臊得小婭趕緊收拾碗筷，躲到廚房去。阿婆也跟著去，她起意要和小婭說些悄悄話。

春節期間，同事及朋友不少人來探望過阿O，不是特別熟的可不敢拿小婭開玩笑，私下里都艷羨。這小子因禍得福!

郝書記、汪主席和尤香蓮也來探問阿O傷情，帶來一堆營養品和水果，說了許多溫暖貼心的話。

尤拉著小婭的手，妹妹長妹妹短的挺親熱。不過，小婭對她留了心眼，只禮貌酬答。話不投機，恰如貌似和睦相處的兩隻貓。

“妹妹妳太幸苦，都瘦了。我來替你值守幾天，放心，保證把他侍候得好好的，讓妳滿意！”尤終於吐出來意。

“對對，”郝插進來說：“公司裡大家都關心阿O經理，這次來就是打算讓尤姐替妳照顧他的。”

汪也點頭稱是，還說是大家的心願。今年過大年，公司有錢發福利，職工生活大改善，都念阿O經理的好，托他們代表大家來看望，希望照顧好這個小老弟。

小婭一個勁搖頭。阿O婉言辭謝，說：

“公司裡每個人都不輕鬆，我這點傷算不了什麼，怎能拖累大家？小婭是我妹妹，她願意呆著也沒關係，自家人麼。”

郝不再堅持。又說，該懲罰那個壞蛋。為何不讓報警？

“算被狗咬了，”阿O苦笑。“我還在保釋中，不要多事，吃虧就是便宜。咱還欠建行大筆的錢，不看僧面看佛面。”

阿O查過租賃項目的檔案，看出蹊蹺沒聲張，是隱患。可是，鄔少華像一個聖戰徒，引爆了自殺炸彈。

這個命運的寵兒，如果他晚兩天去自首，檢察官就去找他了。

檢察院剛收到匿名者寄來的一盒錄影帶。鄔少華到檢察院自首，反而讓辦案人員感到棘手。不到晚上12點，他就被母親領回了家。

第二天，母親還領著他到醫院驗傷，打算到公安局去告阿O打人。無奈，醫生想幫也幫不了，渾身上下找不到一點傷痕。

“被我砍了兩刀，人家也沒告，別自找麻煩了。媽！”

“怎麼說話的？你腦子進水了！”她一手叉腰，一手伸食指點了鄔的腦門，嗔道：“你是金枝玉葉，跟這種爛仔怎麼比啊！從小到大，都捨不得動你一個手指頭……”說著，“嗚嗚”地哭出聲來。

鄔趕緊哄她，“好好好，我是媽的寶！”

鄔心灰意冷在家躺了兩天，又被檢察官找去問了一些與羅、夏交往的細節，就沒事了，要等找到嫌犯再找他對質。

案子性質是惡劣的。他利用職權，在項目盡職調查中舞弊，不僅不核實企業情況，還親自動手修飾企業財務報表。他說是“受美色誘惑犯了錯誤，現在很後悔，希望還來得及追回銀行損失”。但在老練的檢察官看來，倒像是這淫棍以放款為由，借機誘姦了公司秘書——現役軍人的妻子。分析匿名舉報者提供的偷拍錄像，女子似已迷醉，被他攔腰架入房間，剝開衣衫，撕破內褲，被動受褻玩……那動作，豈是被誘惑的初哥所為，一般夫妻都做不出來。

經調查：夏敏是單純的正派女子，黨員幹部，之前夫妻感情也不錯；而鄔少華卻交了不少登徒子，曾與多個女子糾纏不清，甚至有女同事告他性騷擾，被領導壓下私了。

這案子若按匿名舉報來查，鄔是誘姦，將被控“破壞軍婚罪”。現在按鄔的自首來查，夏是性賄賂，將被控“賄賂國家幹部罪”。

審問過程，鄔吞吞吐吐交代了拿回扣，在辦成“融資租賃項目”

放款時，收了羅經理事先承諾的 10 萬元，願退賠贓款。辦案檢察官認為，鄔和羅私下勾結，夏只是他們交往過程中羅加的“添頭”。夏並非共謀，其中貓膩知不知情都難說，若是奉命招待對公司利益有重大影響的客人，盡量討好而並無“獻身”動機，其結果就不構成性賄賂。但領導不予採納，若是這樣，案情有逆轉的風險。

社會生活是無形的“網”，在不經意間改變人的命運。

案子未結之前，建設銀行也沒下處分。鄔無臉回去面對同事，家母設法把他調離建行系統。新年履新，以他的從業資歷，工商銀行市分行“適當安排”，讓他當了國際業務部經理。

二十、陷困

開年，局政治處祝主任親自帶人下來瞭解情況，所得結果無一不在郝書記的妙算之中。意料之外的是，胡司令添油加醋，把肉搏場面繪聲繪色，刀來拳往，血濺五步，好一場壯士決鬥，美人心碎。說得像武打片情節。傳開來，反而在青年員工中把阿O形象拔高了不少。

然而，處理結果郝卻萬萬沒想到。

市政府辦公室轉來的公函通報：在拱北口岸邊檢站，郝被查抄出違禁品：一本敵對勢力的《前哨》雜誌。居然其中還夾著一張不堪入目的色情照片——那天晚上他看著入睡的，次日早上起得遲，要趕時間，匆匆夾進雜誌塞入提包。

同時倒霉的還有諸廠長，他被抄沒幾本《龍虎豹》畫刊。

局裡早已收到公函，黨內處分是跑不了的，下達只是時機問題。原先壓著，是考慮到公司眼前亂局，政治處祝主任想先找他們談話，處分暫擱一擱。局黨委而今已下定決心，從交通系統內別的單位調入黨總支書記兼經理，郝書記被免職，並給予黨內嚴重警告處分。

這也是他自己逼的，搬起石頭砸了自己的腳。

同時受黨內警告處分的還有諸廠長，使人聯想到那天會上他作的考察報告，面對洋妞勾引時，那可是正氣凜然，哈哈!

阿O半躺在床上，頭上白紗布裹得只露眼睛和嘴巴，左手也是白紗布連著夾板包裹，掛在脖子上，右手還拿公司最新的財務和統計報表在看。儘管知道，自己的經理職務被莫名其妙抹掉了。

公司現在生產經營勢頭很好，幾個月前已扭虧為盈，營收和利潤持續增長。但歷年積虧有 250 餘萬，也就是說：公司已基本掏空。折舊基金和大修理基金已被吃掉，船舶及各種設備無力更新，拆東牆補西牆來維持度日。每年應付建銀信託公司 40 萬設備租賃款，已一再拖欠，还有一百萬工商銀行貸款明年到期。所幸，大通銀行的 50 萬貸款已還清，三江貿易公司到期不得不割肉拋售，所得货款勉強夠還 80 萬貸款的本息，被银行毫不客氣直接收走。結算下來，又給了公司 30 萬。

對此，文科長不勝感慨。如果法院判下來，公司要承擔血本虧損的三分之二。是郎經理笨麼？不，賭徒為翻本會把腦袋都押上，阿O只是好意提供給他籌碼和翻本機會，條件還挺合理。由於還有公司倉儲費未結，三江貿易的賬戶餘額不夠，郎經理又玩失蹤了。

窮寇勿迫，阿O指示放他一馬，算“孫子欠著”，哈哈。

床邊，小婭一邊用湯匙喂他喝湯，一邊埋怨他不好好休息。

苦阿婆送來了製備好的“湯圓”，他倆才知道今天是正月十五元宵節。匡姐下班也趕來，下廚手把手地教小婭，做了幾個像樣的菜，色香味俱全，誘得阿O直流口水。

“感謝主，賜我們食物……”

吃飯前，苦阿婆自然又雙手抱拳，低頭禱告。匡姐隨之抱拳，垂眉略動嘴唇，旋即恢復如常，幾乎不動聲色，不注意還察覺不到。小婭對辛苦忍著食慾的阿O做了個鬼臉，恰被匡看見。

“基督徒的儀式。”匡抓著小婭的手，笑道：“生活有點儀式感不好嗎？是不是覺得有點……迷信？”

尷尬的小婭，點頭又搖頭。

“什麼是迷信？”匡娓娓說道：“舉例說，看到月食，老百姓敲盆子放鞭炮驅趕天狗，這是迷信！其實漢代天文學家就已搞明白這天文現象，還測出月食具有 135 個朔望月的循環週期。”苦阿婆接口說，“以前天空出現‘掃帚星’，我們鄉下人請和尚道士做法事禳災，也是迷信。岑牧師有張圖，畫著彗星軌跡，可惜‘掃四舊’時燒了。”

小婭點頭，隨手拿起阿O案頭的古籍，念道：“歲在金，穰；水，毀；木，飢；火，旱……這是不是也迷信？”

“不，”阿O認真辯解，“這是天體運行影響農業的經驗總結，是自然規律的探索成果！”

匡一笑，疤痕臉有點詭異：

“好，好！‘天行有常，不為堯生，不為桀亡’，是不以人意志為轉移的客觀規律。但是‘常’，又何從來？萬物生長有序，天體運行循軌，皆有科學規律可究，好複雜無比又精妙絕倫的系統規律！難道不是精心設計的偉大工程？人們不禁要問，誰設計的？”

“上帝！”苦阿婆堅信。匡笑著看向小婭。

“不，那是自然。”阿O怕小婭被匡姐俘獲，忍不住反駁。“宇宙奧秘隨著科學進步，將一步步解開。”

“科學是在進步，但人類在宇宙中太渺小了，地球也不過是一粒塵埃。知道‘紅移’現象麼？宇宙還在擴張！莊子說：夏蟲不可語冬，井蛙不可語海。說的就是人認知的侷限。”匡是信康德的，下論斷：

“所以，人類只能靠信仰到達真理的彼岸！”

阿O陷入了邏輯困境。覺得大學教科書上對“二元論”的批判蒼白無力，人類對宇宙的認識確實很有限，對許多未知的事物，乃至靈異、超能力，不可盲目崇拜，也不可固執舊觀念一概否定。

“哎，”小婭若有所思，“哥，你研讀的道家典籍，不也是講究個‘悟’？”

“道家‘悟’的是自然意志，而不是……”生怕搞僵，阿O生生把“神”咽了下去。“呃，先解決物質需求——吃飯。”

各人信仰自由，還是共同面對現實吧！

阿O卻食慾不振了，也許是咽下去的“神”不好消化。其實，浸淫於計然的《通玄真經》多年，已在阿O夢境頻現神靈。現代量子力學研究成果，把他原先學到的物理知識體系打得支離破碎，意識和物質之間開始模糊。狄拉克發現反物質，探究正、反電子湮滅釋放能量的過程描述，卻莫名其妙地啟迪了他，悟了老子的“道生一，一生二，二生三，三生萬物”，以八卦來重新認識世界。

但他對共產主義社會的嚮往卻仍堅定不移，神擋殺神，佛擋殺佛，恐怕老祖宗從墳墓裡爬出來說“不玩了”，也會被他一腳踢開。這是心底的願望，並非黨校灌輸的理論。正因為有堅定信仰，使他為之奮鬥死都不怕，也不會迷失於現實社會的追名逐利。

相處日久，小婭敏感地察覺：阿O同志是個異類。

她夾在匡姐和阿O之間，知道自己的思想理論淺薄，兩邊都說服不了，也不認同。潛移默化地，兩邊都影響著她。

飯後，阿O想上街去看"鬧花燈"，活動活動，小婭好為難。幸而匡姐在，堅決制止，給阿O掛吊針，讓他乖乖睡覺。離開時，她們還諄諄教導小婭，說"生活上他就是個任性的大男孩"，還說"不可慣著妳的男人"，云云。

糟！這老少兩個虔婆要教壞小妹。被窩裡阿O豎著耳朵偷聽外間客廳的對話，生悶氣。後來又聽到匡姐說，"出太陽的時候也該讓他戶外活動，別憋壞了他"，氣又消了，念她的好。

平安將息沒幾天，阿O隱憂中的災厄還是降臨了。

大雪天的晚上，文科長一腳深一腳淺地跋涉，狼狽不堪，撞進阿O的家。接過小婭遞上的熱毛巾，擦臉的同時在抹眼淚，也顧不上喝口熱茶，他報告：

檢察院來人調查公司融資租賃項目詳細經過，還帶走全部有關資料。並要求公司提供尋找羅經理、夏主任的線索。

建銀信託公司來人宣告，融資租賃項目審批違規，甬江航運公司有金融欺詐嫌疑，要求立即提前歸還全部欠款，已申請法院查封全部租賃設備。

工商銀行緊接著來人宣告，由於甬江航運公司有重大的不能履行還款義務風險，依法要求提前償還全部貸款。銀行已有確鑿證據，不日將提起訴訟。

一些有業務往來的單位，聞風而動，紛紛派人上門討債。公司裡人心惶惶，亂成一團。

胡司令與自立門戶的羅經理內外勾結，乘機煽動有些熟練工人辦留職停薪。临时主政的汪主席不給辦，他們乾脆不來上班，到羅那裡去了。其中有當初阿O“逼”醫院救治的那位工人，剛出院就被拉上“賊船”，都說“人有良心狗不會吃屎”。

原本就要走馬上任的新書記，一看這是個深不見底的陷阱，縮回原單位去了。他昨天還對祝主任感激涕零，表示絕不辜負領導栽培，今天破口大罵：操，這是把我往火坑裡推啊！

阿O焦慮，睜著眼睛苦苦思考，通宵達旦。

天剛亮他就要去公司看看，小婭死死擋住。她說：該上戰場時我陪你去，一起死。但你現在去能幹什麼？阿O想想也對，得沉住氣，先想好對策。他讓小婭先去找高行長匯報情況，分析一下局勢。小婭欣然領命前往，黃昏才回來。帶來高行長要轉告他的話：

“破釜沉舟，東山再起。”

晚上，蕭副市長也來了，看樣子很疲憊。他前幾天才來探望過，和政研室的幾個老同事一起，笑哈哈把阿O“未婚同居”批判一通，鬧得小婭無地自容。現在見他來，她上了杯熱茶就躲開。

可今天蕭很嚴肅。下午，市政府常務會議上，也議了甬江航運公司的事。他看了交通運輸局的報告，並在會上說了自己的意見。經過一番討論，市長拍板：這個公司就作為企業破產的試點吧！蕭私下來把這個決策在公佈前告訴阿O，是讓他有個思想準備。

這個豹子頭自己心理也不好受吧，阿O不用問也知道他在會上說了什麼。現在怎麼拯救這個企業呢？

兩人相對無言，抽著菸，苦苦思考。

蕭和阿O思考的經濟理論基礎是一致的，但方法和角度不同。

他們是同門，蕭比阿O早一屆，專業是經濟管理，阿O進黨校時蕭剛從省委黨校畢業。阿O的專業是政治經濟學。從資本論第二卷開始，由陸教授講課。陸從古希臘的瑟諾芬《家庭管理》和春秋時期《管子》講起，直至凱恩斯、熊彼特、薩謬爾遜的現代社會經濟運行理論，與馬克思的"兩大部類，三個產業"論述比較而論，讓學員打開思路而不是死背教條。阿O等幾個思想活躍的同學，時常課後去陸教授家請教，陸也樂於與他們探討一些現實社會經濟問題，許多是黨校課堂上不宜宣講的個人觀點。阿O的畢業論文陸很欣賞，跟阿O說：上屆有個跟你來自同一地方的學員，與你的想法頗為相通，畢業回去後多多交流。

巧的是，畢業後阿O拿著派遣令去市委政策研究室報到，接的是蕭的位子。蕭悉心傳幫帶，帶了阿O一個月，才到市體改委上任。由於同是陸教授的得意弟子，氣息相通，時常會私下交流個人對時政的看法。

蕭對他的幫助，堪比武林門派的師兄提攜師弟。小婭聽阿O這樣說過。在廚房裡，她聽到破產試點的消息，知道他們心裡苦，烏煙瀰漫也不干預室內抽菸，只是打開了換氣扇。

片刻後，蕭看看手錶，站起身來，從手提包裡拿出一條白紙夾錫包裝的無牌香菸扔給阿O，說："安心養傷！反正已免了你的經理職務，我來設法安排你的工作崗位。"

阿O沒有起身相送，抬頭開口說："我想該問問工人群眾！"

蕭一怔，又坐了下來，看著阿O，再掏出香菸來。口腔已經抽得發苦，他拿香菸過濾嘴沾點茶水，又點上抽起來。

“阿O，我給你講個故事，是去歐洲考察時，在一個企業所聞。”豹子頭神態嚴肅，用平靜的語調講述了國際工運史上的一段佳話。講完就起身離去，連“晚安”都沒道。留下阿O獨自沈思。

二十一、拯救

“現在誰來拯救我們的企業？只有我們，我們工人自己！”

阿O在職工代表大會上，大聲疾呼。他頭上還裹著紗布，左手也纏著紗布掛在胸前，右手激動地揮舞著一份報紙。法院查封公司全部資產以作訴訟保全的公告已見報。銀行要求公司破產償債的起訴書副本已送達。文科長剛才向大會報告了公司的財務狀況，讓大家明白了企業的困境。

我們怎麼自救？我們該怎麼做？？你說啊，說！說！……!!!工人代表們紛紛急切的問阿O。汪主席揮揮手讓大家靜下來，聽阿O繼續說下去。

“曾經在西歐也有一家企業陷入困境，老闆要把企業買給一家“禿鳩”公司，也叫“拆船”公司，就是專門收購受困企業拿來肢解，將資產分拆出售的一幫傢伙。

“這家企業面臨失業的工人，在工會的號召下，大家拿出錢來湊份子，推舉代表跟老闆談判，老闆也作了盡可能的讓步，最後他們以一個合理價格把企業買了下來。工人們按每人出的錢分得企業的股份，再按股份投票選舉了自己的領導人。

“後來，工人們為自己的企業共同努力，最後擺脫了困境，並發展壯大起來。”

阿O說完故事，問大家：“我們能不能也這樣，來拯救我們的企業呢？”

職工代表們議論紛紛。開始是交頭接耳，聲音逐漸高起來，甚至出現了爭吵。有人站起來，大聲問道：

“如果我們也這樣做，把企業變成我們工人自己的，上級領導允許麼？”

“問得很好！”首先是群眾敢不敢的問題。如果要一個工人家庭把全部血汗積累掏出來，不能保障其權益，說破天都沒用。況且，“社會主義教育”已深入人心。阿O從容回答：“國家的法律明確規定，城鎮集體所有制企業的所有權屬於企業全體成員，由職工代表大會行使決策權。如果大家表決同意，我們可以改制為股份公司。”

“哪要湊多少錢才能救我們公司？”又有人站起來問。

阿O胸有成竹，回答：“我知道大家現在都窮，我也一樣。但是我們人多，集腋成裘，聚沙成塔。大家各盡所能，能出多的多出一點，再沒錢也要咬牙，少出一點，一元也行，也是持有一股的公司股東。三百多號人，平均每人半個萬，也就有一百五十多萬。”

看大家交頭接耳商議，還是面有難色。阿O笑笑，似乎已料到：“我們把目標訂得低一點，一百萬，平均每人三千。”

眾人點頭的多了，目光中有了信心。胡司令站了起來，大笑道：“一百萬，呵呵，當當蔥花！光銀行逼債就有三百萬，文科長剛剛不是說了嗎？昏頭啦！大家別聽他胡說，走！”

説罷，胡某手一招，當先走出會場。有幾個人跟上，剛出門，又退回來兩個。眾人看著他們，沒理睬。

阿O看著，心裡冷哼一聲，問：“還有人要走麼？”

大家都很專注，畢竟這個會關系到自己的命運。

“我們繼續討論。”阿O算起了帳:

“有這一百萬，我們可以拿自己的股份作質押，向銀行貸款一百萬，就有了兩百萬。

“三百萬債務很可怕麼?我們企業，只要能保持現在的生產經營態勢，不到三年就能還清!但現在就逼著還怎麼辦?”

這讓大家睜大了眼睛，是啊!“黃世仁”都逼上門啦!

“我們只要能還上一部分，比如說一百萬，一百五十萬，就可以和銀行坐下來談判。因為銀行的風險大大下降了!如果你工商銀行、建銀信託堅持要還，行，都還給你們!我可以仍以這些資產抵押，向別的銀行借一百五十萬。為什麼別的銀行肯借?因為風險降了一半。”

這下大家聽明白了。汪主席適時開口提醒:

“大家聽清楚，阿O經理剛才說了個前提條件，那就是要我們‘能保持現在的生產經營態勢’!大家回去還是要抓緊生產，千萬不能給吓趴下嘍!”

“好!…!…!!”大家轟然應答，起身要回到生產崗位去。不是當班的也急忙想去籌錢來入股。 汪主席與代表們約定，一個月後再開會審議公司章程。

工人代表紛紛離去，坐在最後排的那人似乎還在沈思，是已下臺的郝書記。阿O主動上前問:“想不通?”

“嗯。”郝點頭，又抬頭看著阿O裹著紗布的腦袋說:“也許這是救企業的最後辦法。但股份制還在特區搞試點，我們社會主義企業如果都這麼搞行嗎?”

“股份公司是資本主義搞出來的，但我記得馬克思和恩格斯都給予肯定，還設想可以在這個基礎上‘重建個人所有制’。這可是老共產黨人的理想！”

“哦？”郝疑惑，但相信阿O的理論水平。“那我也出一分力，可以安排我做點什麼嗎？”

阿O在他旁邊坐下來，想：人都按本心指引去做事，本心由物質社會的利益導向所決定，壞透如戴笠那夥人不也殊死抗戰麼？於是把汪主席叫過來，說：“郝書記也一起下基層單位，幫你去動員群眾，好嗎？”

汪看著郝，想了想，在郝的肩頭重重一拍：“好吧。”

然後，汪也坐下來，問：

“剛才我聽到有人在私底下問，是不是沒錢入股就一點股份都沒有了？”

郝接口說：“那當然，沒聽剛才文科長報帳說公司幾乎虧光了，現在是大家湊血本，誰出錢就是誰的股份。”

“也對也不對。”阿O已有打算，“文科長算過帳，帳面上算幾乎資不抵債，對呵！但我們公司總資產實際上不止帳面反映的那點，需要作個評估。像站場、碼頭、倉庫、辦公樓等，現在升值不少。我們保守估計，評估總值減去負債，淨資產約有一百多萬，也該折價入股。這部分股份應屬於公司全體成員，包括退休工人，將由職工代表大會持有，日常交由工會管理。你們怎麼看？”

文科長也過來加入討論，說：

“以現在的贏利能力推算，這部分股份可分利潤用於發退休金勉強可以，還可以爭取這部分免繳所得稅。”

“不夠就轉讓股份，或公司回購。”阿O已想的很遠。

“那坐吃山空不行，”汪搖頭。

“坐？”郝抓住了關鍵詞，說：“企業以後發展起來……”

“不能太樂觀。”汪打斷話頭，還是不放心。

“現在是背水一戰。”阿O站起來，說：“先度過危機，以後會有辦法的。”

他其實心中有數，但國家高層尚未決策前不能信口開河，即便已被趕出市委政策研究室。

“那麼我們設定公司總股份金額是三百萬元吧。”阿O作了個總結。“關鍵還是要每個人都努力，湊齊一百萬。我們共同努力吧！”

職工代表大會結束后，阿O去拜訪高行長。

那天晚上，阿O反復琢磨了小婭帶來的對策：公司所有資產給銀行抵債，宣告破產。然後，資產拍賣時，高支持阿O個人買下主要生產設備及經營場地，新組建一個私營公司。以前跟著他幹的窮兄弟再招聘過來，給他們好待遇，給業務骨幹股份。憑籍陳老總的關係，新公司繼續實施銀企合作計劃，拿下攔江大壩土石方業務，全盤皆活。

阿O只要願意，高行長和小婭的銀行高管個人信用額度就有一百二十萬，再找幾個朋友入股，足以支付主要設備的拍卖价款。再以設備抵押貸款，籌得足夠流動資金，以阿O的才幹和人脈關係，新公司運營必然風生水起。小婭相信，金融界的老鴞目光銳利，謀劃老到，不失為突破困境的一條出路。

砸掉工人饭锅，沉了公司这破船，自己拉队伍东山再起？

阿O不願意，令小婭生氣。

現在好好的國有大企業都在賣。經濟學家還提出“棒冰理論”，說國企不斷虧損似棒冰融化，再不解放思想，盡快把企業賣給私人，最後國家掌握在手裡只剩一根棒，傻瓜才要！

阿O你索性當個傻瓜，買下航運公司破產資產，重組私營企業，是給國家幫了大忙！公司三百多人，至少一百肯做的人可吸收，為政府解決就業大問題了。其餘二百多"坐"的和"撿田螺"的人，愛幹嘛幹嘛去！不是"有來頭"、"有活（讀：Wa入聲）靈"麼？

小婭和阿O爭論，阿O竟然說不過她，固執道：

"反正我不當'走資派'。"

末了，阿O感歎："要是這樣做，那些跟共產黨艱苦創業的老工人會多傷心！"小婭动容，理解他了，轉而堅定支持他。

面對高行長，阿O千頭萬緒不知從何說起。不是自己理虧，而是既不接受人家的好意，怎麼還來求金融老鴉的支持？

"你可想好了，這可是大變革年代的難得機會！是你成為企業家，讓子孫後代脫離貧苦階層的機會！"

在高的逼視下，阿O的辯才沒用，他不需要你說"為什麼"，你想做什麼就知道你為了什麼。老老实实，直截了當說出自己的一套拯救企業方案。高認真聽了，不以為忤，竟對這小子又高看一眼。

經深思熟慮，高表示大通銀行可以接受二比一的股權質押貸款方案，直接借給股東本人。這可以使大通銀行一下子發展三百來個個人客戶，而且個人借款風險分散，借款人借的額度不大，卻要承擔還款的無限責任。阿O看透高的心機，但沒說什麼，銀行的錢也不是大風刮來的。如果不是有遠見的金融家，還不尿你呢！

想不到，高又說："另外，你阿O本人可向我行借一百萬。"

"真的？！"阿O一怔，"為什麼？"

高也不解釋，只笑笑。

接著，高要阿O馬上進行公司資產評估，但須由大通銀行指定專業機構來執行。阿O知道他是擔心"摻水"，表示接受：那你銀行請人，你出錢。見他耍無賴，高又好氣又好笑，念他目前窘況，點點頭馬上吩咐小婭去辦。

最後，高行長還表示，銀行的工會也可以考慮參股，要阿O設計股改方案思路再擴展一點。當然，社會上依法只能向法人定向募集，不能吸收職工以外的個人入股。他還叮囑阿O：那個經蕭副市長點頭的銀企合作方案，牽頭人必須是大通銀行，不得給別家銀行。否則就是白眼狼！

阿O轉而又去市體改委，按蕭師兄的指引找副主任王喆。

進入王的辦公室，阿O說明來意，王熱情請坐並為他倒茶，並沒因爲他不是試點單位來的就"踢皮球"。作為主持全市股改試點工作的常務副主任，案頭堆滿文件資料，右手側還有一本薩謬爾遜的《經濟學》。阿O有點眼熟，隨手拿來翻翻，果然是蕭師兄的藏書，他也借來讀過，而今蕭把它留給了後任。於是，兩人的寒暄就從這本書開始。

說起來，王拿到這本書如逢甘霖，一夜通讀下來。他深感以前讀政治經濟學，只講階級鬥爭原理，沒好好研究社會經濟運行規律。

阿O深有同感，說了件印象深刻的往事：

國家"七五計劃"訂稿小組在吴城開會，省委黨校曾請那些經濟專家來校"上大課"，其中一位的演講，當時可謂發聾振聵。他宣稱我國沒有經濟學家，只有 "經濟考古學家"，都在馬列經典裡尋章摘句，大堆論著陳陳相因，撐腸成疵，而不能分析社會經濟運行的現實問題，提出對策。

是啊，地方上一些掌管經濟的部門領導，何嘗不是如此。

當下，王推掉其他活動，與阿O閉門談到下班，還留阿O在食堂吃點便飯，再接著商議。歸結起來，三點難題：

其一，退休金在現行體制下是進成本還是按股分紅解決？循例可參照“三資企業”的有關規定進成本，若公司效益很高可掩蓋問題，而瀕於破產的企業重組，沉重包袱會吓退投資人。阿O的方案符合同股同權原則，但在當前要突破陳規，會招來一片反對聲。

其二，要股票能夠上市，目前公司體量不夠格。高行長的提議是對的，應擴大股本募集範圍，債轉股也是可努力方向。

其三，股改試點，現在需主管局推薦再由市體改委審批。起碼要交通運輸局同意吧？而且，一個破產試點企業，竟然轉為“股改”試點，先要市長收回成命。這恐怕還得蕭替阿O出頭，別人有這個膽也沒這個能力。

他給了阿O一些試點政策文件，還有深交所上市公司的發起人協議、章程等資料，供參考。並答應會幫助阿O去找投資基金。

通過交談，兩人猩猩相惜，後來交往日深。

回家時天已黑了，家的窗口亮著燈，等候風雪夜歸人。疲憊不堪的阿O，心頭油然升起一陣溫暖。進了家門，見小娅還守著一桌子飯菜沒動筷，讓他又感到愧歉。小娅一邊忙著去廚房給鴿湯煲加熱，一邊告訴阿O：方才有個女士來探望過你，進門坐了一會，說要趕趟回省城的火車急匆匆走了，臨走留了一份樂譜給你，就放在茶几上。

阿O拿來看，看得眼睛發直，“嗡”的腦袋裡一陣眩暈，譜沒讀完就暈倒在沙發上。

夜幕下，一列西去的綠皮列車衝破彌天飛雪。列車似一條發光的長龍，一個個車窗亮著燈光，其中一個窗口映現一張淚痕縱橫的俏臉。她肩頭顫動，在抽泣著低聲吟唱。寒夜，狂風裡飄盪著一曲《惜分飛》：

放鶴亭前花露濺，西泠波光暗斂。不敢言離怨，勸君千里逞宏辯……

二十二、奮起

汪主席和郝書記、郭科長等人，分頭到生產一線，給工友們宣講，動員大家為救企業而出錢入股。

郝書記走到群眾中，頗有大革命時期共產黨人的豪邁風度，慷慨演講。他面對實際，深入淺出分析企業的出路，又講到全國改革的大勢，有很強的說服力，當場有許多人踴躍報名認股。隨行的尤秘書仰慕他演說的風姿，眼裡直冒小星星。此時也沒胡思亂想，她給認股的工人一、一登記，忙得不亦樂乎。然而，也有人跳出來唱反調，首先與郝懟上的是胡司令。他說：

“這是要我們拿血汗錢去填黑窟窿。市裡、局裡領導都說要搞破產試點，還怎麼救？船要沉了，各自逃命去吧！”

他給大家指了一條出路：

“還記得羅經理麼？他現在幹個體，搞得風生水起，兄弟們跟我投奔老領導去！”

還真有不少人疑惑，還有人響應叫好。

這時候，小搗亂跳出來搗亂，讓郝書記刮目相看。只見他上前猱身一個背靠把胡掀翻在地，再踏上一腳，高喊："兄弟們別聽這王八蛋瞎說，羅老大前幾天還托我求阿O經理，幫他去找市政法委書記說說情，再放他一馬。"

"對！"郝馬上反應過來，說："公司落到這個地步，還不是姓羅的害的，幾乎把我們公司老本賠光。若不是阿O經理，大家現在工資都領不到，不是嗎？"

對，對啊！大家反應過來，有的啐吐沫，有的用腳踢，還有受過氣的人趁機報復，要用棍子打。胡司令掙扎著爬起來，狼狽逃竄。

"郝書記，您拿多少錢入股？"有人問。

"呃，我麼……"郝被問住，當場下不來臺。家裡錢都讓老婆拿走了，正在鬧離婚。

"郝書記認購 5 萬股，已登記在冊！"尤香蓮將手裡的登記冊高高舉起，大聲嚷嚷。於是，在場人都震驚，紛紛豎起大拇指稱讚：

"哇，郝書記把家裡積蓄掏空了吧？"

"把老婆壓箱底的錢也偷來啦？"

"人家菸酒不沾，生活儉樸，多年牙縫裡省下來的！"

"對，哪像你、你、你，還有你，今朝有酒今朝醉……"

這麼多錢哪來的，群眾自會腦補。郝汗顏，又不好否認，只好順著眾人言，謙遜幾句。可惱，這女人自作聰明，要捧死我，真欠操！然而他沒想到，過後她真的悄悄塞給他 5 萬元。她自己出手就是 25 萬元。哇，這婆娘真有錢！郝傻眼。

汪主席、郭科長的方法則不同，到航站碼頭，下船艙，與窮兄弟促膝談心，很花時間，效果卻很好。有些話是不能當眾說的，他們和阿O私下商議過，按股改試點政策，股份制企業有勞動用工自主權，待新公司成立後，搞個提案交股東大會討論：公司與已經批准下船的船老大婆娘簽訂勞動合同，工齡自新公司成立之日算起，將同等享有勞保。這讓許多人熱血沸騰，當下簽名認股，馬上回家去籌錢。還奔走相告。

雖說未經股東大會表決還說不準，咱們工人自己的公司還怕通不過嗎？有這份心就算辦不成也認了！

這才是為工人切身利益打算的公司！

魯老大心底未熄滅的理想火苗又燃了起來：通過此番自救，工人們真的要成為企業的主人！阿O現在做的，不正是自己當年造反的初衷？只是那時自己走錯了路。幾天後，他捧來 10 萬元，讓文科長大吃一驚：撿到寶啦？

是的，魯老大家有一寶，還真是撿來的。

他有個年輕貌美的小"老太婆"，是風雪迷漫的江面打撈上來的，救醒後，賴上了用自身體溫焐暖她還魂的老大哥，也不嫌他瘸。

那時船上不能帶女眷，更不能容留來歷不明的人。魯老大到處有朋友，兄弟們湊錢在車廄渡涼亭邊搞個雜貨鋪安置她。她天生善於經營，進貨有往來的船老大幫襯，處於交通要衝的店面日漸火紅，後來還雇了幾個鄉親，當起了老闆娘。只是與老公聚少離多，頗受相思煎熬。前些日子，她毅然下船跟老公承包，終於圓了雙宿雙棲的夢。她還想要個孩子吶。

這好日子才開始，公司要倒閉？情何以堪！

魯老大不願上岸當甩手掌櫃。她想想老公這麼多年工齡丟了可惜，退休金可是老年生活保障，個體戶誰能保證始終生意興隆？於是，她自斷後路，忍痛將店面折價讓給托管經營的夥計，夥計再拿店面和自己家產抵押向信用社借來錢給她，她連同所有積蓄都交給了老公。

夫唱婦隨，她跟著老公在各船之間跳來跳去，鼓動大家：救公司就是救自己！

魯老大夫婦來遊說後，“夜奔”的婆娘當即將所有的積蓄掏出來，兩人細細一數，現鈔加上存摺裡的錢，總共才 8,875 元，這是買了房產後，交足承包押金餘下的全部錢。怎麼也要湊個 1 萬吧？她忍痛摘下了自己的翡翠墜金耳環。

結婚時，可憐他連金戒子都沒錢給她買，怎忍心剝奪女人最後的一點首飾？無言擁抱了大姐似的愛妻，“夜奔”默默拿著錢走了，悄悄留下那對耳環，塞入枕頭下。哪裡再找錢湊呢？平時只要他一張嘴，各船的老大會傾囊相助，可眼下兄弟們也在到處籌錢。

路過標著紅十字的血站，他駐足，拍拍胸膛大步跨了進去。

這種時候，黨員不帶頭，將在群眾中沒有威信可言。肖道元也在發愁，他每月工資都是交給父母的，獎金都花在和兄弟們喝酒上，月月光。向父母要，羞於出口，也知道前些日子準備結婚時，父母寵獨子，把所有積蓄都交給了待過門的兒媳婦。

未婚妻慘烈死去後，這筆帳誰也沒提起。

正為難時，未婚妻的妹妹找來了，交給他一包用紅頭巾裹著的錢，說：“31,950 元，這是你媽給的和姐自己的全部積蓄。”

打開一看，大堆各色面額的人民幣，讓肖瞠目結舌。想不到她又拿出一疊錢：“哥，這 600 元，是我自己的積蓄，你也拿著吧！”她沒有正式工作，在街道辦的謄印社打字維生，這些錢恐怕是打了幾百萬字辛苦賺來的。“你們公司的事，我告訴爸媽了……爸說，這是義！”

肖的眼淚奪眶而出，嘴唇哆嗦著說不出話來，慢慢跪下去，將紅頭巾蒙住臉放聲大哭。她跟著跪下去，抱著肖的腦袋嚎哭。

許多職工家庭，把自己為養老或為子女求學存在銀行的儲蓄拿了出來，還向親友借錢，親友又幫著向親友借錢，鬧得甬城人皆盡知，一時雞飛狗叫，流言蜚語不少。有的親友反目了，有的夫妻鬧分家，消息匯集到老外灘的航運大樓，慘雲愁霧籠罩阿O。

“給，這點積蓄你先拿去用。”苦阿婆把匡小君每月給她的孝敬，自己盤出粥攤的錢，湊了一萬元交給阿O。阿O眼眶紅了，他從不在乎錢，每月有多少花多少，正愁怎麼發揮共產黨員帶頭作用呢！想推辭——難道自己沒有信心？

這血汗錢我誓將加倍還您！

患難見真情。也有親友慷慨解囊，也有妻子賣了婚戒，也有女兒剪下長辮子換錢……

涓涓滴滴匯集起來，很快超過一百萬，最後達到 169 萬元。

背水一戰，在一個月內見到勝利曙光。公司資產評估後淨值 137 萬元，大通銀行再給職工個人股權質押貸款 169 萬元，還真的另給阿O個人信用貸款 100 萬元，再加大通銀行的員工集資通過工會入股 85 萬元，湊了個吉祥數，六六大順，股本合計 660 萬元。職工代表大會幾乎全票通過了公司改制申請及新公司章程，推舉阿O為新公司籌辦負責人。會後消息傳開，全公司職工興奮不已，生產更是熱情高漲。

不過，會上阿O的話大家記住了，那就是：今後全家榮辱或是說身家性命與公司綑在一起了，但願公司年年分紅高於借債的利息。他們以後更關注公司的損益，誰要損害公司，他們是要拼命的。

得到消息，工商銀行主動派人上門來找阿O談判。

工行代表尷尬地承認：幹銀行的就是“下雨天收傘，出日頭送傘”的，今天來送傘。並表示，如果公司把基本銀行帳戶移到工行，不但馬上撤訴，還可以增加貸款。說得文科長乒然心動。

阿O斷然拒絕基本帳戶轉移的提議，不當白眼狼。

至於 100 萬貸款，可以馬上還。貴方援引“不安抗辯權”提前終止合同，原定合同期內後續部分利息補償免談。但如果工商銀行同意，我們保證照原協議按時還本付息。

工行代表聽了，說聲佩服，夾起皮包告辭。文科長還在埋怨時，法院傳來消息：工商銀行撤訴了。

對其他一些有業務往來的單位，阿O放話：要愛護眼珠一樣愛護公司信譽，約定帳期一到，即刻主動付款。現在提前來要錢的，馬上付清，列入不可合作黑名單，斷絕業務往來。公司裡一下子跑掉許多來打聽風聲的客戶，生怕文科長誤會。想不到還有人闖進來，指名要見阿O。沒人敢攔他，“凶神惡煞”佘老大!

陪他同來的有小婭，還有肖隊長。肖現在是航道工程隊隊長，是職代會上部分代表在議程之外提出強烈要求，大會一致通過的。

佘是風聞甬航公司面臨破產的消息特意來送錢的。他從航管所“逼債”拿回了餘款，並受老右派的委託，來看看小婭與阿O。到甬城，他先去大通銀行辦理 28 萬元資金轉賬。小婭接待他，介紹了甬航公司近況，話裏透露了一點攔江大壩工程的消息，他頓時熱血沸騰，立馬拉著她並找來肖兄弟，找阿O“分點肉”。

“有肉大家吃，你阿O不能不講義氣！”

東湖碼頭工程結束後，他的工程隊伍東征西戰，還沒接到過像樣的大工程呢。

阿O無奈，當即撥打陳老總的大哥大。陳正為土石方來源發愁，原設計資料中提供的幾個山塘，他們接任務前也派人去瞭解過，不料真要採的時候山塘坐地起價。國企錢多不在乎這點，是嗎？於是找市政府協調，可現在農村山地也承包了，不好下行政命令粗暴行事。他正想找阿O商量商量，這小子腦子好使又熟悉當地情況，況且總包遭難你也不好過，吃飯有上頓才有下頓不是嗎？

嘿，還真難不住阿O！

聽阿O說有辦法，陳當即邀請他們到招寶山上一起吃晚飯。

看看時間，得馬上趕過去。佘、肖一起去，小婭不放心阿O頭傷也要跟去。阿O勸阻她，再三保證不喝酒。她要盯著，否則不認你這個哥。正說著，郝進來告訴阿O：

“華運公司洪經理來電話要我約你，說要討論重要事情。”

阿O說：“約在明天上午吧！說我有重要業務洽談，幫我解釋一下，好麼？”

這時，鄭副局長也打電話過來，找阿O談談。

“鄭局，攔江大壩工程的老總剛才約了我們過去談業務，我們得趕緊去，不守時間給人感覺不好，還沒簽合同吶。”

“那就去吧，回來要向局裡報告。”電話那頭傳來的聲音顯然不快，“市領導已經打招呼了，局裡正考慮如何協調。”

阿O聞言，想伸手撓頭皮，右手還捏著電話筒，左手又動不了，急出一付苦相。那邊已把電話掛了。

郝在旁見了，想開口又沒說，轉而拿來自己留存的兩瓶茅臺酒叫肖隊長帶上，“大客戶給臉，你們也不好空手去。”

招寶山在甬江入海口，與江對面蛤蟆墩遙相呼應，扼甬江咽喉。船堅炮利的西洋鬼子曾在招寶山下折戟敗退。山上還有鎮撫營古壘和砲臺遺跡。阿O他們一到入山口，就被已在等候的人引上山，也無暇觀賞風景和古蹟。

陳老總在山上設有現場辦公點，已擺下酒席等著。見面就說約定時間過了三分鍾，得罰酒三杯。這是在宣示：跟我合作就得守信，講效率，我這兒可不好混！佘、肖也是有見識的人，當下連喝三杯烈酒，陳也陪了三杯，氣派像個江湖豪客。當他把目光投向阿O時，開不了口。小婭拿起阿O面前的酒杯，仰頭要灌——

“哎哎，”陳慌忙奪下，“這可不行！”

前不久在大通銀行受高行長宴請，小婭作陪，陳知道她只能淺嚐紅酒，喝下這杯烈酒就會倒下。

“阿O經理有傷，我沒抽時間探望，已不好意思，哪能害他？妳在這兒倒下，高行長不來算帳，回京妳老爸也不會放過我。”

“陳伯伯寬宏大量，我先謝了。”小婭起身殷殷一禮，然後示意佘也站起來，介紹給陳總：“這位是我老家的村鄰，人稱佘老大，是鎮上建築公司的經理，跟肖隊長是老搭檔。您的事興許他能幫上。”

佘憨厚笑笑，舉杯再敬陳總，竟也不說“久仰啦”或“請多關照”之類謙卑客套話。陳覺得有意思，碰杯喝了他的敬酒，也不寒暄，單刀直入，說：

“想必阿O經理已跟你說過我的難處，請說說你的高見。”

說罷，一邊招呼大家吃菜，一邊觀察佘的神情。

“陳老總，拿一張地圖來好嘛？”佘開口。

陪酒的工程師馬上起身去辦公室，不一會兩個職員抬著一塊大圖板來，在酒桌旁架好，展開一張甬江流域地圖。佘從容走到圖前，看了一下，指著奉化江上游一處說：

“陳老總請看，這是鄞江鎮，那裡有好幾個山塘在開採。”又指向另一處，“這是后蔣村，那裡也有幾處山塘在開採。附近還有幾個山頭已批待開，近來樓堂館所不讓搞，沒生意不得不停下來。這幾處我去附近搞建築時拉過土石方，都很熟。”

工程師湊近細看，從圖中等高線判斷，體量都不小。再拿圓規比照圖例量一下，距甬江口約莫有五六十公里，有的更遠，不由嘆了口氣。陳總也在仔細看，想了好一會，回頭問阿O：

“我們本來想在沿海岸線就近取土石方，沒想過深入腹地去開採，就擔心運費高，你搞運輸的怎麼看？”

阿O以前搞社教去過那幾個地方，來的路上聽佘一說就知道，起身到地圖前指手劃腳，發表意見：

“甬江口南邊，國家要搞成國際集裝箱儲運中轉港，旁邊是為寶鋼配套的礦石卸載港；江口北邊，要搞石化基地、大型火電廠，也要建萬噸級油輪碼頭、煤炭輸送碼頭。沿海岸線這一帶附近山塘，土石方供不應求，審勢便知價漲。運距雖短，貨價卻高。”

陳總他們都點頭。阿O指向上游腹地，說：

“那裡幾個村鎮，農田少人口多，又多山嶺，交通不便，現在很貧困，山塘價格高不了。運輸可以靠水路，在大壩未合攏之前，駁船候潮順流而下，順奉化江入甬江，距離雖遠，耗功卻低，一條拖輪可以牽引一大串駁船，運費我便宜您一點嘍！”

陳總他們神情豁然開朗，相對哈哈一笑。工程師補充：大壩合龍亦留有洩洪道和通船閘，退潮流速慢一點而已。陳大手一揮：“虧不了你小子，繼續說！”

“鄞江鎮有河流通向奉化江，可以過 20 噸的駁船；後蔣村的山塘就在奉化江邊。築兩個臨時裝卸埠，佘老大和我們肖隊長合作，十幾天就可以了吧？”

肖和佘目光一碰，說：“沒問題。”

“汽車短駁運距不長，我可以糾合陸運兄弟單位，但要承諾事後給村鎮修復道路。”阿O現在說個大概，耍心計不再細說。

陳總目光轉向總工程師，問：“你看如何？”

“我們明天就去踏勘！”總工已動心了。

於是，大家坐下來喝酒，吃菜。席間，小婭不喝酒，食量又小，空出嘴來講一段民間傳說。一百年前，也是這裡，也是剛過年時候，發生一場戰爭。

法國遠東艦隊司令孤拔率十餘艘軍艦來犯，在這招寶山下海面擺開陣勢，清海軍的三艘戰敗軍艦逃進甬江，敵艦追擊掩殺過來，這山下砲臺的兵勇奮起抵抗，向敵艦開砲……

敵旗艦巴夏裡號主桅被砲火擊中，桅桿上橫桁墜落，砸倒正在艦橋上指揮的敵酋孤拔，敵艦隊大亂，敗退遠遁。

沒多久，孤拔傷重不治死在海上。

“當地百姓傳頌的不是那些史冊記載的將官，至今民間還在祭奠的卻是一個叫周茂訓的砲目，也就是個砲壘里掌砲的兵頭，說是他一砲打死孤拔的。”阿O也曾聽小婭爺爺說過，至今還記得。內心在感慨：

哪怕在最腐敗王朝，華夏民族芸芸眾生中，始終有錚錚鐵骨。歷朝歷代，民族脊梁不在廟廊，華夏振興的真正力量在民間，要通過體制改革讓民眾發揮出力量。

“清朝官員多把逃跑說成轉進，還殺良冒功。歷史是他們寫的，我信不過。”陳老總見識不俗。他舉杯：

“敬此地保家衛國的勇士！”

大家默默端起滿杯茅臺酒，灑在這古戰場土地，祭典英魂。

海面上升起一輪明月，撒下皎潔的銀光。夜幕下，遠處漁火點點，忽隱忽現，可知遠看平靜的海面，其實是波瀾起伏。阿O凝望著又出神了，沒由的想到還在異國鐵窗後的那位女郎。

招寶山上起風了，他感到風向已轉東南，聞到了春的氣息。

二十三、糾集

翌日一大早，陳老總帶著一幫人，開著幾輛三菱越野車，堵住阿O家門，不由分說挾持他上車。陳說：“海量的土石方採運業務由你來牽頭操辦，別人求我我還不放心給。你公司那點破事算個屁，放就放了，啊？！”

當他們一行人，由佘老大引領著，踏著殘雪在荒山野嶺轉悠時，航運大樓的經理辦公室進來幾位貴客，找不到阿O，很惱火。

公司其他幾位領導都下基層忙活，郝書記被罷了官不想露面，只有尤秘書給客人倒茶遞菸。

鄭副局長不等阿O到局裡匯報，親自登門俯就，等到日上三竿還不見他露面，心中有氣還不好在下屬面前顯露，憋得慌。

尤秘書心靈剔透，哪還不明白，臉上也顯出憂色：

"昨天下午，阿O經理被一個銀行小姐和鄉下親眷拉走，說是一個大集團老總請喝酒，真擔心他頭傷……醫生說，腦殼被斬破了，差點腦漿都濺出來！"聽了令人頭皮發麻。

與局領導接踵而至的洪經理卻不急，正對著牆上標示計劃實施進程的各種圖表出神，尤其感興趣的是那張各項股改工作進程的甘特圖。紅杠顯示企業改制已進入審批階段，也就是說：只要局裡轉報市體改委，獲批准就要召開新公司創立大會。

當初阿O推行單船承包經營時，他來取過經，回去也搞了單車承包經營責任制，已初見成效。這次來找阿O，一是阿O居然股改募集資金幾百萬元，使瀕於破產的公司起死回生，他也心動了；二是風聞阿O接了幾千萬元的業務大單，想分潤些。華運公司有四個車隊，百餘輛各種卡車，還有倉庫、貨棧等，五百來號人，在當前運輸市場激烈競爭中業務吃不飽。

"鄭局，華運公司也想搞股改，您是否也撥冗來指導一下。"洪誠懇地向鄭請求，還追了一句剜心的話："就見局領導一再下航運公司，您可不能只偏愛阿O哦！"

"唉，航運公司麻煩多嘛！"

鄭苦笑一下。看看手錶，反正閒著，給他說說："企業改制全市還在試點階段，局裡定的試點是客運公司。它是國有企業，資源好調撥，而且管理規範，效益還不錯。阿O是個另類，出招總讓人意想不到，所以也最不讓人放心。批不批，局裡還未定。"

"那就是說，我還有爭取的機會？"洪的眼睛一亮。

“不是說了嘛，局裡定的試點是客運公司。”鄭耐下性子解釋：“以前我們誰也沒見過股份公司，總要先試點，取得經驗，好就再推廣，不好就退回去。”

“也沒否定阿O的改制申請不是？”洪豈是好糊弄的，敏銳地抓住了關鍵。

“他是自作主張，先斬後奏。現在工人把錢也交了，再退回去？那就是讓公司破產，工人失業！這幫船老大還不起來造反？”

“那倒是官逼民反啰！”洪笑起來，“趕緊轉報市裡批唄。”

“我倒是想，唉！”鄭被套出了心裡話。局黨委接到公司申請，開會認真討論過。同意的是擔心局面失控，不同意的也是擔心局面失控：下屬企業都像阿O自行其是，以後怎麼領導？

說良心話，阿O是事先來局裡找領導尋求過幫助，都認為匪夷所思，簡直做夢。況且，試點能像蘿蔔一樣賤的成批往上送？這叫對上級不負責任！

再說，市政府決策剛傳達，我們怎麼貫徹執行的？市定的破產試點，轉眼間餐盤中鴨子變天鵝飛啦？那之前上報情況有問題喔！

蕭副市長前幾天打招呼，市重點工程攔江大壩的土石方運輸，交通運輸局要主動配合。局裡還沒理清頭緒，聽阿O口風好像已搭上線了，怕他又亂來。想到這裡，鄭隨口一問：

“華運公司跟攔江大壩工程有沒有業務關係？”

“我做夢都想！”洪嘆口氣，說：“工程總包是部屬企業，老總是司局級幹部，跟市長比肩，要見他比見市長還難。我找了許多關係，跟他下屬有聯繫，人家說阿O把眼下的運輸業務包圓了，讓我自己找他去。”

“哦！他哪來這麼大運輸能力？”

鄭大吃一驚，要趕緊向局長報告，匆匆離去。

讓鄭沒想到的是，不僅是運輸，阿O把海量土石方連開採也全包了。此時，他們正和村鎮領導幹部打得火熱。阿O是搞社教時的老熟人，佘老大也是靠得住的朋友，陳老總來頭更大，給窮山僻壤帶來發財致富的機會，哪能放過！村鎮幹部喜上眉梢，當下殺雞斬羊，竭力巴結。

大規模放炮開山，當地山塘承包者力所不及，佘老大拍胸脯包攬，約定與當地分利，自是一拍即合。

能給的優惠政策全給，還一把手親自抓落實。

陳總車上有好酒，阿O喝不得；村里過年釀有糯米酒，這阿O可辭不得。大碗喝酒，腦酣耳熱，酒桌上就基本談妥條件，確定了合作意向。陳老總當場委任阿O為全權代表，統籌安排採運一條龍，細節問題由他來定。

陳老總御人有一套，責、權、利打綑下放，按預算定下總量、總價，還把總包的這塊工程管理費也割讓給阿O，倒不白使喚人。

就這樣，幾個地方轉下來，回家又是天黑了。

家裡還有客人等著他，是洪經理。算上在公司等候，他等了一整天，足見誠意。阿O自是不敢怠慢。

小婭儘管心疼不已，但還是給阿O煮了咖啡，讓他能打起精神應對。他們商談的事，關係許多工人家庭的幸福，關係到市重點工程能否順利開展，而且是迫在眉睫要解決的問題。她在旁聽，一句話都沒插嘴，儘管心裡明白，也有不同意見。

他們談到夜深，又談到天亮。

從兩個單位業務合作開始，水運與陸運短駁的結合，裝載機、翻斗車和駁船、拖輪及浮吊，一條龍考慮齊全。再談到資本的結合，障礙的突破手段。兩人孜孜不倦，深入探討。最後，基本達成一致，共同在眼前勾劃了一個新公司的雛形。方案由阿O起草，共同向局領導爭取支持，然後各自提交公司職工代表大會審議。

吃過小婭做的點心後，兩個經理分道揚鑣。

小婭騎車駝著阿O到大通銀行，他拜會高行長。高行長聽完阿O的新構思，臉上陰晴不定。對土石方採運統包及水陸聯運的方案，高是欣慰的，這小子給點顏色就能開染坊！對兩個公司進而以資本為紐帶，結合成一個集團公司，高深深憂慮。

大通銀行對交通系統的各個單位都有透徹的了解，而且建了資料檔案。華運公司從一個民間搬運社起家，到洪經理手裡有了長足的發展，主要靠的是工行信託的融資租賃，裝備了大量汽車。但經營狀況卻不好，現在不能按期支付租賃款，去年明盈實虧，許多營收掛在應收項，庫場等資產未提足折舊或攤銷。冗員和退休工人負擔過重是通病，業務吃不飽是當前致命要害。

阿O這是雪裡送炭啊！

洪是有能力有魄力的人，思想活躍且前衛，但欠缺系統的經濟理論素養。最主要的是，他不像阿O是有底線的讀書人。

以目前體量來看，洪那邊占絕對優勢，集團公司將由誰來掌控，不言而喻。高不好說話，但心裡又為阿O不甘，再想想難道阿O看不明白：這局棋的結果是自己為他人做嫁衣。傻瓜！

“阿O，你說說進一步的考慮。”高誘導。

“兩家合起來，由洪經理掛帥，讓局領導覺得可以掌控，放心給改制審批開綠燈。此為第一步考慮。公司規模達到上市要求，可以爭取上市指標，從而讓那些拿出全家血汗積累的工人所持股票可以流通，不再困厄於目前的拮据，並可以獲益。此為第二步。公司上市後，資本市場的約束力，會倒逼企業深化改革，使現代企業制度更為完善和鞏固。有了資本市場直接融資的入場券，企業發展後勁更強，也更經得起風浪。目前我只看了這三步。"

有遠見，對現實認識也透闢，就是沒為自己想想。高無語，暗道：能這樣審時度勢而周密策劃的人，我的擔憂，莫非小看了他的心志？

幾天後，一份組建"華甬集團股份有限公司"的策劃書，遞交市交通運輸局黨委會審議。局黨委全體委員出席。

主持會議的魯書記看了是很滿意的，而且敏銳地覺察到這份策劃書出臺的背景不簡單。不僅吃透了當前政策和改革走勢，似乎將自己的顧慮也摸得一清二楚，開了針對性的藥。而且，似乎能調動難以想像的資源，著眼點高，生產經營佈局氣魄大，水陸並舉，互為補充，相得益彰。航道工程方面重點發展，適應大規模港口建設的要求。船廠與澳門客商的合作項目重啟，似很有底氣。"三產"以遊艇俱樂部為亮點，還將搶佔港口碼頭外遷空出來的岸線，進一步發展旅遊業，消化企業冗員。看了令人乒然心動。但他還要聽聽其他委員的意見。

鄭副局長首先發言表示支持，直說：改制試點首先是企業自身要有改革動力。某些企業，等上級指定試點，如何改還等你指示，還要等你來推動，再跟你講條件，這是不行的。誰先改，誰條件成熟，就應該支持誰先上。

這話說得在理，雖然不好聽，也得到多數委員附和。

祝主任也不反對，但說："黨的領導還是要加強。兩個公司合起來，黨員人數夠格了，建議成立黨委，由局黨委選派黨委書記。"

於是討論熱烈起來，各有人選推薦。魯書記最後表態：

"股份制企業運作體制不同以往，現在大家都缺乏這方面工作經驗。尤其是，黨委領導下的經理負責制和公司董事會決策體系，還有職能交錯甚至矛盾之處。從實際出發，既然原華運公司洪經理兼著黨總支書記，還是讓他出任新公司黨委書記為妥。以後股東大會投票選舉公司董事長，按股份票數，他當選董事長應該有把握。這就可避免許多矛盾。"

此言大家由衷讚同。原來對阿O不放心的，現在也放心了。會議一致通過：將擬設立的"華甬集團股份有限公司"，作為交通系統的首個試點，向市體改委推薦。

接到通知，阿O總算鬆了口氣。連日來，殫心竭慮謀劃，奔走斡旋操勞，像一支蠟燭在燃燒自己，身形日漸憔悴而精神火苗卻越來越旺，幾乎走火入魔。他躺在病床上，還在思考著各方利益及未然之事，似駛著頂風船，漸漸入夢。

然者，天然，必然，物之道也。物道乃物之情與勢，不依人意所動。視物之情與勢而計所為，不求於心，不責於人。計其始末，智基於此矣。疾疾緩緩，曲曲直直，如依水而舟……

二十四、舌戰(上)

舉事能否成功，未決。呈豫卦之勢。

象曰：雷出地奮，豫。

第一爻：鳴豫，志窮凶也。这好理解，蓄謀意圖已宣明，引起各方關注，自是凶險。

第二爻：介於石，不終日。貞吉。

預示行事將遇到重大障礙，貞——堅持純正，吉？

師兄沉吟著不解答，指指前面下方，專心看著小雯子在亂石溝裡練劍。只見她持劍在重重疊疊的嶙峋巨石之間穿行，矯如幺龍，衝折迴旋，衣袂飄飄若仙子，劍光霍閃似奔雷，看得一時出神。旋而，見她出困，人劍合一，一劍當面直射而來。急切間出手格擋，手腕處一陣刺疼。

“啊！”阿O驚醒。睡在外間沙發上的小婭也被驚醒，慌忙跑進來探視。阿O說沒事，做夢而已。小婭見他左手腕處血液滲透紗布，拿來藥箱為他換藥，一邊心疼地抱怨：

“傷成這樣還到處亂跑，就不能等傷養好了再說？”

“情勢所迫，得抓住時機嘛！”

“睡覺都不安生，折騰！”小婭都要哭了，“傷口都發炎啦！不是說‘身體是革命本錢’嗎？你在透支老本，知道嗎？”

阿O憐惜地用發燙的右手撫弄她的秀髮，狡辯：“范蠡說，本錢只有花出去才能帶來更多的錢呵！”

換好藥，重新纏好紗布，固定了夾板，小婭還要把他綁在床上，以免睡著亂動，牽動傷口。可是天已大亮，阿O要起床，說是約好了重要會議，不得不去。

小婭真的哭了，海棠帶雨，哀哀的哭。阿O鼻子發酸，心道：唉，最難消受美人恩，古人誠不我欺。

好歹，小婭還是推出自行車，送發燒虛弱的阿O去开会。

寒風呼嘯，捲起雪花，攪得天地混沌。

顶着寒风，娇小的姑娘咬紧牙关，駝著阿O笨重躯体騎行，雪地滑溜，一路上扭扭歪歪，幾次差点滑倒。過十字路口，一輛轎車無視紅燈駛來，煞車不住，司機急打方向，車頭險險避過小娅，停下時一個輪子已衝上路邊街沿。副駕駛座車窗搖下，探出一顆髮蠟黑亮的腦袋，歪著嘴大罵："找@#死$%……&……"

"傷著沒？"阿O伸右臂使勁攙起跌倒在地的小娅，關切地問。他幸好是跨坐的，沒倒下。

"沒事，你……"她看阿O沒事，拍拍身上沾的雪，迎著罵聲走過去。到車窗前，怒目逼視，想要痛罵卻吐不出髒字。

周圍行人也圍上來，紛紛指責。人群裡，有位裹著紅頭巾的姑娘擠上前，朝那個油頭粉面的傢伙啐了一口吐沫。他惱了，欲推開車門下來耍橫，被後座的人伸過來一隻手拉住。只聽車內有個威嚴的聲音吩咐："跟老百姓嘔氣幹嘛，還不快走？！"

轎車鳴喇叭，倒車到路中，又向前駛去。

附近沒見交警，有也沒用，看號牌是有特權的官車，交警說不定還會拿妳自行車駝人問責。眾人議論著散了。小娅這才流淚，阿O在旁攬著她，想哄她卻發不出聲，莫名愴恨堵了嗓子。那個紅頭巾姑娘扶起倒地的自行車，矯正車把，推了過來，她說："別難過，那個壞蛋遲早會有人收拾！"

還咧嘴一笑，"不信嗎？我哥就不會放過他！"

"謝謝！"阿O覺得她眼熟，像一個見過的人，隨口問："妳哥是……"

"跟你一個單位的，"姑娘俏皮地眨眼，"那個'小搗亂'！想起來了吧？我可認識你，阿O經理。”

“哦，”阿O想起了肖道元的坦白，入股的大筆錢是她給的，眉宇真像她姐姐！肖還發誓此生絕不負她，說雙方爹娘也在撮合。想必兩人關係如膠似漆了吧？打趣道：“什麼時候請我喝喜酒啊？我可早已給過紅包……”

說出口就後悔了。果然，姑娘低下了頭，眼圈紅了。姐姐的喜事成了喪事，而那歪嘴的卻又得瑟起來，看他坐在車上的橫樣，真想一槍斃了他，可她只能啐一口。回頭告訴肖吧，又怕他會亂來，闖下彌天大禍。得好好計議！

小婭看看錶，要阿O坐上車，阿O說不遠了，一起走吧！

“你還在發燒！”小婭發火。阿O拗不過她，只好上車。可是她手腕疼，推不穩更不敢騎行，剛才有點跌傷。那姑娘趕緊從旁扶助，說正好同路，一路護送，直到把他駝到中山酒店門口，自己才去上班。她是往回走的，看著她背影，小婭說：“小搗亂真有福！”

会场里暖洋洋的。這次投資協商會議，洪經理租下市中心豪華酒店的會議廳，邀請了體改委、計經委、交通運輸局、港務局、財政稅務局、工商局和各大銀行的代表，還有應王喆邀請來的幾個基金經理到場。陳老總則是聞訊不請自來，還高居南面發言席右旁首座。華運和甬航的工會主席也來了，怯怯地坐在後排。

旁聽席上，坐著一些新聞媒體的記者，卞顰也在其間。會前，卞“記頭”提出現場旁聽要求，她認為連公開都談不上，還談什麼公正。王喆不是個保守的官員，跟阿O私下一合計，再與其他相關官員打了個招呼，把一場原本該私下斟酌勾兌的多方預審會議，變成了“投資協商會議”。他振振有詞：要搞的就是公眾公司，怎麼能閉門造車?

會場裡，人手一份，是阿O起草的組建公司策劃書。

會場佈置是圓桌會議，不設主席檯，習慣上還是南面為主。阿O不要小婭攙扶，打起精神自己走到主發言席。市報記者當頭給了他一個“戰場傷兵”狼狽相的特寫。坐下後，他首先招呼汪主席和華運的工會主席，到自己身旁兩邊入座，說：我只是代言人，說得不對你們隨時打斷糾正。

陳老總就吃這套，說“對啰”，主動讓座，逼得鄰座起身依次讓座，引起一陣混亂。小婭乘機插到高行長身旁坐下。

看看人到齊了，王喆宣布開會，請阿O先發言。

阿O把策劃書的內容作了簡要介紹，然後徵求意見。起始是一陣交頭接耳的議論，片刻後一位市計經委的代表站起來發問：

“阿O經理，策劃書已拜讀。構思縝密，前景樂觀。請教，你對幾萬個數據進行運算的電腦軟件是什麼？”

“哦，讓您見笑。我用的是EXCEL的盜版漢化SC—3。”

“OK，你目前找不到正版的，這裡我就不追究了。那我相信計算過程應該不會出錯，那麼問題似乎在您的預測方法。因為根據您提供的兩個企業的前三年財報數據，我用EXCEL驗算了，無論用算術平均法求出前三年平均增長率推算，還是模擬合併再以指數平滑法推算，或是用相關因素多元回歸法推算，都不能得出你預測的新公司獲利水平。是不是你為吸引投資作了‘技術處理’呵？”

此言一出，到場代表面面相覷，疑雲瀰漫全場。

“謝謝您的認真審閱。”阿O從容不迫的說：“但您忽略了計算表下面的注釋。由於新公司的車輛、船舶及各種主要生產設備，近

70%是融資新購置的，後幾年業務及生產組織也有重大變化，與前三年缺乏可比性。所以，我按一個新設企業，以人員、裝備等生產要素，參考省內同行業一般經濟技術指標，如車、船的載運係數、百公里油耗、人均工資水平等等，進行推算。數學模型在後面附頁供參考。"

"按新設企業推算？"上座有人發出疑問："不是改制麼？"

"是的，不能簡單看作兩個老企業合併改制。"阿O強調理由，"而是按目标市场和当前重大任务，构设一个新企业，吸收两个老企业现有的生产要素，注入新的资金，購置大量生產設備，重新组建。這才是策劃書的核心要旨。"

阿O點了一支菸，克制創傷疼痛帶來的眩暈。在期待的目光中，繼續說："我們的主業是水陸運輸。各位試想：現在我們面對大量新增業務，以及需要維護的傳承自兩個老企業的運輸業務，我們要投資設立一個新公司來營運——"

他停一下，需要在場各位發揮想像力。

"新建一個公司，是不是首先要購置車船設備？除了大批新訂購，這兩個老企業的車船設備也可以用啊，公平折價嘛！同時，要招聘工人，新招聘和培養司機和機械師費時費錢，兩個老企業的熟練工人招來用不好嗎？同理，也需要管理人員。"

"畢竟還是老企業改制重組，我們還是面對現實吧！"有位建行代表打斷阿O的話，問："老企業裡沒用的人和物呢？"

"先說物吧。就像清理家產，沒用之物折價處理，有些暫時用不上以後用得到，還得留著，以後也是要過日子的不是？比如市區幾個搬運站，以後開發房地產不好嗎？資產折價入股，是經過中介機構評估的。譬如，幼兒園等，劃為非營利資產，不折價入股，只作為托管項目在公司掛帳。以後條件成熟也將剝離出去，劃歸教育部門。”

“至於人，新公司必須量才錄用。富餘的人不能像物那樣清理，我們通過搞“三產”逐步安置消化。前階段，甬航公司大批下崗的哪兒去了？退的退，走的走，大部分去了幼兒園、洗衣房、遊艇俱樂部。除了幼兒園，其他都是賺錢的。公司搶佔了一些甬江沿岸碼頭外遷的岸線，正在謀求旅遊業的發展。”

說到這裡，阿O停頓一會，讓在座的人相互討論。一個財稅局的企業專管員站起來拍手喝倒彩：

“說得好，說得好聽啊！各位，我的手裡有一份華運公司的報表，剝去其粉飾，去年其實是虧損的。我所掌握的實際情況，業務根本吃不飽！”

洪經理急忙攔住話頭：“劉股長，這個我回頭慢慢跟你解釋。誤會，誤會呵！”記者也把他手足無措的囧相拍了下來。

“還要哄大家出錢去買車輛設備，貨源在那裡？”劉不買帳。

“在這裡呢！”陳老總吼了一聲，把手裡的協議文本望桌上重重一拍。在眾人驚異的目光中，他站起來，指著劉斥責：

“好好的討論，你喝什麼倒彩？搬兩座大山的業務夠你們吃了麼？整個甬江截流的全部土石方！後面還有上萬噸建材！”

然後，他把協議文本丟給阿O，說：“我已簽署了，相信你能完成任務！你給我抓緊時間組織運力，那個佘老大已經在放炮開山了，你也要快。我聽明白你要搞的是什麼花樣了，先走啦。”

說罷，他大手在阿O肩上一拍，出了會議廳。

阿O苦笑一下，沒起身送，知道他只喜歡做事的，鞍前馬後轉讓他反感。意外的橫插一槓，會場態勢的由“豫”轉成了“雷水解”。

高行長過來拿走阿O手裡那份協議去看，幾個銀行代表也湊了過去。洪經理見狀，讓大家休息一刻鐘，喝些咖啡，吃點糕點。

記者聚攏過來。幾個基金經理也走到阿O身邊，諮詢些其他業務問題。問起遊艇俱樂部的情況，阿O回答遊艇俱樂部即將開張，會員金卡已發出去幾十張。再問遊艇來源，他老實交代公司船廠將與客商合作制造遊艇，先弄來兩艘二手貨用起來。

聽說會員卡只要 1 萬美元，幾個基金經理都要買。汪主席問：你們應該不會常待在甬城吧？他們笑了：會增值的哦！

會場亂了一陣後，到時大家重新回到座位，繼續會議。接著，首先發表意見的是財政局的一位資深老領導，說：

“策劃書中，把老企業離退休員工的負擔剝離，我認為不符合社會主義企業體制。現在企業搞股份制，可以參照中外“合資”企業，“合資”企業也是股份制。省財政廳明確規定：“合資”企業的離退休人員勞保列入成本。”

阿O回答：“在我們集體企業，勞動成果分配的原則很清楚，是多勞多得。退休員工之所以能領到退休金，是因為企業資產由全體員工的勞動積累形成，這物化的勞動雖不可分割，但肯定是有退休員工的貢獻。這部分也是企業創造財富的生產要素之一。

“現在搞股份制，引入新的其他投資者，本企業員工的入股也是新的投資者，企業原來的積累資產也折價入股其中。在現代企業制度下，資本作為生產要素之一獲得利潤，稅後淨利潤按股分配。老企業原退休職工賴以獲得分配的物化勞動也將按股分得利潤，我們作了測算，這部分利潤足以解決當前的退休職工保障問題，並保證他們的待遇不會下降。企業獲得新的資源注入，能大幅度提高經濟效益，退休職工待遇還會更高！

"如果墨守成規，企業退休職工負擔過重，讓投資者望而生畏，企業不能改組重生，經營狀況繼續滑坡，直至倒閉，進成本也不能保障退休工人的福利。。"

阿O的這段論述，被一位記者錄下來，後來發表在華夏交通報二版經濟欄的頭條，給許多陷於困境的運輸業老企業股改指出了一個突破口。

二十五、舌戰（下）

那位劉股長又站了來，發表另一種意見："關於公司股份設置，我有意見。我查了，華運和甬航兩家企業，歷年來我們減免稅收累計有 267 萬元。這部分應作為國家投入，從企業原有資產中劃出來，計為國有股。"

此言一出，場上議論紛紛。交通運輸局幾位代表中，一位計劃財務處處長站出來，說：

"我贊同這位財稅同志的意見，國家利益須擺在企業改革應考量的首位。不過，我認為財稅局作為出資人欠妥，這國有股應由我們企業主管局來持有。"

"我們再商量，"市財稅局的那位領導頷首。

"這該是我們財政的預算外收入，理應由我局來支配吧？"好像這塊肉已是盤中餐，劉股長不滿，還要跟企業主管局理論一番。

兩個工會主席坐不住了，腦袋湊過來低聲問阿O：這樣算來老工人退休工資還保得住麼？兩個公司原來賬上集體資產淨值，加起來也不夠這個數呵！洪也湊過來，咬著阿O耳朵說：認了吧，得罪不起！阿O心說：這可是老工人的血汗積累！何況，職工掏盡自家積蓄入股，還大多是向親友借的，如果利潤攤薄，分紅還不夠利息怎麼辦？還怎麼活？想起"夜奔"賣血的事，他眼睛紅了，心頭燃起火，逼上梁山啦！強自鎮定，開口說：

"企業改革當然要把國家利益放在首位。但要分清是非，是國家投入就應是國有股，不是就不是。我想問問這位已查過賬的劉股長，這些減免稅是針對我們這兩家的，還是全行業都享有的？"

"那還用說，當然是囉！你以為還能對你一兩個小企業，財稅局專門下個文件？哈！"劉坐在椅子上仰身發笑：這是常識問題好不，你也太看得起自己啦！

"既然如此，那就不能算作國家的投入，不能折為國家股。這些減免稅，乃是國家對特定行業的政策扶持，是國民經濟的調控手段，是社會國民收入再分配的調節。這與國家投入不能混為一談。"阿O斷然否定，還說：

"就算封建王朝給災區減免賦稅，也沒有討還的先例！"

"你這是什麼話？"有個政府官員激動地站起來，指著阿O的鼻子直哆嗦，斥責："你怎麼能把共產黨政府與封建王朝相提並論？"

"政府是有階級特性的，但政府有些社會職能是凌駕於階級之上的。因而，有些政策可以比較，以便說明問題。"

"你是黨員麼？你這是在損害黨的利益，損害國家利益！"

"我是共產黨員。"阿O挺起胸，"我入黨時就牢記，我們的黨是全心全意為人民服務的，沒有自己特殊的利益。您入的又是哪門子黨？"阿O激動了，拍案而起：

"我国是人民共和國，國家利益就是人民的利益，損害人民利益就是損害國家利益。您維護的是哪國的利益？"

會場內氣氛充滿了火藥味。

"好了好了，投資協商會議不要爭論這話題。財稅局同志的意見我記下了，我們可以在其他場合再商榷。"王喆站出來打圓場。"下面我們聽聽銀行和基金方面的意見吧。"

由於方才辯論火爆，在座諸位投資者相互目光交錯，似乎都想先聽聽別人表態。首先站起來的，是一位是京城來的大象證券評估有限公司的常務副總裁，他姓陳，原人民大學會計系主任，還是多家投資基金的首席顧問。

"我先拋磚引玉說兩句吧。這份策劃書關於效益預測的方法，雖不符合慣例，但在缺乏可比性的情況下，從實際出發，市場分析到位，重組企業以產能推算成本收益，才是科學的。看完策劃書，我認為構思周密，設想有魄力，措施切實可行。許多問題可以探討，只要符合'三個有利於'注 1，改革思路不要囿於條條框框嘛。國務院的幾個部門正在研究修訂或清理一些規章制度，設計配套改革的社會養老保險新體制，以適應企業改革的要求。"

他沒有迴避矛盾，並以實際行動表態："在此，我代表一家基金認股出資 280 萬元。"

在座眾人似在玩味陳教授的話，沈默了一會，才爆發熱烈掌聲。建行來了幾個代表，為首的是市分行行長。他親自站出來說：

"我們認為應該支持這項企業改革，期待企業通過改革有個大發展，也期望企業能如期完成支持市重點工程的任務。我行已從法院撤訴，願把對甬航公司的債權全額轉為新公司的股權。股份由建銀信托公司持有。”

場內報以一片掌聲。高行長見其他銀行行長沒親自來，不當家的代表估計不好說話，就“越位了”，站起來表態：

“我行堅決支持這項改革，並已經從甬航公司的前期改革中看到了初步成效。我行的工會已入股了，是在行員中集資的，錢不多，表個心意吧。兩個企業重組為新公司，有利於發展生產力，有利於提高經濟效益，是可以看好的。

“我行不是全牌照金融企業，現在還沒有像建行老大哥那樣的入股渠道，但在信貸方面將全力支持。原給甬航公司的 2,350 萬元授信，在企業重組後繼續有效，還可以酌情增加。”

場內又是一片掌聲。省財政開發公司代表站起來，說：

“陳教授的話代表了我們心愿，據悉省財政廳也在修訂一些規章制度。況且，‘合資’企業規定可以參考，但也沒有那條政策規定集體企業股改不准這麼做。我司願認股出資 260 萬元。”

場內再是一片掌聲。剛才給阿O扣帽子的領導臉色難看，氣鼓鼓起身離場。劉股長急忙尾隨。場內沒人理會他們，注意聚集於站起來發言的一個著名基金女經理，她說：

“我認為這份策劃書，符合最近中央領導南方談話的精神。企業的股權設置合理，管理決策體系完善，生產佈局切合市場實際。尤其是剝離了老企業沈重的退休職工負擔，使新設公司能輕裝上陣。新公司構架基本符合上市要求。陽光基金認股出資 580 萬元。”

她的發言引起更熱烈掌聲。又一位私募基金公司經理站起來，是個學者型的年輕人，他可不會顧忌地方小官僚，直言不諱：

“同行劉大姐已經講了我想講的一些話。我還想補充的是，企業重組策劃既剝離了老企業沈重的退休職工負擔，又維護了同股同權原則，希望各位領導也應從實際出發，不要亂扣帽子。也不要以党国名义谋求部门权益，损害工人群众利益。

“我再提個要求，就是航道工程方面再加大投入，抓住新近國家決策建設“東方大港”的發展機遇。策劃書設計股本總額已被同行大姐一舉填滿，我希望再擴大一點，容我司再投入 500 萬元。”

在全場掌聲中，王喆站起來對會議作了簡要總結，提議阿O認真考慮投資人的意見，修改方案，儘快報市體改委審批。

散會後，王喆代表市政府宴請外地投資者，邀請一些與會代表作陪，阿O有傷就不去了，讓洪經理奉陪。卞鞶揪住了阿O，有些問題要他說清楚。其他記者也圍上來。

因為，剛才激辯的話題，當時是極為敏感且凶險的。在多年以後回看，由於當時的利益糾葛及衝突被時間湮沒，可能沒什麼感覺，甚至是好笑的。諸葛亮舌戰群儒，事後看來也沒什麼不是？

“新公司以股份分紅來解決老企業退休金問題，那麼以後企業發展，新增員工退休怎麼辦？”卞先問。

“問到點上了。”阿O不得不佩服大姐的敏銳。也許那些官員所關心的根本不是退休工人利益，要維護的是現行規章制度。而知青出身的她則不一樣。

“我們先解決老企業負擔過重的問題，改制后輕裝上陣，就跟新辦企業一樣。新增員工退休按現行辦法，這是投資者可以接受的。我想……”

阿O雖然翻覆考慮過，有些現在該怎麼說？記者們不放過，盯著他。他腦子轉一下，說：

“我們這是權宜之計，企業改革需要社會配套的環境改革。但我們不能等，先改起來，大家動起來，就能推動整個社會的改革，促使中央下決心。”

卞其實心裡也有點譜，但作為記者要讓當事人開口。見阿O狡猾，她意味深長地笑道：“也許這就需要上下呼應。”

記者都是聰明人，話說到這份上，也不再多問什麼。

記者們饒放了阿O，小婭又騎車將阿O駝回家去。雪停了，路上積雪被車碾人踏，化得只剩殘餘塗漿，一路順利。這段路沒交警崗亭，大冷天也很少看到巡警，遇到騎車帶個傷員一般也會通融，令你下車推行即可。途中，阿O的興奮勁未過，心情不錯，逗小婭：

“以後哥有錢了，給妳買件大禮物，妳想要什麼？”

“鑽戒。”小婭想都不想答道。阿O本猜她肯定想要小汽車，誰知前些天人家開玩笑，她竟起意了！悻悻然說：

“小婭，妳該嫁個門當戶對的，哥可娶不起妳喔！”

“那你就給我做一個銅頂針，像匡姐手上戴的那樣。行不？”

哇，這小丫頭眼真尖，心思縝密。也許她還知道了自己求婚挨揍的糗事，這可太難為情了？阿O啞了，小婭可不依：

“這也辦不到？”

“行行行！”阿O怕她生氣，連忙應承。小婭暗自得意。

說話間，快到家了，遠遠看到路口站著幾個穿警服的，小婭也就自覺下車推著走，以免囉嗦。到跟前才看清：一位檢察官、幾位公安警員，拐角處還停著兩輛警車。

他們正在等著阿O，又要帶走他配合調查。

小婭急瘋了，知道阿O發著高燒，身體很虛弱，抱著阿O死活不肯放。他們強行推開她，將阿O拉上警車。小婭跌了一跤，爬起來追著大喊大叫，可警車哪裡追得上，她腳下一滑又跌倒，趴在泥濘地上嚎啕大哭。

警車鳴著警笛，呼嘯而去。

周圍有不少鄰居冷眼觀看，還有幾個下班回家的人經過她身邊，沒人伸手扶她一把，說句寬慰的話，甚至鄙視她。

注 1：1992 年初，鄧小平提出改革措施判別標準：是否有利於發展社會主義生產力，是否有利於增強社會主義國家綜合實力，是否有利於提高人民的生活水平。

二十六、狂瀾

進門後，她褪下一身沾滿污漬的衣裳，裹上毯子蜷縮在沙發上，茫然不知所措。往日溫馨的小屋裡，顯得空蕩蕩的，剩下她孤伶伶一個人，除了傷心抽泣，盼著阿O平安回來，還能咋辦。

忽然，她看到門縫裡塞進一張紙條，起身取來，打開一看：

哦，朋友！請相信，在這個人世間，也有人熱淚涔涔，卻不是由於個人的不幸。

透過貓眼孔，看到一個男人往樓上走。樓裡住的鄰居，本就沒什麼來往，況且大多是黨政機關幹部的家庭，幾乎都怕與不安份的阿O沾邊。歷次運動，已把人煉成鐵石心腸，事不關己儘量回避。還會有誰仍懷著悲天憫人的同情心？無論如何，小婭還是感到一絲暖意，阿O不是一個人在奮鬥。想起涅克拉索夫的詩，記得下句是：

我們為理想而獻身，我們問心無愧！

她不哭了。其實，她不是個脆弱的人，自從媽媽去世後，跟著爺爺生活，也是艱難困苦中熬過來的。國務院高層的老爹，根本沒時間照顧她。新媽曾來接她去京城，她婉言謝絕了。她叫新媽為阿姨，親近不了，甚至有點恨爹。爺爺退休回老家後，她在孤寂中發奮學習和工作，長輩關照下也曾談過幾個男朋友，家境人品都不錯，但總找不到自己期待的感覺。在筆記本上紀錄那時的心態：

晴空下福爾康斯海岬的橄欖枝

暴雨夜卡法爾半島的火把注1

引誘我，漂泊的孤舟一葉

哦，是該找一個港灣憩歇

被命運放逐在人間

索然已再不仰望天上宮闕

似一輪失落汪洋裡的明月

還有個隱隱的期待

無覓，卻是個打不開的心結

重逢阿O的瞬間，突然從心底湧出親切感，消融了心結。

重逢后，她知道阿O有婚約，但心目中他是這城市唯一能親近的人，告訴自己"他是大哥哥"，不管別人怎麼說。孤獨的歲月裡，經常夜深人靜時，她品味著阿O留下的詩詞，記憶中阿O苦力形象似件破衣爛衫，覆蓋之下是一個俠義士子的人格，自己獨具慧眼。那天從省城來探望阿O的那位大姐姐，直覺是未過門的嫂子，也明白自己被誤會了，想解釋卻怎麼也開不了口。

天黑下來。她忽然驚醒，趕緊把燈打開，記得阿O說過：遠遠看到家的窗口亮著燈，有人在等候自己，那感覺真好！但是，燈亮了一夜，大哥哥沒回來。

天亮了。首先等來的卻是卞記者，給她帶來了阿O的消息。

昨晚，卞在當地報社熱情招待的晚餐上，驚聞阿O被捕。在同行的幫助下，她初步摸到的案情：阿O被舉報非法集資，數額巨大，影響惡劣。據說，市長聽了公安經偵的報告勃然大怒，把檢察長叫去訓斥一通，阿O保釋是他特批的，要追究他放縱一個流氓殺人嫌犯在外面胡作非為的責任，責令立即查辦。

還調查到，向公安經偵舉報的是工商銀行一個營業網點的經理，因為那個營業點前些天发生挤兑，客户纷纷抢着提款去買甬航公司和華運公司的內部職工股。現在黑市職工股股價已被炒得翻倍。工行幾個網點的個人存款受到不同程度的衝擊，匯報到市分行。行長諮詢法律顧問，顧問認為：兩個公司未經政府主管部門批准，私自發行股票集資，是非法行為。而且，公安經偵查到，華甬集團股份有限公司僅在工商局備案名稱，並未得到市政府批文，而持有內部職工股的已遠超五百人，而且持股的出資憑證已流向社會。

小婭懵了。怪不得那天高行長找行裡工會主席談話，嚴肅告誡他不准把入股甬航公司的出資憑證分解到各個出資行員，只記帳不發任何憑證，時機未到不許轉讓。看來阿O玩命往前衝，沒留神後院起火燒了屁股。現在怎麼辦？

卞安慰她，幫她煮了早點，要她堅強起來。並且，她認為阿O被人暗算了，又恰好落在那個死了外甥的市長手裡。現在要想辦法救阿O，哭有什麼用？

汪主席、郝書記和文科長一起來了。

汪早上到公司聽到一些風聲，慌了手腳。幾位一合計，理不出頭緒，就一道來探望。見阿O沒回來，就知道大事不好，勸慰小娅別難過，自己心頭更難過。

卞覺得奇怪，阿O的策劃書裡分明寫著：職工股未經批准不可轉讓，在股份公司未正式設立前不發股票。怎麼會流到社會上去啦？她向他們提出了自己的疑問。汪說壓根沒發過什麼股票。文科長說明：我們收到職工入股款只開收據並登錄股東名冊，向職工說明股份公司創立大會開過以後再發股票的。不知華運公司怎麼做的，聽說印製得精緻一點，也只是職工入股款內部收據。

"那麼職工股怎麼轉讓的呢？"卞追問。

郝書記拿出一張從尤秘書手裡拿到的股款收據給她看。正面與一般收據無異，記錄著繳款人姓名、金額、時間、經手人等，用途欄填寫：入股款。蓋了公司財務章。反過來就看出問題：簽著著繳款人的名字和尤香蓮的名字。郝解釋：

那個繳了股款的職工說要給老家父母匯筆錢供治病，又不能退股，問他怎麼辦。他的所有積蓄也都繳了股款。尤秘書見到，就幫了那位職工，還多給不少錢。兩人背書轉讓還是文科長的主意。

文點頭承認，說"聽到風聲才意識到可能問題就出在這裡"。今天碰頭商量時，他說了自己的擔憂，郝就找尤要來這張收據，想請阿O看看該怎麼辦。

他還說，確實有許多職工都向親友借錢，有的將入股的出資憑證抵給了親友。也有的親友窮，又再幫親友借，社會波及面很大。

卞推想，可能公司接了大單業務的風聲傳出，後又有公司獲主管局推薦為試點的信息傳播，幾個利好消息刺激，引起了社會騷動。通過背書轉讓，只要出讓人認帳，職工股被炒起來就不難理解。當然，以後出讓人可能反悔，導致黑惡勢力介入，會引起更大的社會風波。她馬上拿出相機拍下這張收據的正反面，並要求郝找尤秘書寫個情況說明。

郝應下了，還說再去問問其他職工有沒有類似情況。

卞想到華運公司那邊可能問題更大，急匆匆出去調查。臨走還關照：現在"非法集資"已在社會上掀起狂瀾，各方勢力暗流湧動，隨時會有滅頂之災降臨，吞沒新生的職工自己重組的企業。這時候，要冷靜、團結，穩住陣腳，緊緊把握自己命運之舟的舵！

他們也意識到問題比原來想像的還要嚴重，於是商量起來。汪說：馬上召開職工大會，重申未經批准不得轉讓。郝說：立即去報社刊登聲明，並且找洪經理要他也採取措施。文問：如果還有職工迫不得已要轉讓怎麼辦？能不能以股份質押向公司借？

小婭也參與進來，說："不可以，這可能導致虛假出資，所以一些上市公司章程都有這個規定。"

"那怎麼辦？"

小婭熟知甬航公司的財務狀況，想了想說："公司賬上不是掛著不少按工資總額計提的工會經費麼？以前公司沒錢支用，歷年累積額度不小，現在可以拿來作為職工互助基金，借給職工救急呀！"

"哎，小婭行長是內行！"汪眼睛一亮，懇求道：

"我正愁昨天會議後王主任要我們修改方案怎麼辦。阿O不在，妳幫幫我們好不好？設立申請要改，公司章程要改，發起人協議要起草，還有不少文件要做，我們都沒搞股份制的專業知識呀！"

"對呀！"郝眼珠一轉，說：" 不是說我們發股票未經批准麼，那我們就抓緊準備好文件報批呀！如果批下來了，不就行了嗎？還抓著阿O經理不放幹什麼？"

文也說："妳牽個頭，再把把關，我們全力以赴配合妳。"

小婭想起卞記者的話，堅定地點點頭。

說幹就幹，他們馬上分頭行動。郝去找洪經理協商。汪去召集會議。文則陪同小婭到公司，讓她在阿O的經理室坐定，把公司文秘和相關的財務人員都找來，聽她安排，包括自己。

小婭先給高行長打電話請假。高聽了全力支持，並激勵她說："我的行長助理可不是吃素的！"

鄔少華對小婭絕了念想，夜夜無聊就去泡"紅唇酒吧"。

檢察官一直在找羅經理和夏敏，抓到那隻飛走的白天鵝，他倒有些期待。想起她誘人的雪白胴體，膩滑的肌膚，貼上來的陪酒女提不起他興趣，此所謂曾經滄海難為水吧！

"就是麼，躺著一坨肉任你肏有啥意思？！"老闆娘深諳此道，親自誘惑："小冤家，你還嫩！可想見識一下真正的'活馬'？"

媚眼將他勾進那間包廂，讓他見識了熟女施展的魅功。繡帷綢繆，顛鸞倒鳳，這過程怕是蘭陵笑笑生注2都不敢描述，恐遭天譴。老闆娘得償所願，榨乾了他。之後，他竟然不舉了。

朋友貼心給點刺激，是讓人雄起，還能登仙的白色精靈。

既然高攀不上，鄔就放任自己墮落。但聽說阿O被砍傷後，小婭住進了阿O家，他心頭又騰起熊熊妒火。他開始關注甬江航運公司，想不到被他拖入絕境而瀕於破產的企業，阿O玩個花招竟又讓它風生水起，還成了股份制試點，這讓他情何以堪。

當華運公司也開始搞職工入股時，工行同事私下也從職工手裡搞了一點，他心動了。不過不是想賺錢，而是撒錢，他抬價收購，並揚言炒原始股可賺大錢。果然，貪婪之心一點就著，燃起了炒職工股的野火，很快在社會上漫延。其實，他自以為得計時，已落入別人的圈套，被利用還洋洋得意。誰能勘破北島的"網"呢？

看到阿O又進去了，鄔當晚大擺宴席。

羅經理避風頭去了，雖然他巴結上了呂局長，但交情不深，社會經驗豐富的老江湖知道：若非穿一條褲子，公門中人隨時會抹下臉來，抓你去邀功。披著將校尼制服的胡司令替他來了，胡極力巴結鄔經理這個財神，并委婉表達還想貸款購置裝備。鄔見羅記工程隊業務未能如期打開局面，恨鐵不成鋼，激勵道：若將阿O手裡的業務搶過來，設備貸款大通給 2,350 萬，工行給 3,000 萬！

由此，鄔又想起了那個銷魂之夜，還想要點好處。

"那個挺嫵媚的妞，叫……尤姐，對，尤物的尤，上次是你帶到酒吧來的，長得還不錯，怎麼沒見她一起來？"

"唉！"胡搖頭嘆氣，"上次人家主動巴結你鄔公子，你愛理不理的，惹她傷心啦！告訴你，她可是小心眼，睚眥必報！"

現在小婭比阿O更玩命，夜以繼日連續幾天，完成了華甬集團股份有限公司的全套文件編制。她的專業知識、敏捷作風、文采和毅力，折服了跟她一起幹的同事，自視甚高的徐渭也拜倒在石榴裙下，視她為女神。

尤香蓮起始只是表面恭敬，後來佩服得五體投地。當她在小婭的指導下，估算公司上市後的市值，嚇了一跳，不敢置信。小婭耐心地給她講解，什麼是創業利潤，什麼是市盈率，以及規模效應等等，給她打開了一扇天窗。她慶幸自己入股時下了重注，可惜還不夠狠，收起妒嫉之心，虛心向小婭學習。

小婭親自跑市體改委報審。王喆接待她，問了一些方案修改之處及其理由和依據，看了新增的一些文件，大為欣賞。正好，剛被扶正的市委燕書記來體改委了解情況，他就引薦小婭給書記作簡要匯報，並說這是一個老企業通過改革謀求生存和發展的典范。

交談起來，燕書記對一個銀行職員在為企業謀劃意外感興趣，深入問了企業改革遇到的問題及對策，聽小婭侃侃而談，覺得她思想新銳且理論功底不淺，甚至動了調她到市委政策研究室的念頭。

其實，大家閨秀何須顯擺背景，舉止談吐的涵養就是名片。

當下，燕給了她鼓勵，並看出她掩飾的憔悴，叫她注意身體。臨走還說：若股改成功，新公司創立大會可要記得請我參加哦！

公司的設立申請文件，很快通過市體改委審定，在市委書記的關注下，市政府下了批准文件。

此前，省報、市報都發了新聞調查，詳細披露了職工股流向社會的原因及危害，還熱情讚揚了職工在危難時刻傾其所有拯救企業的壯舉，使社會輿論轉向對企業的同情，普遍期待企業股改成功。尤其隨文配發的一幅發言席上阿O纏裹白紗布的狼狽相，贏得許多婦女一掬同情淚。

這是"華甬集團股份有限公司"突破重圍而創立的強大推力。

當時，公司股票上市IPO，實行指標分配制。眾多改制企業爭名額，要脫穎而出還真不容易。省報、市報連篇累牘發了魯老大"撿寶"、"夜奔"賣血、大姑娘剪辮子換錢等等故事，社會輿論譁然，紛紛要求讓這家企業先上市。

銀企合作的三方協議，小婭添加公司股改後的權責承繼事項，聯絡高行長和陳老總，很快簽訂了。之前已訂購的新裝備絡續到位，給公司注了一針強心劑，運力大增，人心大振。

在運力調度安排及與總包方的銜接上，小婭曾與阿O反復探討過多種方案，以前她是站在銀行的角度評估風險，現在站在阿O的經理位置上，自然胸有成竹。佘老大在她面前從不討價還價，肖隊長更是對她敬若神明，唯命是從。洪總幾乎把所有原來運煤炭、礦石的翻斗車和裝載機都調過來，由她安排。

華運公司與工商銀行的債務問題，也全權委託她這個"老銀行"處理。而她，果然不負所托。

基金經理帶人來公司作盡職調查，自然也是她負責接待。他們與她更有共同語言。那位承諾出資 580 萬元的劉姐，叫她小妹子，很是親熱。她給小婭出點子，搶先低價盤下港區外遷後留下的場站、倉庫及客運大樓，以後城市發展繁榮起來，升值潛力巨大。

小婭從善如流。劉姐見孺子可教，調集資源，鼎力支持。

她的精明能幹及親和力，尤其是長袖善舞的財技，很快在兩個公司的幹部職工中建樹起威望，大家都把她當成了阿O經理的化身。而且，似乎更願意聽她的，因為她看上去比阿O可親。與她打交道的客戶，很難拒絕她的要求，都忍不住要扶她一把。

連陳老總都感慨：生兒當如孫仲謀，生女當如小婭。

時來天地皆協力，勢去英雄不自由呵！羅經理躲在角落裡看著心裡發酸，如果不出現阿O這個異數，這些該是他的成就。

他也確實高明。趁火打劫，出手收編一些老部下，指使胡司令出面去拉業務挖墻脚……現在港區外遷，手頭這點裝備還不足以跳出甬江到外面競爭業務，窩裡鬥看來沒戲了。甬航公司和華運公司結合，實力強大，迅猛發展，勢不可擋。

想起戲文裡項羽自刎烏江的感慨：非戰也，乃天時！

但他身旁的胡司令不甘心，轉著"取而代之"的念頭。

注 1：臘神話中，福爾康斯海岬和卡法爾半島是帕修斯孤舟漂泊途經之地，前者友善卻未能留住不甘平庸的心，後者則是陰險陷害。

注 2：據說是《金瓶梅》話本的作者。

二十七、陰險

那天，郝書記從阿O家出來，騎上自行車急急趕到華運公司，已是中午。洪經理問明來意，把他拉到一個小酒館邊喝邊聊。他壓低聲音告訴郝：華運已經把職工股放出去四百多萬，眼看可以湊到五百萬，現在還不能發這個通告。如果不是有人炒作"原始股"，以現在的企業效益，哪裏發得出去？

郝聞言大急："你這樣會害死阿O！"

"離了誰地球照樣轉！"洪絲毫不為所動。

郝的背上直冒冷汗。洪給他倒了杯酒，勸慰："放心，現在改革大勢誰也不可阻擋，華甬集團一定能批下來，無非犧牲個別人背責罷了。成大事者，不拘小節。"

郝一口撸了杯中酒，肚裡發燒火辣。他忍住，定定地注視洪，欲言又止。洪也默然相對。他把阿O請來華運公司職工代表大會作動員報告時，就想好了若出事怎麼卸責：都是跟著阿O走啊！共產黨政策一向是"脅從不問，首惡必辦！"

這時，老闆娘雙手端著一個熱氣騰騰的湯鍋上桌，肥臀挨著洪，好像嫌他礙事，扭動腰肢頂他一下。他竟把大手伸到她大腿根擰一把報復，惹得她滿臉臊，慌忙退出隔間。

“這樣吧，”洪轉移話題，“你來當新公司的黨委副書記。”

“行麼？”郝被他拋出的籌碼吸引，目光有點散亂。

“我說行就行。”洪恢復了梟雄霸氣，說：“你那點屁事算什麼，有我推薦，黨內選舉走個過場。”

沒見郝感激涕零的樣子，洪有點失望。轉個念，他瞭然：“別擔心，祝主任那裏我來搞定。”

見郝將信將疑，洪又低聲補充道：

“你見過不吃腥的貓麼？”

郝點頭。可是，以前大家半斤八兩，都是集體企業的黨總支書記，前兩年這傢伙從工銀信託搞了筆錢才抖起來的。眼下在運輸市場競爭中失利，不是我公司分潤業務，你死定了。今兒你抬舉我當你手下，憑什麼呵？郝愁腸百轉。唉，形勢比人強呵！轉過彎來，就直說：“我要兼任集團公司副總經理，要有簽單權。”

聞此言，洪也猛的灌了一杯，掩飾心中不快。想了想，伸手用箸夾了一塊蹄膀肉給郝，大方地說：“好吧，好吧！”

郝眉開眼笑，雙手捧起酒壺給洪斟滿酒。碰了杯，酒杯沾到唇邊又停住，若有所思。眼珠一轉，又回到原先話題，說：

“方才我見了一個省報女記者，阿O的同學，是個厲害的角色。如果我們不去登報聲明，她一發稿，我們就被動了。”

洪思忖片刻，仍不為所動。

“至于发职工股麼，可以借阿O接来天量业务的东风。”

洪再舉杯致意:“你真是個人才!”

春寒料峭，郝書記孤身在家自酌。一瓶燒酒，一碟花生米，兩個饅頭。他不是菸酒不沾，只是人前注意黨的書記形象。屋外，夜貓子嬰啼鬼哭的，惹人心煩意亂。

都說，一個成功的男人背後都站著一個出色的女人，我連糟妻都像沒的一樣。阿O出身比自己還不如，有小婭就要風得風，要雨得雨。想著，心裡像貓抓一樣難受。

那祝主任是什麼東西?

那天午餐時洪經理的一句話，他聽了面上漠然，肚裏已中蠱:洪老兒一定孝敬過他!當晚回家，就將打開試看過一次的錄像機恢復原包裝，夾帶一盒三級片，鬥膽送進祝家，果然被笑納，還得到“哪裡跌倒從哪裡爬起來”的鼓勵。他可不被甘心被攥在洪的手裡。唉，什麼叫臥薪嘗膽?一口抿，再來一杯!

喝的有點暈兮兮，也不洗涮了，寬衣上床吧，反正也沒人嫌。剛躺下，聽到“吱吱茲”聲，好像有貓或老鼠在撓抓房門。

他努力鎮定，起身過去看看。剛拉開門，寒風裡撞進一個裹著大衣的人，往他懷裡撲。聞到熟悉的吁吁喘息，知道是她，他不由得心神蕩漾，急急關上門。她長吐口氣，猛的拉開大衣，白晃晃胴體，裡面竟一絲不掛!還沒等他看清，章魚八爪纏住了他的脖子和腰身，熾熱的紅唇吻住他嘴，嚶嚶呻吟。溫香柔肉貼身，讓他不由精蟲上腦，下體勃起，雙手抱起她豐腴的肥臀，挪到床邊，附身壓上去，擁著使勁揉蹭一番。還沒找到好處，全身哆嗦著洩了。

她覺察了，惱得垂頭噘嘴一努:這就是曠夫的德性!

雄性動物中，郝畢竟是高等的，暗想：這是個陰險毒辣的女人，得小心攏住她，征服她。他仰起頭，獰笑著發問：“想不想當集團總部辦公室主任？”

“什麼？”若兔子受驚，她猛抬頭問：“集團總辦主任？”

“嗯。”郝認真點頭，“我已經跟老洪提過了。”

“他能同意？”這個要害位置讓她動心。

“別看他人前裝模作樣的，骨子裡好色的很。不過……”

旋即，她淫笑開顏，起身把他污濕的短褲剝掉，又去把還剩小半瓶的酒拿來，先自己抿一口，辣得張口哈氣。接著，她含一口酒，笑瞇瞇嘴對嘴渡入他口中。烈酒下嚥後，他的疲頹漸消，感覺暖洋洋挺舒服。不料，她脖子一仰，又灌了一大口，不過沒下嚥，轉而“噗”的全噴到他的下體，冷不丁讓他一顫。接著，她又將那天辦公室的戲碼故技重演……郝“哦”的一聲呻吟，經歷了冰火兩重天，那舒爽比上次更盛，雄風再起。

他看著她那張俏臉，白皙的胸脯，沉吟起來。難道要把這“西施”送過去？她何其聰明，親了他的臉，又在他耳邊哈氣：

“我只願讓你玩……再來？”

她躺下，張開大腿。小腹上紋著一枚妖豔的蠍尾蕉，似亂草莁長出來的奇葩，有致命的誘惑力。他乒然心動，面上卻還不動聲色，說：

“妳可願助我？”

“怎麼助你，你說。”她收起媚態端坐。自負堪比卓文君，可不是只會滾床單的女人。

“以妳的魅力媚惑他，趁隙抓他把柄。”

“你捨得麼？”她的眼睛閃著詭譎，伸手先握住他的“把柄”。

“聰明！”他由衷讚道，猛地把她推翻在床上。她順勢將兩條白嫩長腿叉開，擱上他的左右肩膀。淫蕩的饞相，讓他記起那張被沒收的照片中拱了好白菜的豬頭，也一頭拱向大腿根，蹭得滿臉都是淫水。那腥味使他更興奮不已，雄根欲爆。他發狠，要將自己的意志，通過陰道貫入她的靈魂。

(刪去床上搏鬥情節，结果卻是郝被尤征服)

她先回過神來，咬著他耳朵輕聲說：“爽嗎？以後讓你夜夜銷魂，爽個夠。要不？”

郝還沒回過神來，吱唔：“唔，妳老公捨得？”

“哼，他被警察抓進去了，這輩子別想出來！”

“怎麼啦？”郝一驚。記憶中那猥瑣男子只是經營小旅館的，看上去挺老實本分，見到自己還總諂笑。

“販毒，不槍斃也得把牢底坐穿！”她居然得意地笑了。然後又把他的頭埋在自己軟腹，惴惴地問：

“娶我吧，好嗎？”

溫柔鄉裡的郝忽生心悸，翻身坐起，從床頭櫃找出香菸點了一支，吞雲吐霧著思考。她真是女人中的女人！況且，貌美又有錢，那錄像機和三級片，就是她拿來慰我孤枕難眠，可謂貼心關懷。而今又親自裸身投懷送抱，床上功夫讓人銷魂蝕骨……

可自己恰似猛虎臥荒丘呵！

作為男人，豈甘屈居洪老兒之下？柔腸百轉之後，開口說道：“現在還不行，妳和我的關係絕不能暴露。”他發誓：

“我若翻身，絕不負妳！”

夜已深。醫院的特護病房里，阿O被喚醒。

他已昏睡兩天了，因傷口感染引起發高燒昏迷，被看守所送入四一二醫院搶救，現在才睜開眼。眼前這位主治醫生給予格外細心的照料，半夜里還親自來給他打針。她的眼睛很秀美，目光憐憫，阿O感到親切。當她把大口罩摘下來，露出臉龐疤痕時，阿O大吃一驚。

"噓，"她把食指豎在嘴前，示意禁聲。還轉身小心翼翼到門后聽聽外面動靜，才回到阿O病床前，開始脫帽解衣。

"匡姐，"阿O壓低聲音，"妳這是要幹嘛？"

"快起來，換上我的白大褂，蒙上口罩，溜出去，到教堂找苦阿婆。"她詭異一笑，"你早退燒了，沒大礙，是我略施小技讓你持續昏睡的。"

"讓我溜，那妳怎麼辦？"

"來，使勁用掌斬我後頸，打暈放倒在床上，頂替你。樓道口兩個看守被《外来妹》（电视剧）勾了魂，你扮成醫生走就是，這裡我自會應對。"

阿O鼻子一酸，強忍住哽咽，搖搖頭："不！"

"我聽說了，公安局要定你死罪。"

"我是冤枉的。"

"哪個廟裡沒有冤死鬼？"

"害了妳，我又怎能心安？"阿O把白帽子、大口罩遞還給她。"就算僥倖逃出去，我一輩子東躲西藏，還能有什麼作為？眼下，又怎麼拯救工人兄弟自己的公司？苟活著，有什麼意思？"

"你……"匡姐忍住了暴揍他一頓的衝動。

相對默然。良久，匡姐歎了口氣，穿戴恢復，向窗外的星空雙手抱拳喃喃祈禱。可憐，為了曾經那份自己不能接受的愛，她願意冒險相救，不惜葬送自己的大好前程，可人家不接受。揪心的難受!

“天總會亮的！”阿O安慰她。

病房的門突然被打開，一個值班看守探進頭來察看，還沖匡醫生討好一笑。她翻了個白眼，顧自對著燈光仔細察看體溫計。

二十八、漩渦

夫所謂大丈夫者，內強而外明。內強如天地，外明如日月。天地無不覆載，日月無不照明。

鐵窗內，阿O又是老地方盤踞，默誦著師門的《通玄真經》，倒也耐得住寂寞。公司股改獲市政府批准，所謂非法集資罪名自然一風吹。但傷人致死的罪名還沒洗脫不是？誰叫你保釋期不老實待在家裡？檢察長恨其不爭。現在，市領導不發話誰敢放他出去？

可是，隔三差五有工人成群結隊來上访，讓新上任的政法委書記很頭疼。檢察院把案卷退回公安局補充偵查，至今尚無進展。

好在小婭獲准每月兩次來探监，送來洗換衣物。

華甬集團股份有限公司創立大會一結束，小婭就跑來告訴他，繪聲繪色講了大會盛況。市委書記也來祝賀啦，還親自給公司授牌。

她找機會悄悄跟燕書記講了阿O的事，他答應會過問的。

集團公司現在總股本擴大到 3,500 萬元，引入了北京、深圳的多家基金及省財政證券公司的投資，市開發區幾家大型國企和合資公司也参股了，據說是因為：燕書記讚揚過這企業在困境中改革謀出路的精神，只要公司效益上去，拿到上市名額幾乎篤定。

現在集團公司按策劃書調整生產佈局，下設五個子公司。航道工程公司、汽車運輸公司、內河航運公司、旅遊開發公司（含遊艇俱樂部）和船廠。船廠已啟動合作製造遊艇項目，澳門方已派來兩位工程師，還有一位女經理。她說，就等你阿O出獄回澳門交差。

洪經理當選為集團公司董事長兼黨委書記。職工代表和基金代表強烈推薦阿O為集團公司總經理，局領導再三做工作也不行，公司董事會最後達成妥協，決定暫由小娅出任總經理，待阿O的案子了結再議。高行長居然還支持，他報告上級，說這是培育人才的可遇不可求的機會，有助於深入了解企業改制過程的金融問題，破格為她搞了個"掛職鍛煉"。

洪的手腕靈活，力排眾議，聘任郝書記為副總經理。在祝主任有力支持下，郝還兼任黨委副書記，現在掌管集團人事。尤秘書被提拔為集團總辦主任。文相國降為財務部副經理，經理由原華運公司的財務科長出任。郭科長下到內河航運公司當經理，他找老冤家魯老大搭檔，舉薦魯任副經理。肖道元掌握了集團公司一半實力，誰也動不了他，航道工程隊改組為航道工程公司，他當然任經理。汽車運輸公司那邊人事也沒動，充實了一批新汽車，承接了運輸大壩建築的鋼材、水泥等建材業務。船廠那邊暫由澳門來的女經理掌管，她將生產交給蔡工負責，把諸廠長踢出廠門。

諸被郝安排為集團總辦副主任，專事黨務。

汪主席還當工會主席，也是集團公司董事，他現在輔佐小娅管理生產經營。當上級質疑一個在押嫌犯能否當總經理時，他堅定不移認為非阿O不可，辯說：阿O又沒被定罪，我們工人都相信他無罪。現在小婭代他出任總經理，是人心所向。如果否決這點，他將和甬江航運公司的兄弟們退出另立公司。這會攪個天翻地覆!

向來“黨叫幹啥就幹啥”的老實人，也挺起脖子有了主見。

阿O搞的正式聘用船嫂的預案，董事會上被洪總等人以沒先例為由壓下了。汪不服，聽了小婭提點，到工人群眾中徵集簽名，以10%以上股東要求為由，議程之外強行在股東大會上拋出了提案。會場激起群情洶洶，大、小搗亂齊出，人數眾多的小股東鬧翻了天。最後表決，劉姐被小婭說動，投下贊成票，帶動了其他大股東，以絕對多數票通過。

船嫂得以與公司簽訂勞動合同，正式入職，享有同等勞保待遇。她们得知也將有養老金可领，高興得不知怎麼辦，一擁而上，把汪主席舉了起來，為他三呼萬歲。

眼見集團公司管理人員日漸增多，多是有關部門官員安插進來的。汪雖也心煩，但還是勸小婭不要出手。他勸導小婭：妳和阿O一個毛病，就是過於激進，沒聽列寧說過，進一步退兩步?

集團公司內各種勢力，如潛流、暗湧似的糾纏和角力，小婭在高行長提點下，看得通透，覺得自己被捲入漩渦，像一片葉子漂浮在漩渦中心。小婭想抽身回大通銀行，汪急忙把肖經理拉來勸阻，說是阿O開創的事業妳怎能撂下?肖對她拍胸脯：

“有兄弟們在，妳放心。誰敢為難妳，我們好好教訓他。這里還是阿O帶頭創立的工人天下！”

看著肖經理的豪俠作派，小婭想笑：這個還是阿O的兄弟小搗亂麼?好吧，為了你們這些兄弟，繼續負著這重任，忍吧!

甬江入海口，江面上船如穿梭，馬達轟鳴，一派熱鬧景象。

航道工程公司的工程船，在激流中打下一根又一根鋼筋水泥樁。滿載土石方的駁船隊從上游順潮流而下，先在兩邊江岸集結，再在工程技術人員的調度指揮下，一船接一船引渡到指定位置卸載。浮吊把巨石或水泥鑄塊從大駁船上吊起，在林立的樁柱之間沈入江底構築基礎。原先疏浚運泥的駁船，現在運塘渣，直接在指定位置打開活動船底，一瀉而空，最有效率。

不少船舶和打樁機、浮吊等設備，是用大通銀行的貸款購置的，雖然有的也是二手舊的，經精心選擇買來都挺合用，只是熟練工人缺。肖經理請求小婭設法調些人來。

今天，作為代理總經理的小婭，例行去看施工現場。

沒想到，小吉普剛到招寶山腳下，還沒有見到江上作業的職工，就被一群氣勢洶洶的壯漢攔下，並包圍。為首是披將校尼上裝的胡司令，說要分點工程業務，今天她非答應不可。小婭當然不答應，說是跟陳老總簽協議時他再三強調過，不准分包。胡卻說，已再三求過總包方項目經理，人家說我想要的業務被華甬集團全包去了，不找妳還能怎麼辦?

有人威脅：沒活幹要餓死，不如拉妳一塊死!

小婭是跟爺爺在苦力群裡長大的，毫無懼色，死也不答應，與胡等人據理力爭。跟她同來尤主任、徐秘書和司機在她身前護著，死不退讓。徐已挨了幾拳，還嘴嚐。尤也有膽色抗辯，頭髮散亂，扯住胡竟要拼命。胡懼雌威，一時莫可奈何。

這時，肖經理帶著大群工人趕到，把他們反包圍了。

剛才周世強騎自行車路過，看到事態嚴重，自己勸阻不了，急急趕去工地呼救。肖正在岸邊等小婭，聞訊招呼眾人急吼吼趕來。雖然胡帶的一幫人，不少是從航運公司拉出去的，但往日兄弟，今日相見已反目成仇。群情激憤，人越聚越多，將近上百人，其中不少是看熱鬧起哄的路人，眼看就要發生惡鬥。

“工人兄弟們，大叔大伯，大家別動手！”

小婭帶有童音的嘶喊，蓋過眾人紛爭。她由司機扶著爬上吉普車引擎蓋，向眾人喊話：“大家都是工人，都靠辛苦勞動養家糊口，何苦相互為敵？大家以前是在一個鍋裡勺飯的呀！因為公司前些日子瀕臨倒閉，留下來堅持的是好漢，走出去另謀生路也可以理解，畢竟上有老人下有孩子不是？現在公司有了轉機，我們日子好過了，窮兄弟能幫幫一把。”

這話入情入理，脆甜的聲音滲入憨厚漢子們的心坎。

眾人平靜下來。肖這邊的人仰起頭來，但目光不再火爆；胡這邊的人低下了頭，面有愧色。有個壯漢竟沖小婭跪了下來，打自己耳光，哭道：“是我沒良心……求妳，分點活給我們幹吧！”

“對啊，分包不就行啦！”胡以為小婭心軟了，跳腳喊道。

“那可不行！”小婭的聲音甜，但態度很堅決。“這是違反協議的，會砸了我們大家的飯碗。問問大家，同意嗎？”

“不，不同意！”肖這邊的人也跳起來。違約罰款不說，以後誰會把活兒交給不守信的。幫人家也不能砸了自己的飯碗。

“這樣吧，”小婭向肖喊話，“肖經理，我今天破個例。我們不計前嫌，讓這些兄弟回來，到我們隊伍裡來一起幹！你同意嗎？”

“好！”肖對小婭向來服氣，揚手高喊：“願意幹的都跟我來，跟我上工地！不會虧待你們的，好好幹，還是兄弟！”

聞言，那個跪地的人起來帶頭，招呼其他兄弟一起去。不一會，大家都擁著小婭，跟肖去江邊工地，連胡手下原不是航運公司出來的一些人也跟了去。肖那邊正缺人手吶，他沖小婭豎起大拇指，小婭則搖搖頭。她心裡明白：

如果沒有肖帶人趕來，自己說破嘴也沒用。為什麼吵架的都聽警察勸，而她爺爺勸架就不行，是道理說得不中聽？

尤的手臂上瘀青一大塊，徐的眼角也腫了，小婭很是心疼，讓司機趕緊送他們去醫院。

“阿O經理什麼時候能出獄？”那個打自己耳光的就是軍軍的爹，跑過來問小婭。“住院時他給的錢，我還沒能還上，真對不起他！”

“好好干，阿O得知你回來一定高興！”小婭好言撫慰。

路人散去，呆在當場的胡司令，身邊只剩下一個馬仔，就是曾蔑視阿O的那個穿花襯衫的。現在他縮手縮腳裹著棉襖，可不是幹活的料，是鞍前馬後轉著混日子的，也是剛才最兇的。胡垂頭喪氣，肚裡充滿怨毒。通過鄔少華，向檢察院出賣了羅經理，把這支隊伍弄到自己手裡，這才當了幾天老大？現在人跑光了，設備是羅向省海港工程隊租來的，業務又接不到，自己這光桿司令怎麼當？小丫頭，剛才老子怎麼沒乘機弄死妳？眼前又浮現小搗亂他們噴火的眼神，不由打一個寒顫。

平息這事件，小婭被越傳越神乎，燕書記聽了都不敢置信。

那是一個雨夜，小街盡頭“美人蕉旅館”的豔麗燈箱還亮著，招徠形形色色的過客。公安局接到神秘女子的電話舉報，十幾名便衣悄悄包圍了這個小旅館。呂局長親自上陣，帶領警員舉槍衝進去，迎頭遭到亂槍反擊，呂也手臂受傷。

呼來武警，火力壓制，擊斃擊傷幾名頑抗者。

不一會，二樓窗口伸出一根桿子挑著白枕套求降。哀嚎聲里，武警沖進去，一舉抓獲幾個走私販子和窩贓者，其中有酒店經理，就是尤蓮香的丈夫。那個猥瑣男，抱頭鑽入大班桌下，還想溜，呂咬牙切齒朝他屁股開了一槍。警員搜查，抄出一批違禁品，有淫穢圖片和錄像、性藥、杜冷丁、大麻等等。末了，還按舉報提示，在經理室的夾層起出幾包海洛因，份量還不輕。

破了大案，當然要立功受獎啰。於是，上報到省公安廳。

廳領導很重視，立即派人趕來，其中有上次來偵查那醉漢猝死案的專家。在死刑威脅下，被捕的一個個全招供了。為爭取寬大處理，連小時候偷窺女廁所都交代。

警方順藤摸瓜，牽連一些吸毒者浮出水面，鄔少華也在其中，被強制戒毒。

省廳專家還不放過，再審訊追查，如深不見底的漩渦，不少人卷入進去。其中，竟有救治那醉漢的醫院高管，也在這杜冷丁的販運銷售鏈上，而且不是個小角色。沉案終於揭開了真相：

那醉漢動過手術後，極不忍疼，在寵溺的母親關照下，醫生一再給注射杜冷丁止疼，一再索求，一再依他，上了癮。住院期間，狐朋狗友來探望，經不住他苦苦相求，弄來杜冷丁粉劑。他偷偷自己服用，過了量，去了極樂世界。

驗屍官是那個醫院高管的大學同學，他家屬也在這家醫院工作，有意無意忽略了這點，僅驗傷而已。這過程，誰也不想讓紅色家庭出大醜聞不是？

人死在醫院，在治療過程，於是推斷傷勢惡化致死。

省廳專家上次來就有懷疑，無奈驗屍後遺體即被家屬領走，已火化，沒找到確鑿證據。當地警局又不配合，咬定阿O"傷人致死"，要他償命。而今，那個醫院高管被捕，首先發現醉漢死亡的護士站出來作證：當時現場還發現有幾個小包粉劑遺落床頭，被他悄悄收走。她明知這不是醫生開的藥，在他威脅下閉嘴緘默。

至於那個調酒師的指証，經不起再質問。

現場分析，以他站的角度根本看不到誰出腳踹倒醉漢。若不是呂局長"循循善誘"，當時盤問下來，就不能採信。他被拘留 15天，還被華僑飯店開除。

這回震怒的是市委燕書記，他把檢察長叫去訓斥一通。說他冤也真是，如果辦案檢察官真糊塗，阿O已被斃了也不一定。

呂局長也受到上級審查，市領導念他立功負傷保了下來。當然，求功心切，粗暴武斷，還是要作"深刻檢討"。

二十九、霽色

阿O出獄了。那天正是農曆驚蟄，凌晨時分，惊心动魄的雷霆轟隆隆響了好一陣，伴之而來的是傾盆大雨，沖刷大地的隔年累積的腐朽氣息，直至天大亮才罷休。他走出牢門，抬頭仰望天空，只見烏黑雲層的裂隙透出縷縷陽光，金色的剛烈，一道道萬丈劍氣，晃得阿O睜不開眼睛。

凡舉百事，必順天地四時參以陰陽，用之不順，舉事有軼。

現在不正是龍騰虎躍之時？大壯之象！阿O心裡在吶喊，仰天長長吁氣，吐出滿腹牢騷。迎接他的是小婭和匡姐，還有汪主席、肖經理等人，小軍軍也跟著。

本待抱頭痛哭一場，不料軍軍搶先，拿束艾條沖阿O照面就打，說要"趕走晦氣，警察不會再來找叔叔麻煩"，是他爹教的。阿O抱頭躲閃，大夥兒捧腹大笑。玩瘋了，阿O俯首投降，讓男孩騎上脖子，被艾條抽著屁股跑還興高采烈。

小婭憶起少年時的快樂，也曾騎上大哥哥脖子玩耍。

經過中山公園，看到大門外竹林邊的涼亭里，有個鶴髮童顏的老人，在石桌上即興揮毫作畫，現場賣畫，周圍有不少行人駐足圍觀。阿O他們也被吸引過去。

只見老人在宣紙的左下角落筆，以斧劈皴法勾勒出一堆嶙峋亂石，其間拱出三五株竹子，然後筆筆上衝，竹子節節長高，衝出天際線，又疾速揮毫從上緣垂下片片竹葉……老人停筆沉吟，似要在畫面右側大片空白處添點什麼。阿O心念一動，上前抱拳一揖："老先生，讓我來添一筆如何？"

哦，還有人有此雅興？老人略一遲疑，將筆遞交阿O。

挺秀足風流，無意取人悅。埋沒泥中未出頭，已有堅貞節。

風雨促成長，頑石壓不滅。待到凌雲志遂時，猶自虛心徹。

揮就一首《卜算子》題於右側，正好壓平畫面。詞為畫顯精神，畫為詞添風韻，渾然一體。字跡幼稚拙劣，卻與斧劈皴亂石相映成趣。老人誦讀一遍，撫掌大笑。周圍有賞識的人競相出錢要買下，老人擺手不允，哈干墨跡捲起來自己留存。忽想到問詞作出處，抬頭張望時阿O一行人已不見蹤影。莫名的心頭多了一份牽掛，這是老人多年行走江湖從未有過的。相信還會再見。

阿O被接到自己一手締造的俱樂部，登上遊艇。

這是一艘雙體船，適合淺水遊覽，有寬大的甲板和白色化纖遮陽篷，水上開派對最合適不過。白色玻璃鋼艇殼，藍色線條，有點浪漫情調。內部設施超現代化，胡桃木和真皮包飾，簡絜的奢侈。它原是張先生私產，送來作樣品供仿造的，現在是俱樂部中最靚的遊艇。阿O利用艇上電傳設備，向遠在澳門的張先生報了平安，并向他的家人問安，言下之意不言而喻。

尤主任在遊艇上安排招待，她聲明是用高行長的私人金卡享用的，可不能怪總經理小婭擅權喔。

王喆已等在遊艇上，捧著一索鮮花來祝賀，還帶來蕭副市長的口訊，說是要他好好考慮如何上市融資，帶領隊伍參與“東方大港”的建設，別窩在內河安逸，要躍出大壩走向海洋。同時還帶來一個消息，令阿O興奮不已，小婭卻惴惴不安。其實高行長昨天已告訴她，而且以銀行黨組織的名義令她服從。

中央組织部最近在全國選調優秀青年黨員幹部，要在中央黨校辦一個為期二年的培訓班。省裡有幾個名額，市里爭取到一個。市委常委會討論時，燕書記親自推薦小婭，獲得多數通過。

在基層，這是極為難得的機會！

眾人狂喜，甚至蓋過了對阿O出獄的歡欣，紛紛向小婭致以衷心的祝願，都說她當之無愧，是棟樑之材。阿O順手將王喆的賀儀借花獻佛，小婭也不惱。

尤主任沒有嫉妒，真的一點也沒有，暗暗下決心要緊跟小婭。她為小婭開香檳，還非得用自己的錢買單（金卡會員可以免費享受制式餐飲，酒水可要另點）。經過那場共患難，她們有了親密交流，已經休戚相通。她處處極力維護小婭，對郝書記娶不娶自己也沒那麼在意了，她認為做女人也可以這樣活出人生意義。想明白了，女人何必非得如籐纏樹高攀，自己質地堅挺也可參天。唉，女人啊女人！後來，她真的踏過郝、洪，成就了自己的事業。

幸運的是，她還結交了匡姐，后来匡為救贖她該下地獄的靈魂，引她皈依了上帝。

喝著香檳，王喆又饒有趣味地與阿O探討經濟學說。從經濟運行的定性分析說起，說到定量分析。王認為我國的經濟理論沒有西方那樣的數學模型，泛泛而論缺乏可操作性。阿O不以為然，說華夏古籍記載的計然學說，就建立在定量分析基礎上，並有其數學模型，有其系統的推算方法。

小娅插嘴，說："我爺爺說過，計然本不姓計喔，而姓辛，名鈃，字文子，號漁父。就因其對經濟定量分析，所以名之為計然。計，就是算計，然即道也。阿O哥說得對，計然學說就是經濟籌劃算計之道，實用的經國濟世之道。"

王聽了失笑："你倆還真是一家子，計然門徒！"

她臉紅了，還辯解："東西方文化體系淵源不同，就像西方文字是表音字母，東方文字則以象形表意為主幹，至今仍具象徵意義。可見思想方法不同，數理觀念也就自然不同囉。"

王說："世傳計然七策，范蠡用其五策興越滅吳。一是'貴出如糞土，賤取如珠玉'；二是'知斗則修備，時用乃知物'；三是'財幣行欲如流水'；四是'務完物'；五是'擇人任時'。后將其餘二策也貪沒，拿去自己經商了。訛傳是美人計和離間計，其實那是文種的主意。《越絕書》所載之朝堂策論雖可謂商道精闢之論，但似乎不見有數理方面論述，要作為一門計量經濟學何從說起？"

“史書記載如雲中神龍，只見片鱗殘爪，需悉心揣摩。”阿O別有心得，直言己見：

“計然經濟學說，精義在於審時度勢及籌劃算計。他曾多次強調：‘視物之情與勢而計所為’，‘審時度勢之妙在擇時捉機’。興越七策是計然經濟理論之末，朝堂上對勾踐這‘鳥喙之人’何須說推演籌劃之道，為救水深火熱的越民，給幾個針砭時弊的策略罷了。說‘六歲穰，六歲旱，十二歲大饑’、‘糴高不過八十，下不減三十’云云，都是推算的結果，七策建立在推算的基礎上。范蠡拜他為師才得其真傳，遁入江湖‘十九年之中三致千金’，全在工於籌劃算計。”

說到籌劃算計，話題延伸到計然賴以推算的易經八卦上。

“范蠡掌握了審時度勢。其思想方法與當代控制論的系統方法相似，不是‘因為—所以’的線性邏輯。事物發展由各種因素的勢態決定趨向，又因事物的發展而改變各種因素的態勢，審度之法是河圖、洛書演繹的‘八卦’，非但每一‘卦’象，其中每一‘爻’的變動都有數理意義，可以演算。而《連山易》、《歸藏易》及傳世的《周易》都是演算推論的經驗總結。可惜，為君王所用，這些經驗大多涉及政局而蒙上了神秘色彩。因此《易經》害人不淺，使多少代天縱英才在神秘命運摶測上耗盡畢生精力！其實八卦是數列，有序、有範，可運籌萬象。”

在旁一直靜聽的匡姐開口了，語出驚人：“現代醫學發現，六十四卦與人體 64 個DNA遺傳密碼契合，涉及宇宙奧秘！”偶爾讀到醫學雜誌上《生命的秘密鑰匙：宇宙公式、易經和遺傳密碼》（M·申伯格）的內容介紹，這基督徒竟也迷上了八卦。

“你們真信八卦？”王好奇，說：“那是江湖術士的把戲！”

“上古巫師問鬼神的占卜是用龜甲好不好？”阿O又嚳了，舉例說：“所以姜子牙起兵不信龜甲占卜，而用八卦審時度勢，排兵佈陣，推演戰局。正真內行是取八卦易理，作籌劃推演，就如計然據以推算農時及豐歉。”

王讀過典籍：武王臨事以龜甲占卜，大凶，風雨暴至，眾人恐懼，呂望乃以大義勉勵武王，毅然起兵伐紂，大勝。姜太公不是曾在朝歌以賣卦為生的嗎？想著，思緒飄遠了。

在兩個大功率摩托驅動下，遊艇破浪疾行，煞是暢快。

傍晚駛到甬江入海口，落日餘暉映照下，宏大的施工場面還在沸騰。工人們吆喝，哨子尖叫，指揮小旗翻舞，置身其間如上戰場。阿O興奮得像小孩軍軍一樣歡呼雀躍。認識阿O的工人也紛紛向他致意，歡迎他回到兄弟們中間。

遊艇靠上駁船群。肖來勁了，一聲吆喝，大夥把阿O拋起來，接住，再拋起來，歡呼“萬歲”。

匡姐剛為阿O檢查過身體，沒發現大礙，任由大家鬧騰。

招寶山下，陳老總和佘老大已攜酒等候多時，今晚非得痛飲一番不可。陳和佘已是肝膽相照的酒友。通過這番合作，佘的隊伍實力壯大，以後跟著陳老總轉戰大江南北。他又在阿O提點下搞起房地產來，他的公司竟在香港借殼上市成功。這個大變革年代，真不知是時勢造英雄，還是英雄造時勢。

不過，這一晚沒能如陳老總所願。始時大家把盞言歡，好一陣熱鬧，黃昏後掌燈時分，氣氛急轉直下。遊艇上接到一封澳門來的電傳，阿O看了如遭雷擊。怔了好一會，他找一個大碗把電文紙燒毀，澆上酒和著紙灰全喝了下去，埋在心裡。

就為這份心存，阿O後來涉入謀取W號航空母艦的幕後，結識了一些為華夏崛起無私奉獻，無怨無悔的人士。

懷有不俗的精神，而有不平凡的人生。

接下來，阿O鬱鬱寡言，讓人掃興。有一陣子他還能勉強應酬，酒也喝了不少，漸漸失態，後來顧自狂飲，竟長歌當哭：

生為了愛情和美酒，死為了祖國而犧牲

我有這樣的命運，是幸福的人！

電文就是這出自裴多菲的詩句，是訣別。他淚眼朦朧，舉起一杯紅酒，酹向江面倒映的一彎新月。

幾天後，小婭登上了飛往北京的航班，空中回望那漸漸縮小到看不見的古老甬城，胸中充塞莫名的依戀。她放心不下大哥哥，儘管臨上登機橋時已蓋了一個戳記，宣示他屬於自己——

在眾目睽睽之下，她衝動地擁抱阿O，猝然吻上他的嘴，使勁地長吻不放，差點透不過氣來。她要在彼此的心底蓋一個戳記，深深地烙下。這是匡姐吊詭的教唆。

相聚才幾天又離他遠去，實是不得已。她也明白，阿O不只屬於自己，自己也不只屬於自己。

整理行裝時，阿O給了她一本手抄的《管子・輕重》，說：世上已難覓計然的經濟論著，管仲治齊應是其思想源泉之一，有助於參悟計然遺策。我也沒琢磨透，妳在中央黨校學習期間，也許遇到大師可得指點一二，預感在未來經濟國戰上有用。

阿O效術士起卦，認真推算她此行的命運遭際，竟通宵達旦，無果。這一夜，已近油盡燈枯的苦阿婆也在為她的前程不停祈禱，只為她辭行時一句率真的話。

阿婆問:“以後若妳升上去, 掌了大權, 想幹些什麼呵? ”

小娅答:“在神州大地上殺盡貪官, 消滅貧困。”

多年后, 因她在青藏高原艱苦卓絕的扶貧工作令人驚艷, 被擢拔至京城高層, 逼得多個高官跳樓, 使一批蠹僚下獄, 兼有天使和魔鬼之譽。行前, 她沒想那麼多, 只向阿O懇求要那張《惜分飛》曲譜。阿O溺愛她, 也依了。

此去迢天沒鴻雁……

此刻, 那傷感的旋律縈繞在她腦海, 心頭卻是堅忍的苦澀。

欲知後事如何,請關注第二部:欲海九守。且看跨越時空的傳承,何以使阿O歷經商海雲詭波譎,在物欲橫流的花花世界,守持善良本心。揭示生意場酒色財氣糜爛,剖析靈與肉的搏鬥,難免有不堪入目之處,並非有意污君明眸。

阿 O 別傳 —— 第一部 《計然遺策》

易癡 著

出版：陳湘記圖書有限公司
地址：新界葵涌葵榮路 40-44 號任合興工業大廈 3 樓 A 室
電話： 2573 2363
傳真： 2572 0223
電郵： info@chansheungkee.com
印刷：新設計印刷有限公司

國際編號 (ISBN) ： 978-962-932-204-5
定價： $98
2022 年第一版